EDITION 211

Roland Spranger

KRIEGSGEBIETE

Thriller

EDITION 211

1. Auflage
Lektorat: Eva Weigl
Satz/Layout: Martina Stolzmann
Covergestaltung: Nele Schütz Design, München
Druck: CPI – Clausen & Bosse, Leck
Made in Germany
ISBN 978-3-937357-54-6
www.bookspot.de

Prolog

Provinz Kunduz (Afghanistan)

Serpentine für Serpentine tasteten sich die drei *Mowag Eagle* talwärts. Langsam. So langsam, dass die Fahrer jeden Stein auf der Piste nach seinen wahren Absichten befragen konnten. Selbst dem afghanischen Dreck war nicht zu trauen. Das ganze Land war minenverseucht. Daniel wusste, dass die Panzerung des Eagle okay war, um vor leichteren Sprengladungen zu schützen. Bei stärkeren Detonationen war sie nicht okay genug. Vor Explosionen schützte man sich sowieso am besten, indem man sie großräumig umfuhr.

Von der Passstraße aus betrachtet, erinnerten die kaugummiweich geformten Berge an eine absichtsvoll idyllisch gestaltete Modelleisenbahnlandschaft. Daniel hatte Lust, kleine Plastikmännchen in die menschenleere Szenerie zu stellen. Ohne humanitäre Hilfe und ohne militärischen Auftrag. Plastikmännchen eben.

In Dorfnähe gingen die unbefestigten Serpentinen in eine befestigte Schotterpiste über. Nach einer Haarnadelkurve öffnete sich das Tal gastfreundschaftlich. Ein beschauliches Mosaik aus gepflegt bewirtschafteten Feldern. Friedlich. Verdächtig also. Dem Frieden durfte man in diesem Land nie trauen. Trotzdem wenig Möglichkeiten für einen Hinterhalt. Daniel beruhigte der Blick aus den kugelsicheren Fenstern des Eagle IV. Der Schweiß brannte in seinen Augen.

Innenraumtemperatur deutlich über vierzig Grad. Die Schutzweste ließ kaum Luftzirkulation zu. Schwere Titanplatten und Kevlarfasern. Hielten angeblich sogar Maschinengewehrbeschuss aus. Daniel war nicht gerade erpicht darauf, die Weste einem Praxistest zu unterziehen. Wie die meisten seiner Kameraden. Klar, ein paar Durchgeknallte gab's immer, die bereit waren, im Alleingang die Welt zu retten. Oder wenigstens jede Menge Taliban umzunieten. Kampflüstern. Kriegsgeil. Irgendwas mit fehlgeleiteter Sexualität. Und ein bisschen zu sehr durch *Call Of Duty* sozialisiert. Zu diesen Typen hielt Daniel den größtmöglichen Abstand, weil sie gefährlich waren. Im Ernstfall vergaßen sie alle taktischen Maßnahmen, die ihnen während ihrer Ausbildung eingeimpft worden waren. Und dann ist es ziemlich scheiße, wenn du zu dicht danebenstehst.

Todessehnsucht hatte keiner seiner Kameraden. Sterben hört auf, romantisch zu sein, nachdem man es zum ersten Mal live gesehen hat. Ohne Regisseur und passende Beleuchtung. Die Schutzwesten sollten verhindern, dass man plötzlich in den Tunnel schwebte, um anschließend im Jenseits zu landen. Oder im Nichts. Oder bei einer Wiedergeburt. Dafür nimmt man das bisschen Schwitzen gern in Kauf. Daniel wollte nichts weiter als eine stinklangweilige Überlandfahrt mit anschließendem Personentransport. Ohne irgendeine Möglichkeit, zum Helden zu werden. Ohne die Ausrüstung unter Gefechtsbedingungen zu testen. Und hey!, dachte Daniel, das ist eine Sicherheits- und Aufbaumission, kein Kampfeinsatz. Er besann sich auf seine Rolle als aktiver Beifahrer. Routiniert drückte er einige Tasten des Bordcomputers.

»Noch vier Kilometer bis zum Zielpunkt«, sagte Daniel.

»Was macht der Doc eigentlich in dieser Bauernhütte?«, fragte Pöhlmann von der Rückbank.

»Tee trinken«, antwortete Timo, während er einem Schlagloch auswich. »Hier trinkst du ständig Tee, wenn du mit den Einheimischen in Kontakt kommst. Wenn du keinen Tee magst, dann musst du so tun als ob.«

»Ich kann Tee nicht vertragen«, antwortete Kunz. Ein kurzer Blick in den Rückspiegel genügte, um zu erkennen, dass Kunz tatsächlich schon beim Gedanken an Tee kreidebleich geworden war. An der Strecke oder am Fahrzeug konnte es nicht liegen. Bei Patrouillenfahrten hatten sie schon Pisten überwunden, auf denen das Fahrzeug so durchgeschüttelt wurde, dass die Insassen Gefahr liefen, mit dem Kopf gegen den Fahrzeugrahmen zu knallen. Und im Gegensatz zum Dingo, mit dem sie vorher durch die beschissene afghanische Infrastruktur gurken mussten, war der Eagle sehr geräumig und hatte eine echte Stoßdämpfung. Im Dingo mit seiner sehr sehr sehr weichen Federung konnte man schnell mal seekrank werden.

»Hey«, fragte Daniel, »verträgst du echt keinen Tee?«

»Darauf reagiere ich irgendwie allergisch. Mir wird schlecht und ich bekomme kleine Pusteln am ganzen Körper.«

»Von jeder Teesorte oder nur von bestimmten?«, wollte Pöhlmann wissen.

»Von jeder.«

Daniel zuckte mit den Schultern.

»Vielleicht irgendein traumatisches Erlebnis in deiner Kindheit.«

»Ohne Tee kommst du in diesem Land nicht durch«, bekräftigte Timo noch einmal kopfschüttelnd seinen Standpunkt.

»Ich könnte kotzen, wenn ich bloß an Tee denke.«

»Dann hör auf dran zu denken, bevor dir was aus dem Gesicht fällt und der ganze Eagle danach stinkt«, kommentierte Timo trocken, während er seine Aufmerksamkeit einem Maultiertreiber am Wegrand schenkte.

»Nur ein Maultiertreiber«, sagte Daniel.

»Ja«, antwortete Timo, während er im Rückspiegel sah, wie der Einheimische samt seinem schwer bepackten Lasttier von einer Staubwolke verschluckt wurde.

Daniel hatte Timo bereits während der gemeinsamen Ausbildung kennengelernt. In der Zwischenzeit waren sie beide schon seit fünf Monaten in Afghanistan. Jeder von ihnen zum zweiten Mal. Timo war einer, auf den man sich verlassen konnte. Der sich auch in Stresssituationen nicht so schnell aus der Ruhe bringen ließ. Die Jungs auf dem Rücksitz waren frisch. Sven Kunz trug in der Freizeit Fan-Shirts von Bayern München. Angeblich, weil er der Meinung war, dass sie zur Völkerverständigung beitrugen. Alexander Pöhlmann hatte Daniel in der vergangenen Woche vor einem Poker-Abend erklärt, wie man das Spiel berechnet, dann aber doch zwanzig Euro verloren. Auf den Vordersitzen waren die Cowboys und auf der Rückbank die Greenhorns. Daniel entwickelte väterliche Gefühle und erklärte den beiden, warum der Militärarzt bei einem Einheimischen Tee trank.

»Der Afghane ist auch Arzt. Er will in seinem Dorf eine Arztpraxis aufbauen. Das ist ein mutiger Mann. Gelegentlich bringt unser Doc seinem Kollegen abgelaufene Medikamente und uraltes Verbandsmaterial vorbei. Humanitärer Auftrag.«

»Und dafür braucht es drei Fahrzeuge mit zwölf Soldaten?«, fragte Pöhlmann.

Timo drehte die Augen so weit nach oben, bis das Weiß der Augäpfel die Oberhand gewann.

»Die Scheißtaliban haben was gegen den humanitären Auftrag«, erklärte Timo genervt. »Eigentlich haben sie gegen fast alles was. Die sind voll auf Dschihad.«

Daniel drehte sich zu den Greenhorns um.

»Wisst ihr, was der Dschihad ist?«

»Ist das die Hundert-Euro-Frage?«, wollte Kunz wissen.

Pöhlmann sagte: »Ich hab mal gelesen, dass auf die Märtyrer zweiundsiebzig Jungfrauen im Paradies warten. Also, zweiundsiebzig für jeden.«

Timo lachte. »Pass bloß auf, dass du nicht den Glauben wechselst. Scheiß asymmetrische Kriegsführung!«

Daniels Finger flogen über die Tastatur des Bordcomputers. Routiniert, aber nervös. Hoffentlich werde ich zu Hause die Nervosität wieder los, dachte er. Niemand folgte ihnen. Sie waren das letzte Fahrzeug der aus drei Eagle bestehenden Kolonne. Die Nachhut war ein potenzielles Angriffsziel. Eigentlich war jedes Fahrzeug ein potenzielles Angriffsziel. Je nach Taktik. Die einen schießen zuerst auf die Vorhut, um die Kolonne zu stoppen. Die anderen auf den letzten Wagen, um die Vorderleute in Panik zu versetzen und so in einen Hinterhalt oder eine Minenfalle zu treiben. Oder man zerfetzt mit einer Rakete das mittlere Fahrzeug, um das komplette Chaos anzurichten. In einem Guerillakrieg ist alles irgendwie gut, solange du der Angreifer bist.

Daniels Nacken schmerzte unter dem Gewicht der Schutzweste. Eigentlich war es okay zu spüren, wie der Schutz mit dem eigenen Schweiß verklebt, aber dazu kam noch das Gewicht der Munition und der Batterien. Keiner macht sich eine Vorstellung davon, wie viel Strom ein moderner Soldat verbraucht. Navigations-, Funk-, Nachtsicht- und Wärmebildzielgeräte. Man schleppt die ganze digitale Kriegsführung mit sich herum. Auch ohne Schutzweste erkannte man die Veteranen daran, dass sie leicht nach vorne gebeugt durchs Feldlager schlurften. Und vor den Duschen und im Fitnessraum nicht drängelten. Die alten Hasen waren auch nicht genervt, wenn die Internetverbindung sich mal wieder verabschiedet hatte, während die Neuen gestresst waren, weil Facebook auch ohne sie weiter am Leben war. Früher oder später würden es die Greenhorns auch noch lernen. Im Krieg gewöhnte man sich ans Warten. Zuerst war der Krieg eine Friedensmission, aber auch für eine Friedensmission brauchst du zuallererst Geduld. Damals gab es weniger Anschläge und Beschuss durch Raketen, aber mehr Minen. Zehn Millionen hatten allein die Sowjets liegen lassen, als sie den Kommunismus am Hindukusch verteidigten. Bösartige Artefakte des real existierenden Sozialismus. Verwittert, aber tödlich. Wenn man erst mal checkt, dass man jeden Tag sterben kann, ist Warten noch nicht mal die schlechteste Option.

»Märtyrer sind zwar Vollidioten, aber wenigstens fühlen sie sich gut, wenn sie ins Gras beißen«, sagte Timo. Er beschleunigte den Eagle, um seine Aussage zu unterstreichen. Alle Insassen konnten den Turbo in ihren Eingeweiden spüren.

»Märtyrer müssen keine Angst haben.«

Daniel hatte das Gefühl, darauf etwas antworten zu müssen. Als Hauptfeldwebel. Er wollte seinem Führungsanspruch gerecht werden. Die Moral aufrechterhalten. Ohne zu lügen.

»Angst ist ein die Sinne schärfender Schutzmechanismus, der in Gefahrensituationen ein angemessenes Verhalten einleitet«, sagte Daniel. »Das ist Evolution. Ohne unsere Angst wären vielleicht Hyänen die Krone der Schöpfung.«

»Du hast was gegen Hyänen, oder?«, fragte Timo.

Pöhlmann beugte sich vom Rücksitz nach vorn und sagte: »Ich hab gelesen, dass bei den Hyänen die Weibchen dominant und die Männchen untergeordnet sind.«

»Und?«, fragte Kunz.

»Nichts und. Ich hab's irgendwo gelesen.«

»Glaubst du, Hyänen haben keine Angst?«

»Keine Ahnung. Es sind Tiere.«

»Wir sind doch auch so was wie Tiere.«

»Klar. Du bist Bayern-Fan.«

Auf der Rückbank entstand eine kleine Rangelei.

»Aufhören!«, befahl Daniel. »Sonst patrouilliert ihr morgen bei vierzig Grad im Schatten mit euren Fan-Schals.«

Nach einer weiteren Kurve war die kleine Fahrzeugkolonne im Talgrund angekommen. Der Weg führte schnurgerade zu dem kleinen Dorf, in dem sie zwei Stunden vorher Doktor Dietrich, den Feldarzt, abgesetzt hatten. Gemessen an europäischen Verhältnissen erschien die Bezeichnung *Dorf* für ein paar zusammengewürfelte Lehmhütten an einem Bach vielleicht etwas hochgegriffen, aber in der Umgebungskarte waren die ärmlichen Behausungen als mittelgroße Ansiedlung eingezeichnet. Daniel konzentrierte sich auf den Bordcomputer, um seine Aufmerksamkeit nicht absacken zu lassen. Er wusste, dass Wachsamkeit die beste Lebensversicherung eines jeden Soldaten war, aber sie ließ zu leicht nach. Man musste sie gelegentlich nachladen.

Auf dem Rücksitz stritten sich die beiden Greenhorns darüber, wer der nächste deutsche Fußballmeister werden würde. In Afghanistan hatte Daniel irgendwann aufgegeben, sich für Fußball zu interessieren. Die Taliban hatten das mit Entwicklungshilfe-Geldern gebaute Stadion in Kabul dazu missbraucht, um ihr Barbarentum zu zelebrieren. Das Fußballtor als Galgen. Erschießungen direkt auf dem Elfmeterpunkt. Öffentliche Amputationen im Mittelkreis.

»Können wir nicht Musik hören?«, fragte Kunz.

»Nein«, antwortete Timo.

»Die Amis hören in ihren Fahrzeugen dauernd Musik.«

»Die schießen dann auch Kameramänner tot, weil sie glauben, die Kameras seien Raketenwerfer. Musik schadet der Konzentration. Vor allem die Diskussionen darüber, was als Nächstes gehört wird. Bei mir gibt's keine Musik.«

Daniel nahm sein Fernglas und suchte das Areal ab. Nichts Verdächtiges. Als Nächstes konzentrierte er sich auf das Haus des afghanischen Arztes. Das Haus lag friedlich am Ortseingang des kleinen Dorfes. Er war trotzdem unzufrieden.

»Kannst du irgendwo ein Nirvana-T-Shirt sehen?«

»Meinst du damit das buddhistische Glaubenskonzept oder die Band?«, fragte Timo.

»Die Band. Das Plattencover mit dem Baby im Schwimmbad. Aufgebügelt auf ein schwarzes T-Shirt.«

»Ich glaube nicht, dass das viele Afghanen tragen.«

»Ich habe mit dem Doc verabredet, dass er es raushängen soll, wenn alles okay ist.«

»Also 'ne Privatabsprache. Und ich dachte schon, Band-T-Shirts wären Bestandteil einer optimierten ISAF-Vorgehensweise.«

Timo beugte sich nach vorne über das Lenkrad.

»Ich seh' kein schwarzes Shirt. So eine Straße gilt in der Heimat als unwegsames Gelände, da kann ich mich nicht auch noch um Textilien kümmern.«

»Hast du gerade *Heimat* gesagt?«

»Ja. Stört dich das?«

»Nein. Ich hab noch nie *Heimat* gesagt. Das ist alles.«

Daniel drehte sich zur Rückbank um.

»Seht ihr irgendwo ein schwarzes Nirvana-Shirt? Ich meine die Band.«

Kunz und Pöhlmann streckten die Hälse.

Während die armseligen Lehmhütten immer näher kamen, versuchte Daniel, mit dem Funkgerät Kontakt zu Bundeswehrarzt Doktor Dietrich aufzunehmen. Nur Rauschen.

»Keine Reaktion«, sagte Daniel.

»Manchmal blockiert der Störsender der Eagle unsere eigenen Funkgeräte«, antwortete Timo. »Eins von beiden sollte mal ausgetauscht werden.«

Daniel drehte sich um.

»Und?«

»Ich seh' kein Nirvana-Shirt. Nicht mal ein Bayern-Trikot, obwohl es die überall auf der Welt gibt«, antwortete Kunz.

»Scheiße, das gefällt mir nicht.«

Das erste Fahrzeug der Kolonne war bereits sehr nah am Haus.

»Fahr langsamer«, befahl Daniel.

Sofort ging Timo vom Gas.

Daniel hielt das Funkgerät sehr nah vor die Lippen. Er sprach sehr deutlich.

»Hier Adler 3. Auf keinen Fall aussteigen.«

Die beiden vorderen Fahrzeuge stoppten im Hof des Anwesens.

»Halt an.«

Timo bremste. Sie kamen etwa hundert Meter vom Haus entfernt zum Stehen.

»Hier Adler 2.«

Die Stimme von Leutnant Göller. Durch das Funkgerät klang sie genau so blechern, als würde man von Angesicht zu Angesicht mit ihm sprechen.

»Was gibt's?«

»Kein Funkkontakt zum Doc.«

»Wahrscheinlich hat er das Funkgerät abgestellt. Er hasst die Dinger.«

Daniel konnte die zwei Eagle vor dem Haus stehen sehen. Er hatte ein schlechtes Gefühl bei dem Anblick, aber mit Intuition konnte er Göller auf keinen Fall kommen.

»Ich hab mit dem Doc ausgemacht, dass er ein Nirvana-Shirt raushängt, wenn alles in Ordnung ist.«

»Meinen Sie die Band?«

»Ja, die Band. Ein schwarzes Shirt mit einem Baby im Schwimmbad. Das Baby taucht einem Geldschein hinterher.«

Knacken im Funkgerät. Ein paar Sekunden später meldete sich Göller wieder.

»Hier gibt's keine Kleidung. Außerdem haben die Taliban etwas gegen Musik. Jemand mit klarem Verstand macht die doch nicht mit einem Nirvana-Shirt auf sich aufmerksam.«

»Wir sollten Verstärkung rufen.«

»Warum?«

»Das schaut nicht gut aus.«

Wieder vergingen ein paar lange Sekunden.

»Okay, wir warten erst mal ab. Bleiben Sie in Position.«

Daniel starrte auf die beiden vor dem Haus parkenden Eagle.

»Wahrscheinlich hat er das T-Shirt einfach vergessen«, sagte Timo, während er sich über das Lenkrad beugte. »Würde ihm ähnlich sehen.«

Daniel war ein Meister des Wartens. Jetzt war er das erste Mal in einer Situation, in der Warten unangenehm wurde.

»Sollen wir nicht einfach rausgehen?«, fragte Kunz.

»Und was machen wir dann?«, fragte Timo.

»Wir erkunden die Gegend.«

»Tolle Idee. Sag mir Bescheid, wenn du auf Taliban triffst.«

»Wir können doch nicht einfach nichts machen.«

»Wenn du erst mal lang genug hier bist, geht das ganz gut.«

»Ich geh auf keinen Fall raus. Oder nur, wenn es unbedingt sein muss«, sagte Pöhlmann. Er sah sich hektisch um. »Hört sich vielleicht feige an.«

»Ist schon in Ordnung«, beruhigte ihn Daniel.

»Ein Eagle IV bietet neun Quadratmeter Schutz«, pflichtete ihm Timo bei. »Perfekter Schutz gegen Handfeuerwaffen und Minen. Zumindest, wenn die Minen nicht allzu dick sind. Ich steig auch nur aus, wenn es unbedingt sein muss.«

Sie starrten auf das Haus. Auf die Fahrzeuge mit den ISAF-Kennzeichen daneben.

»Ein Bier wäre nicht schlecht«, sagte Timo.

»Ein Bier wäre definitiv gut«, antwortete Daniel.

»Wie lange stehen wir schon hier?«

»Zwei Minuten.«

»Mir kam's länger vor.«

Daniel sah sich um. Die Landschaft war immer noch irgendwie weich, aber er begann, sie zu verachten. Das Funkgerät meldete sich zu Wort.

»Wir gehen jetzt raus.«

»Warum?«, fragte Daniel. Kurz danach war ihm die Frage schon peinlich.

»Weil wir Soldaten sind, Hauptfeldwebel«, antwortete Leutnant Göller. »Wir holen Doktor Dietrich ab. Und wenn er unsere Hilfe braucht, dann helfen wir ihm. Sie bleiben vorerst, wo Sie sind und warten meine weiteren Befehle ab.«

Göllers Stimme hörte sich so an, als beabsichtige der Leutnant, dem durchgeknallten Hauptfeldwebel nach der Rückkehr ins Feldlager den Arsch so weit aufzureißen, dass Paranoia erst gar nicht mehr aufkam.

»Der wird nicht mehr dein Freund«, kommentierte Timo.

»Kann schon sein.«

Die beiden Türen auf der Beifahrerseite des mittleren Einsatzfahrzeugs wurden geöffnet. Drei bewaffnete Soldaten stiegen aus. Vorsichtig. Sie sicherten sich nach allen Richtungen ab. Sahen sich um. Im nächsten Moment wurden sie von einem mächtigen Feuerball verschlungen. Der Vorderteil des Hauses stürzte ein. Ein Pilz aus Rauch und Staub.

Exakt gleichzeitig trafen der Knall und die Druckwelle auf den

Eagle. Die Insassen wurden durchgeschüttelt. Bis auf die Knochen.

»Scheiße!«, schrie Daniel. »Gib Gas.«

»Das ist eine Scheißidee«, keuchte Timo, während er das Gaspedal durchdrückte und der Turbo den Eagle zu einem Kriegsschauplatz katapultierte.

Daniel versuchte hektisch, über Funk Kontakt mit dem Feldlager aufzunehmen.

»Ich fahr da nicht rein«, sagte Timo und blieb etwa zwanzig Meter vor dem Haus stehen.

Daniel hatte mittlerweile Verbindung mit dem Feldlager. Der Funker klang gelangweilt, als er sich meldete. Vielleicht hatte er sich gerade die Nägel manikürt oder an sich rumgespielt. Wenn man selbst in Lebensgefahr ist, erscheinen einem alle Personen lethargisch, die in Sicherheit sind. Vielleicht, weil vor dir das Leben in der falschen Geschwindigkeit abläuft. Sand prasselte wie ein Graupelschauer auf die Windschutzscheibe. Uniformfetzen wehten aus der Staubwolke. Sehr klein. Verbrannt. Zu hoher Input für ein unvorbereitetes Hirn. Das ist das Wesen des Terrors, dass er dich unvorbereitet trifft, sogar wenn du mit ihm rechnest.

Unter dem Kriegsnebel konnte Daniel abgerissene Gliedmaßen sehen. Und überall Blut. Die Augen von Leutnant Göller starrten ihn an. Der Kopf lag ohne Körper im Dreck. Arschloch, dachte Daniel, während er seine Magensäure hinunterschluckte. Macht sich nach einer Fehlentscheidung einfach so vom Acker. Jetzt war Daniel als Hauptfeldwebel der befehlshabende Mannschaftsdienstgrad. Die Verantwortung vereinfachte zielgerichtetes Denken nicht.

»Wir haben Verluste! Wir brauchen hier dringend Verstärkung!«, schrie Daniel so laut ins Mikro, dass es den schläfrigen Funker im Feldlager aus den Kopfhörern katapultieren musste.

»Kein Funkkontakt mit Adler 1. Kannst du was sehen?«

Timo schüttelte den Kopf.

Jetzt bloß nicht ausbooten, dachte Daniel.

Hinten wurde eine Tür aufgerissen. Kunz stürzte mit dem Sturmgewehr in der einen und mit einer Pistole in der anderen Hand am Eagle vorbei.

Bevor Daniel einen Befehl geben konnte, klappte hinter ihm die andere Tür auf. Direkt neben ihm stand Pöhlmann mit der Waffe im Anschlag.

Idioten, schoss es Daniel durch den Kopf.

Die zwei Greenhorns rannten geduckt am Wagen vorbei.

Ein zweiter Sprengsatz explodierte. Die Druckwelle presste Daniel in seinen Sitz. Er spürte seinen Bauch, die Lungen, wie nach einem mächtigen Faustschlag. Sofort das Pfeifen in den Ohren. Kunz wurde gegen die Windschutzscheibe katapultiert und rutschte von der Motorhaube des Eagle neben die Beifahrertür. Daniel riss das G36 aus der Halterung und öffnete die Tür. Unter ihm zuckte der Körper von Kunz. Sein Gesicht war vollkommen verschwunden. Trotzdem gurgelte und röchelte noch irgendwas aus ihm. Daniel machte einen großen Schritt über den sich schüttelnden Körper. Der trägt kein Bayern-Trikot mehr, dachte Daniel, und schämte sich im nächsten Moment. Gedanken schossen unkontrolliert durch seine Synapsen. Besser man dachte nichts im Krieg, aber gerade wenn man höchste Konzentration braucht, macht das Hirn, was es will. Pöhlmann lag in den Resten des Hauses. Sein rechtes Bein war vollkommen zerfetzt. Er schrie wie ein Tier. Vielleicht wie eine Hyäne. Dabei riss er die Augen weit auf. So, als wollten die Augen aus ihren Höhlen treten und sich an irgendwas festklammern. Daniel zog seinen Gürtel aus der Hose, um das Bein abzubinden, aber er zögerte. Das Gewebe war vollkommen zerfetzt. Er wusste nicht, wo er noch etwas hätte abbinden sollen. In diesem Moment wurden sie unter Beschuss genommen. Die Geschosse knallten links und rechts in die Reste des Hauses. Daniel zog den Gürtel so fest es ging um den Gewebematsch, der von Pöhlmanns Bein übrig geblieben war. Dann riss er das Schnellfeuergewehr hoch und jagte ein halbes Magazin in einem umfassenden Rundumschlag auf die umliegenden Hügel. So kontrolliert war er immerhin noch, nicht ein ganzes Magazin zu verschießen. Daniel wusste nicht, wo der Feind war – er wusste nur, dass es ihn gab.

Durch die Staubwolke kam Timo herangestürzt. Er feuerte wild, um Daniel und dem laut schreienden Pöhlmann Feuerschutz zu geben.

»Spar dir die Munition!«, befahl Daniel. »Wir müssen durchhalten, bis die Kampfhubschrauber da sind.«

»Wir haben keine Kampfhubschrauber.«

»Die Amis haben welche.«

Wieder feindlicher Beschuss.

Timo und Daniel feuerten Schulter an Schulter zurück.

Dann gingen sie in die Hocke und wechselten die Magazine. Rechts von ihnen ebenfalls Schüsse. Mündungsfeuer. Überlebende aus Adler 1. Beruhigend, dass es andere Überlebende gab.

Timo rannte zurück zum Auto, um einen weiteren Hilferuf abzusetzen. Von der Beifahrerseite aus angelte er sich das Mikrofon des Funkgeräts.

Pöhlmanns Körper zitterte. Zu viel Blut. Immer noch zu viel Blut.

Daniel suchte in Pöhlmanns zerfetztem Bein nach einer Hauptschlagader, die er zudrücken konnte. Zunächst fand er keine. Bis er sich zwang hinzuschauen. Er quetschte das Gefäß mit Daumen und Zeigefinger zusammen.

So fühlen sich Sicherheits- und Aufbaumissionen an, dachte Daniel.

Timo war hinter der Panzerung des Eagle in Deckung gegangen. Auf der Beifahrertür leuchtete das grüne ISAF-Logo mit der Aufschrift *Hilfe & Kooperation* in paschtunischen Schriftzeichen.

»Ich werde nicht in Afghanistan sterben!«, brüllte Timo.

»Ich auch nicht«, flüsterte Daniel. Mit aller Gewalt drückte er Pöhlmanns Hauptschlagader zusammen, aber immer noch strömte Blut über seine Hand. Einschüsse links und rechts von ihm. Gesteinsbrocken trafen ihn an der Schulter und am Kinn. Pöhlmann hatte die Augen weit aufgerissen. Daniel versuchte, Pöhlmanns Blick zu erwidern, bis er es einfach nicht mehr aushielt.

Hof, Regierungsbezirk Oberfranken (Deutschland), ein Jahr später

Dienstag

Daniel saß entspannt im Regenmantel auf der Ledercouch. Jedenfalls so entspannt, wie er konnte. Wie immer bereitete es Mühe, locker zu sein. Und nicht abgesichert. Die Arme auf der Rückenlehne ausgebreitet. Der warme Frühlingsregen klopfte auf seine geschlossenen Augenlider. Seit Afghanistan wusste Daniel Regen zu schätzen. Und alle anderen unbeständigen Wetterlagen in gemäßigten Klimazonen. Dass sich das launische Aprilwetter dieses Jahr bis weit in den Mai hielt, gefiel ihm. Daniel fuhr mit den Fingerspitzen über das Leder. Die Feuchtigkeit fühlte sich gut an. Organisch. Als gäbe es keinen Staub, der sich zwischen ihn und die Couch schieben könnte. Staub war woanders.

Das Quietschen des Gartentors. Es müsste längst einmal geölt werden. Daniel erkannte am Rhythmus der Schritte den Besucher. Er hätte die Augen geschlossen halten können, aber er öffnete sie. Sicherheitshalber. Einen Mangel an Sicherheit konnte er nicht akzeptieren. Er sah Maik auf dem Trampelpfad durch die kniehohen Brennnesseln kommen. Die Hände in den Hosentaschen vergraben. Und die Kapuze tief ins Gesicht gezogen. Wasser tropfte von den Haarspitzen, die unter der Kapuze hervorlugten. Ihm schien der Regen nicht halb so viel Spaß zu machen wie Daniel. Beide nickten sich kurz zu, dann setzte sich Maik wortlos neben seinen Freund auf die Ledercouch. Eine Zeit lang schwiegen beide und starrten den großen, leblosen Plasma-Fernseher an, der vor ihnen im Gras stand.

»Glaub mir«, sagte Maik schließlich, »das Programm wäre auch mit einem funktionstüchtigen Fernsehapparat nicht besser. Ständig wird irgendein Superstar, ein Topmodell oder eine andere Dumpfbacke gesucht. Zombies, die sich von ein paar Arschlöchern vorschreiben lassen, wie ihr Leben auszuschauen hat.«

»Ich glaube, *Leben* kann man bei Zombies nicht sagen. Die sind doch schon tot. Untot.«

Maik dachte kurz nach.

»Vielleicht würde dir das sogar Spaß machen.«

»Was? Untot sein?«

Bin ich doch, dachte Daniel.

»Fernsehen«, antwortete Maik. »Immerhin hast du als Zuschauer die Macht, die ganzen Casting-Monster sofort wieder zurück in den Hades des Vergessens zu treiben, wenn du eine SMS schickst.«

»Und was sollte mir daran Spaß machen?«

»Das Vergessen.«

Maik starrte weiter auf den Flachbildschirm, während Daniel seinen Blick wandern ließ. Antrainierte Routine. Immer aufmerksam bleiben. Der Garten war verwildert. Sah ein bisschen so aus, als würde Dornröschen schon ein paar Jahre in einem Einfamilienhaus mit Zinkdach und Solaranlage schlafen. Am Anfang hatten sich ein paar Nachbarn beschwert wegen des Unkrauts, das andere Grundstücke infiltrierte. Seit alle wussten, dass Daniel Deutschland am Hindukusch verteidigt hatte, verhielten sie sich ruhig. Vielleicht aus Respekt. Oder weil sie Angst hatten. Immerhin war Daniel kampferprobt. Und gut ausgebildet. Oder weil sich die Nachbarn eingestanden hatten, dass ein paar Opfer erbracht werden müssen, wenn die Demokratie verteidigt wird. Das Zusammenleben mit Unkraut beispielsweise.

»Die Couch hält unserem Klima erstaunlich gut stand«, sagte Maik.

»Ich weiß nicht, was du gegen unser Klima hast.«

»Nichts. Es ist halt da.«

»Das ist Leder. Leder braucht Feuchtigkeit.«

»Kommt vielleicht auf die Menge an. Kann Leder schimmeln?«

»Keine Ahnung. Warten wir's ab.«

»Also, die Schaumstofffüllung schimmelt bestimmt früher oder später.«

Maik versuchte, sich eine Zigarette anzuzünden, aber das Feuerzeug kapitulierte vor dem Regen. Statt einer Flamme gab es nur ein nerviges Klack-Klack-Klack-Geräusch von sich. Seufzend packte Maik das Feuerzeug zurück in die Tasche. Er lehnte sich mit der unangezündeten Zigarette im Mundwinkel zurück. Langsam weichte das Papier durch und die ganze Zigarette bog sich melancholisch nach unten.

»Der Flachbildschirm ist auf jeden Fall im Arsch«, sagt Maik.

»Das Programm ist angeblich scheiße.«

»Stimmt schon.«

»Er ist immer noch dekorativ.«

»Ja, Panasonic hat ein gutes Design.«

Daniel und Maik starrten beide auf den Fernseher. Wenn man nebeneinander auf einer Couch sitzt, schaut man unweigerlich früher oder später auf den Bildschirm, selbst wenn er defekt ist. Maik nahm die durchgeweichte Zigarette aus dem Mundwinkel, strich sie glatt und versuchte, sie zurück in die Packung zu stecken. Nach mehreren gescheiterten Anläufen warf er die kaputte Zigarette in den Nachbargarten.

»Die Stehlampe ist auch hinüber«, sagte Maik.

»Auch dekorativ. Hier draußen vielleicht sogar dekorativer als im Wohnzimmer.«

»Hasst du die Stehlampe?«

»Warum sollte ich die Stehlampe hassen?«

»Wenn ich mich recht erinnere, hat sie Melanie gekauft. Bei Ikea.«

»Ich hab nichts gegen Schweden, nicht mal was gegen Ikea. Und den anderen Namen wollten wir hier nicht mehr erwähnen.«

»Aber den Namen gibt's.«

»Ja, den Namen gibt's.«

»Glaubst du ernsthaft, es fiele dir leichter, sie zu vergessen, wenn wir ihren Namen nicht mehr sagen?«

»Nein. Glaube ich nicht.«

Die beiden Männer glotzten noch eine Weile in den Regen. Maik ließ den Niederschlag über sich ergehen. Daniel war zufrieden mit ihm. Der Regen tat so, als wäre kein Daniel da.

»Was hast du heute noch vor?«, fragte Maik.

»Das Dienstagsprogramm.«

Jeden Tag ein festgelegtes Programm. Das war Daniel wichtig. Montags eine Fahrradtour zu einem stillgelegten Steinbruch. Von oben sahen die verrosteten Überbleibsel der Maschinen so klein aus, als würden Ameisen damit arbeiten. An den freigelegten Felsen Kletterversuche. Dienstags der Besuch beim Psychologen. Posttraumatische Belastungsstörung. Reden, obwohl Daniel Gesprächen nicht vertraute. Damit konnte man sich verraten. Anschließend joggen zu den Fischteichen im Norden. Mittwochs sein kleiner Privat-Triathlon. Mit dem Rad zum Naherholungsgebiet. Anschließend ein Lauf um den See. Schwimmen bei jedem Wetter, solange der See nicht zugefroren war. Eine Handvoll Spaziergänger hatte ihn bei seinem Versuch, eine zwanzig Zentimeter dicke Eisschicht mit seinem NATO-Kampfmesser aufzuklopfen, blöd angeglotzt. Um sechzehn Uhr das von der psychologischen Beratungsstelle betreute Treffen mit seiner Tochter Lea. Am Donnerstag ein Geländelauf südlich im Wald. Parcoursmäßig immer den schwierigsten Weg mit Klettereinlagen, Sprüngen und anderen Gelegenheiten für Knochenbrüche. Ein paar Mal hatte er sich schon üble Prellungen zugezogen, aber Frakturen konnte er bisher vermeiden. Am Freitag Hallenbad mit Sauna. Beim Schwitzen stellte sich Daniel immer vor, wie das ganze Gift aus ihm entwich. Am Samstag zum Wochenmarkt mit dem Fahrrad. Regionale Anbieter. Gesundes Essen. Falls noch Platz im Rucksack war, anschließend einen Abstecher in die Stadtbücherei. Abends der Versuch, in die Kneipe zu gehen. Das klappte nicht immer. Zu viele Personen an einem Ort waren ein perfektes Ziel für Attentäter. Wenn er es doch fertigbrachte, sich an einen Tresen zu stellen, konnte er meist seinem Gesprächspartner nicht folgen, weil er immer mit einem Ohr bei den anderen Gästen war. Die Gesprächsfetzen umschlangen sich und irgendwann gab es einen Knoten. Am Sonntag ein Lauf zur Burgruine am Kornberg. Immerhin siebzehn Kilometer östlich. Luftlinie. Genau genommen südöstlich. Daniel hatte es sich zur Aufgabe gemacht, innerhalb einer Woche alle Himmelsrichtungen abzudecken. Hin und zurück war die Burgruine fast Marathondistanz. Luftlinie konnte man nicht laufen, weil sich immer ein Hindernis fand. Eine anspruchsvolle Strecke mit vielen Steigungen, von denen man sich auch beim Bergablaufen nicht wirklich erholen konnte. Vor allem, wenn man die Strecke kannte. Bergab dachte man ununterbrochen an den nächsten Anstieg. Am Sonntagabend nach dem Duschen ins Kino. Nur gewaltfreie Filme. An romantische Komödien musste Daniel sich erst einmal gewöhnen. Ständig Brautkleider. Ständig eine Hauptdarstellerin, die nicht sexy war. Wenn man sich erst einmal daran gewöhnt hatte, ging es. Obwohl das Kino vermintes Gelände war. Bei jedem Rascheln einer Popcorn-Tüte zuckte Daniel zusammen. Zu viel Popcorn um ihn herum. Zu viele Menschen. Unkontrolliert. Selbst im großen Saal mit viel Beinfreiheit. Orte, an denen sich Menschen treffen, waren ein bevorzugtes Anschlagsziel. Der Kinobesuch war Teil der Therapie. Der Angstpatient, also ich, dachte Daniel, muss sich mit den angstauslösenden Reizen konfrontieren. Doktor Hamann fragte zu Beginn jeder Sitzung nach dem Kino.

Außerdem jeden Abend ein langes Telefongespräch mit Timo. Seit ihrer gemeinsamen Zeit in Afghanistan war der Kontakt nie abgerissen. Sie waren sich wichtig. Zuviel miteinander erlebt, um es anderen Menschen erklären zu können. Anderen, die nicht dabei gewesen waren.

Maik stand auf.

»Ich finde es wichtig, dass du eine geregelte Tagesstruktur hast«, sagte er.

Daniel schaute Maik skeptisch an.

»Hört sich an, als wäre ich ein Pflegefall. Für Demenzkranke ist Tagesstruktur wichtig.«

»Für alle ist Tagesstruktur wichtig«, antwortete Maik, als wäre er ein überzeugter Verfechter geregelten Lebens.

»Sagt der Meister aufgeräumten Daseins. Was steht auf deinem Dienstagsprogramm?«

»Du weißt, dass ich es lieber ein bisschen spontan angehe. Spontaneität ist meine Ordnung. Später muss ich noch ein paar Pakete zur Post bringen.«

Maik war Mitte vierzig und vertickte Vinyl-Schallplatten über diverse Auktionsplattformen im Internet. Deshalb trieb er sich regelmäßig in Secondhandläden, bei Wohnungsauflösungen und auf Flohmärkten herum, um den Leuten ein paar Schmuckstücke abzuluchsen, deren Wert unerkannt geblieben war. Er jagte Schnäppchen, die viel zu billig abgegeben wurden. Oder am besten gleich gratis. Am allerliebsten erwarb er ganze Schallplattensammlungen. Da war immer was dabei. Die meisten wollen irgendwann, dass Platz wird in ihrem Leben. Wenn es so weit ist, verkaufen sie als Erstes die Plattensammlung. Vinyl hat ein ganz schönes Gewicht. Maik trug es bereitwillig weg. Um es anschließend an Fetischisten zu verticken, die bereit waren, für die Original-*Heros*-LP von David Bowie einen dreistelligen Betrag zu investieren. Früher hatte Maik auch mit CDs gehandelt, aber seit jeder Hirni mit ein paar Mausklicks Musik aus dem Internet saugen konnte, war der Markt zusammengebrochen. Dank seines Wochenplans wusste Daniel, dass es ein Freitag gewesen sein musste, als Maik mit einem teuren Rum und Cola zu ihm kam und mit feierlicher Stimme proklamierte: »Das Zeitalter des digitalen Tonträgers ist vorbei!« Anschließend folgte ein gepflegtes Cuba-Libre-Besäufnis, das einen Schlussstrich unter Maiks Aktivitäten auf dem CD-Markt zog.

»Ich hab heute achtzig Euro eingenommen mit einer Picture-Vinyl-Platte von Rammsteins *Fühle mich*«, sagte Maik stolz.

»Was ist auf dem Bild?«

»Ein Typ, ich glaub, ein Samurai. Er verprügelt eine Frau, mollig. Er schlägt ihr auf den nackten Arsch.« Maik zögerte. »Sie hat eine Tüte über dem Kopf. Tut mir leid.«

»Was tut dir daran leid?«

»Das mit der Tüte.«

Daniel verdrehte die Augen.

»Ich war ein Deutscher in Afghanistan, okay? Kein Ami in einem irakischen Folterknast.«

»Tut mir leid. Ich wollte dich nicht aufregen.«

»Du regst mich nicht auf«, schrie Daniel.

»Entschuldigung. Wenn man an eine Papiertüte denkt, die über den Kopf eines nackten Menschen gezogen wurde, hat man immer die Bilder aus Abu Ghraib im Kopf. Die Soldatin mit einem Gefangenen an der Hundeleine. Darauf hat Rammstein spekuliert. Auf die Bilder. Gutes Marketing.«

»Als Melanie noch nicht den Computer aus dem Haus geschleppt hatte, spielte ich am liebsten *Civilization*. Das war gut für mich. Ich war schon immer ein Geschichts-Fan. Zocken und Geschichte passt für mich. Weltwunder bauen. Hängende Gärten. Pyramiden. Freiheitsstatuen. Eine Nation von der Steinzeit bis zum Weltraumflug führen.«

»Ja, und wie kommst du jetzt da drauf?«, fragte Maik.

»Wegen dem Samurai. Meine Lieblingszivilisation waren die Japaner. Staatsoberhaupt: Tokugawa. Während des Tokugawa-Shogunats entfaltete Bushido, der Verhaltenskodex der Samurai, seine größte Blüte.«

»Du hast eindeutig zu viel Discovery Channel gesehen, als der Fernseher noch nicht durchgeweicht war.«

»Ein wahrer Samurai sollte frei von jeder Angst sein und keinen Grund haben, krampfhaft am Leben festzuhalten. Für ihn ist es gleich, ob heute oder morgen sein letzter Tag ist. Seine Bereitschaft zu töten sollte ebenso gefestigt sein wie seine Bereitschaft, selbst in den Tod zu gehen.«

Maik nickte.

»Gegen mich hast du *Civilization* aber mit den Ägyptern gespielt.«

»Damit es schneller geht.«

»Du hast meine ersten Siedlungen mit einem einzigen Streitwagen plattgemacht, weil die Ägypter auffrisierte Streitwagen mit einer fiesen Spezialfähigkeit hatten.«

»Das mit der Spezialfähigkeit hätte ich dir fairerweise sagen sollen. Allerdings stationiert man auch immer einen Krieger zum Schutz der Städte, da hast du gepennt.«

»Ich muss jetzt gehen. Die Rammstein-Platte verschicken.«

Maik stand auf. Mitten in den Brennnesseln drehte er sich noch mal um. Er lächelte und hob die Hand zum Gruß. Der Regen war unnachgiebig. Maiks Kleidung klebte an der Haut und ließ ihn noch dünner aussehen. Er sah vollkommen lächerlich aus. Daniel musste laut lachen. Maik schien sich darüber zu freuen. Er winkte stärker.

• • •

Das Wartezimmer war absichtsvoll hell. Man merkte dem Raum an, dass er gestaltet worden war. In jeder Ecke eine Grünpflanze. Die Korbsessel sahen nach Urlaub aus. Nach einem Strandcafé an der Adria. Caipirinha mit Schirmchen und Strohhalmen aus der Pop-Fraktion. Die Optik stimmte, aber wirklich bequem waren die Sessel nicht. Das Korbgeflecht der Lehne drückte in den Rücken. Vielleicht Absicht, weil Doktor Hamann unbequemes Sitzen im Wartezimmer als Teil der Psychotherapie interpretierte? Wie bei jedem seiner Besuche sah sich Daniel die beiden Bilder an der gegenüberliegenden Wand an. Der große Kunstdruck eines sehr bunten Marc-Chagall-Gemäldes. Und das kleine Schwarz-Weiß-Foto eines Mannes, der sich auf einer Promenade in Brooklyn sonnt. Den Kopf im Nacken. Entspannt. Im Hintergrund die Skyline von Manhattan. Daniel stellte sich dicht vor das Foto. Ein altes Foto aus den Fünfzigern. Jedenfalls bevor das World Trade Center gebaut worden war. Und lange bevor die beiden Türme in sich zusammensackten. Die Größe der Bilder stand in einem auffälligen Missverhältnis. Vielleicht war der Chagall für die Manischen und das New-York-Foto für die Depressiven gedacht. Oder umgekehrt.

Die Tür öffnete sich und Doktor Hamann verabschiedete sich von einem zierlichen blonden Teenager. Magersüchtig, dachte Daniel. Die Blonde ging mit gesenktem Blick an Daniel vorbei. Doktor Hamann sah dem Mädchen nach. Sie drehte sich an der Ausgangstür noch einmal um und winkte kurz. Verlegen. Hamann lächelte zurück. Nachdem das Mädchen die Tür geschlossen hatte, ließ er das Lächeln zu Daniel weitergleiten. Professionelle Freundlichkeit, die Psychotherapeuten während ihrer Ausbildung erlernen. Wahrscheinlich gab es spezielle Lächel-Seminare. Für Daniel war das in Ordnung. Er arbeitete gern mit Profis zusammen.

»Guten Tag, Herr Schramm«, sagte Hamann. Seine Freundlichkeit und seine ausgestreckte Hand kamen Daniel weit entgegen. Die Hand zu schütteln war ganz einfach, nur mit der Freundlichkeit konnte Daniel nicht mithalten. Wahrscheinlich schafften das die wenigsten Patienten.

Doktor Hamann führte Daniel durch sein Arbeitszimmer. Parkettboden. Ein seltsam altmodischer Schreibtisch. Davor ein Gummibaum. Riesig. So groß, als müsste sich gelegentlich jemand dahinter in Deckung bringen. Nach dem Durchgangszimmer kam der Gesprächsbereich. Ein Wintergarten, in dem zwei eher schlichte Holzstühle mit einer gepolsterten Ledersitzfläche standen. Dazwischen ein strenger, kleiner, quadratischer Tisch mit Glasplatte. Die Stühle waren umgeben von einer Dschungellandschaft. Palmen. Benjamine. Gummibäume. Die Sonnenblumen fand Daniel übertrieben.

»Bitte nehmen Sie Platz!«

Daniel machte es sich bequem. Er hatte in den vergangenen Monaten einmal wöchentlich Gelegenheit gehabt, herauszufinden, wie man am besten auf Doktor Hamanns Stühlen saß – und die Anspannung loswurde. Die plötzlichen, heftigen Schweißausbrüche. Das Herzrasen. Die Übelkeit. Die ganze Alarmstimmung, die Daniels Körper in geschlossenen Räumen durchschüttelte.

»Wollen Sie was trinken?«, fragte Hamann. »Tee wäre gerade fertig. Bayram-Tee, das ist Apfel, Dattel und Feige.«

»Nein danke. Ich habe wie immer mein Getränk selbst dabei. Da ist Magnesium drin.«

Doktor Hamann setzte sich.

Daniel kramte eine Plastik-Wasserflasche aus dem Rucksack, öffnete sie und nahm einen kräftigen Schluck. Während er trank, sah er in den Garten hinaus. Tadelloser Golfrasen. Dazwischen Büsche und Obstbäume. Überall Blüten. Er hatte den Garten schon im Sommer gesehen. Grün. Und im Herbst. Bunt. Daniel hatte erwartet, dass Doktor Hamann im Winter Blätter in die Bäume kleben und die Rasenheizung anstellen würde. Aber im Winter waren die Bäume einfach nur kahl gewesen und die Wiese zugeschneit. Daniel verschloss die Wasserflasche und stellte sie auf das kleine Tischchen zwischen den Stühlen.

Dann begann das Ritual. Rituale sind angeblich gut, dachte Daniel. Doktor Hamann sah ihn freundlich an und schwieg. Ein Mann in den besten Jahren, die ihn damit gestraft hatten, dass kein Haar mehr auf seinem Kopf wachsen wollte. Der sauber zurechtgestutzte Vollbart konnte sich für keine Farbe entscheiden. Überwiegend grau, mit großen rostroten Stellen dazwischen. Obwohl Doktor Hamanns lebhafte Augen von einer schnellen Auffassungsgabe zeugten, waren sie ruhig auf Daniel gerichtet. Die Augen konnten genau so konsequent schweigen wie der restliche Psychologen-Körper. Während des Rituals wartete Hamann einfach auf Daniels erstes Wort. Nach Möglichkeit sollte es dem Patienten gehören. Der Doktor vermied allerdings das Wort *Patient* und schien auch nicht unglücklich zu sein, wenn kein erstes Wort kam.

Nach einer gefühlten Viertelstunde fragte Doktor Hamann: »Waren Sie im Kino?«

»Ja. Der Film war Schrott.«

»Sehr gut.«

»Was soll daran gut sein?«

»Zu Beginn der Therapie konnten Sie sich überhaupt nicht auf den Film konzentrieren. Und wie geht es Ihnen heute?«

»Gut. Es regnet. Wenn es regnet, geht es mir immer gut.«

»Vielleicht sollten Sie sich nicht so sehr vom Wetter abhängig machen.«

»Ich mache mich nicht abhängig. Ich bin gerade dabei, alle Abhängigkeiten zu bekämpfen.«

»Können Sie das auch anders formulieren?«

»Ich will unabhängig sein.«

»Gut. Hat das Wetter auch in Ihrer Kindheit so eine entscheidende Rolle gespielt?«

»Ja, doch. Da habe ich auch schon das schlechte Wetter geliebt. Wenn es regnete, durfte ich immer im Haus bleiben, fernsehen und musste nicht an die frische Luft.«

»Sie mochten die frische Luft nicht?«

»Nein, obwohl sie angeblich so gesund ist.«

»Und jetzt?«

»Was jetzt?«

»Leben Sie an der frischen Luft. Oder schlafen Sie mittlerweile wieder im Haus?«

»Nein, ich schlafe immer noch auf der Couch. Ich habe auch alles andere rausgestellt. Das ganze Wohnzimmer.«

»Was haben Sie rausgestellt?«

»Die Stehlampe. Die Couch.«

»Sonst noch was?«

»Den Flachbildschirm.«

»Haben Sie Strom im Garten?«

»Theoretisch. So eine lange Kabeltrommel, die ich bei einem Discounter gekauft habe. Ein Schnäppchen.«

Doktor Hamann sah Daniel an und wartete.

»Ich habe die elektrischen Geräte nicht angeschlossen.«

»Warum nicht?«

»Weil ich unabhängig sein will. Das hatten wir doch schon.«

»Wovon unabhängig?«

»Keine Ahnung. Sagen Sie es mir.«

»Und wenn Sie den Fernsehapparat wieder anschließen würden?«

»Der ist kaputt. Der Regen.«

»Wollten Sie den Fernseher bewusst zerstören?«

»Nein.«

»Könnte es sein, dass Sie ihn unbewusst zerstören wollten?«

»Ich weiß nicht. Das wäre ja unbewusst gewesen.«

»Was glauben Sie: Wollten Sie den Fernseher zerstören?«

»Warum sollte ich das tun?«

»Damit Sie die Bilder nicht mehr sehen müssen.«

»Ich hab mein ganzes Leben lang Fernsehen geschaut.«

»Bevor Sie in Afghanistan waren.«

»Sie glauben, dass ich die Nachrichten nicht aushalte? Ich war mittendrin statt nur dabei. Ich war *DIE Nachrichten*.«

»Wir Psychologen nennen das einen Trigger. Wenn Sie die Bilder sehen, ist es jedes Mal so, als wären Sie noch in Afghanistan.«

Daniel nahm einen Schluck aus seiner Wasserflasche. Angeblich half Magnesium gegen Stress, gegen Kopfschmerzen, gegen alles Mögliche.

»Sind Sie weiter dabei, Ihre Zeit zu strukturieren?«, fragte Doktor Hamann.

»Sie sehen ja, dass ich hier bin. Dienstagsprogramm.«

»Treffen Sie Ihre Tochter noch regelmäßig?«

»Jeden Donnerstag. Da sitzt immer so eine Sozialpädagogin von der Erziehungsberatungsstelle dabei. Ich glaube, die hält mich für voll bekloppt.«

»Sie fühlen sich unwohl während der betreuten Treffen?«

»Allerdings.«

»Denken Sie darüber nach: Ist es die Sozialpädagogin oder die Situation?«

»Wahrscheinlich die Situation. Man steht unter Beobachtung.«

»Ich bin der Meinung, dass es auf jeden Fall gut für Sie ist, den Kontakt zu Ihrer Tochter weiter aufrechtzuerhalten.«

»Ich habe mir überlegt ... aber das ist wirklich nur so eine Idee ... Also, ich wollte Lea fragen, ob sie mit mir eine Radtour zum Kornberg machen will. Da gibt es einen riesigen Felsblock, den Wackelstein, den man mit einem großen Ast zum Wackeln bringen kann. Wir haben da mal einen Ausflug hin gemacht, als Lea gerade eingeschult worden war. Die ganze Familie. Wir haben viel gelacht und ich habe Lea das Hebelgesetz erklärt.«

»Klingt gut. Fragen Sie Ihre Tochter doch einfach!«

»Ich müsste ihre Mutter um Erlaubnis bitten.«

»Wie würden Sie das Verhältnis zu Ihrer Ex-Frau beschreiben?«

»Krieg.«

»Ich dachte, Krieg wollten Sie nicht mehr führen.«

»Er geht ja nicht von mir aus.«

»Sieht Ihre Frau das genauso?«

»Vielleicht ist es auch kein richtiger Krieg. Mit Frontalangriffen und Action. Ist eher so ein Stellungskrieg, bei dem man sich aus den Schützengräben heraus belauert. Kann sein, es ist bloß ein kalter Krieg, aber das sieht Melanie auf keinen Fall genauso.«

»Gut, dass Sie ihren Namen gesagt haben.«

»Das war keine Absicht. Eigentlich würde ich das lieber rückgängig machen. Den Namen und so.«

»Was würden Sie sich für Ihre Beziehung wünschen?«

»Wir haben keine Beziehung mehr.«

»Soll das so bleiben? Fühlt sich das gut für Sie an?«

»Ich weiß nicht. Wir haben eine gemeinsame Tochter. Lea ist uns beiden wichtig. Family is important shit.«

»Das hört sich stimmig an. Eine Beziehung endet ja nicht, weil sie für beendet erklärt wurde. Was wünschen Sie sich?«

»Waffenstillstand. Das wäre okay.«

»Und wenn es etwas mehr als okay sein dürfte?«

»Frieden.«

Kaum hatte Daniel das F-Wort gesagt, war es ihm schon peinlich. Als sei er gerade dabei gewesen, ein Veteranenklischee zu erfüllen oder nur etwas zu sagen, das sein Therapeut gerne hören wollte.

»Frieden fühlt sich für Sie gut an?«

»Ja, Frieden fühlt sich gut an.«

»Gibt es sonst noch etwas, das Sie gerne ansprechen würden?«, fragte Hamann.

»Seit Neuestem verschwinden Dinge einfach. Am Vorabend waren sie noch da, am nächsten Morgen sind sie weg.«

»Zum Beispiel?«

»Ein Apfelbaum. Mein Kampfmesser.«

»Erzählen Sie von dem Apfelbaum. Ein ganzer Baum verschwindet nicht einfach.«

»Es war noch ein ganz junger Baum. Ich habe ihn vor einigen Wochen gepflanzt.«

»Warum?«

»Damit der Garten lebendiger ausschaut. Eines Morgens war er einfach weg. Später habe ich ihn wiedergefunden. In der Bio-Mülltonne. Total zerstört. Alle Äste abgebrochen.«

»Haben Sie das Messer auch wiedergefunden?«

»Nein.«

»Machen Sie sich deshalb Sorgen?«

»Es ist eine Waffe. Nicht frei verkäuflich. Zumindest braucht man einen Altersnachweis.«

»Haben Sie eine Erklärung dafür?«

Daniel zuckte mit den Schultern. Doktor Hamann wartete und schaute ihn an.

»Sie wissen ja, dass Sie hier alles ansprechen können.«

»Ich habe mich gefragt, ob ich schlafwandle. Nachts Sachen mache, an die ich mich am nächsten Tag nicht erinnern kann. Glauben Sie, dass ich ein Schlafwandler bin?«

»Beobachten Sie, ob weitere Gegenstände verschwinden. Wir werden das nächste Mal wieder darüber sprechen.«

Als Doktor Hamann Daniel zur Tür brachte, wartete bereits der nächste Patient im Wartezimmer. Ein kleiner nervöser Mann mit Halbglatze. Vielleicht depressiv. Oder manisch. Daniel wusste nicht, ob der Mann sich das große oder das kleine Bild im Wartezimmer angesehen hatte. Sollte er bipolar sein, hatte er Glück. Dann konnte er sich beide Bilder anschauen.

• • •

Daniel bewahrte seine Kleidung im Haus auf und nicht im Garten. Psychisch krank, aber nicht bescheuert, dachte er. Ständig in feuchten Klamotten rumlaufen, wer will das denn? Außerdem kriegen die Kleidungsstücke erst einen modrigen Geruch und irgendwann fangen sie an zu schimmeln. Modrigen Geruch und Schimmel konnte er nicht gebrauchen. Seine positive Einstellung zu Hygiene war ungebrochen. Deshalb ging er auch einmal am Tag ins Haus zum Duschen. In einem Bad mit buntem Fliesenmosaik. Sommerfarben. Das Bad war immer noch gut. Das Schlafzimmer war schlecht. Nachdem Melanie ausgezogen war, hatte Daniel das Bett zerhackt. Jetzt lagen die Holztrümmer und die aufgeschlitzten Matratzen wie die Überreste seiner Ehe herum und erinnerten ihn erst recht an ein Leben, das er früher einmal so selbstverständlich geführt hatte. Als könne eine Beziehung nicht gegen die Wand fahren. Aus einem offenen Fenster fallen. Verloren gehen. Daniel holte so schnell er konnte seine Laufbekleidung aus dem Schrank. Hose und Shirt aus atmungsaktivem Material. Kunststoff. In seiner Jugend war Baumwolle noch das Hautfreundlichste, jetzt hatten sie den Kunststoff so weit, dass der Körper besser damit leben konnte. In Rekordgeschwindigkeit zog sich Daniel um. Dabei vermied er es so krampfhaft, auf die Überreste des Bettes zu schauen, dass er erst recht unentwegt an das Bett denken musste.

Daniel ging in Leas Zimmer. Es war vollkommen leer, bis auf einen Käfig in der Mitte des Zimmers. Durch die Gitterstäbe hindurch glotzte ihn Bonaparte an. Ein geflecktes Kaninchen, das sofort zu fressen begann, nachdem Daniel die Kleintiernahrung nachgefüllt hatte. Nach der Fütterung hatte Bonaparte kein Interesse mehr an ihm. Daniel verstand nicht, warum die meisten Menschen Felltiere putzig fanden und Hausschweine nicht, obwohl die intelligenter waren. Vielleicht lag es gerade am Intelligenzmangel. Schweine waren den Menschen einfach zu ähnlich, um putzig zu sein.

Zurück in der Küche wuchtete Daniel seinen Laufrucksack auf die Arbeitsplatte. Massivholz. Er ging vor der Küchenzeile in die Knie und schlüpfte mit den Armen durch die Rucksackgurte. Beim Aufstehen atmete er keuchend aus. Der Rucksack wehrte sich wie gewöhnlich. Genauer gesagt, sein Inhalt. Die beim Anlegen der Auffahrt und der Gartenwege übrig gebliebenen Granitsteine gingen mit den Gesetzen der Schwerkraft eine mächtige Allianz ein. Daniel zog die Schlaufen fest. Der Rucksack musste möglichst eng am Körper anliegen. Bis das Gewicht eins geworden war mit ihm. Steine hatten eine Zeit lang in der Beziehung zwischen Melanie und Daniel eine durchaus gewichtige Rolle gespielt. Die Anordnung des Pflasters in der Auffahrt sah gefällig chaotisch aus. Als hätten sich die Steine mit ihrem unterschiedlichen Farbspiel aus freien Stücken zu etwas Dekorativem zusammengefügt. In Wirklichkeit hatte Melanie drei Abende damit verbracht, einen genauen Plan zu zeichnen, nach dem sich die Pflasterer richten mussten. Sogar die Regenpfützen schienen eine gewisse Ordnung zu haben. Wie immer, wenn er vor der von Melanie konzipierten Auffahrt stand, empfand Daniel das demütigende Gefühl, in seinem Leben nichts erreicht zu haben. Gute Besserung, dachte er und rannte los. Der Regen legte eine Pause ein, aber es roch überall nach ihm und der Asphalt war noch feucht.

Schritte gleichmäßig. Atmung gleichmäßig.

Hinaus aus der Straße mit den weihevoll vor den Häusern platzierten braunen Mülltonnen. Ich darf nicht vergessen, die Bio-Mülltonne rauszustellen, dachte Daniel. Hinaus aus dem Neubauviertel. Hinein in die Landschaft. Der Asphalt ging in einen Schotterweg über. Auf den ersten zweihundert Metern musste man noch aufpassen, dass man nicht vom Weg abkam, weil überall im Gras Hundekot auf den menschlichen Fuß lauerte. Den Kot kriegt man aus dem Profil der Laufschuhe nicht mehr heraus. Jedenfalls nicht, ohne dass es einem schlecht wird. Dann doch lieber gleich in den Restmüll. Daniel wünschte sich, einmal einen Hundebesitzer zu erwischen, der seinen Hund kacken ließ, ohne anschließend das Häufchen wegzuräumen. Er war ja im Nahkampf ausgebildet. Er konnte den Hund Scheiße fressen lassen oder den Besitzer. Darüber muss ich mal mit Doktor Hamann reden, dachte Daniel. Vielleicht hätte der sogar Verständnis. Der Therapeut schien eher der Katzentyp zu sein.

Nach zwei Kilometern erreichte Daniel den Golfplatz. Das Areal erinnerte ihn an das Manövergelände, auf dem er Teile seiner Ausbildung zum Fallschirmjäger absolviert hatte. Vor allem die Sandbunker. In erster Linie wegen des Sands und erst in zweiter Linie wegen des Worts »Bunker«. Tatsächlich gab es damals auf dem Manövergelände noch ein paar Bunker aus dem Zweiten Weltkrieg. Wahrscheinlich gibt es sie immer noch. Du kriegst die Vergangenheit einfach nicht weg. Natürlich waren die Nazis scheiße, aber die haben noch stabile Arbeit abgeliefert. Da war Beton noch Beton, da kam keiner auf die Idee, dass der zerfressen werden könnte. Während eines Badeurlaubs auf Rügen hatte Daniel mit der Familie einmal das Seebad Prora besichtigt. Die Nazis hatten es für zwanzigtausend Menschen konzipiert, die dort in Friedenszeiten einen gleichgeschalteten Urlaub verbringen sollten. Der gigantische Gebäudekomplex stand immer noch in den Dünen wie ein Bollwerk gegen individuelles Glück. Melanie klagte die ganze Zeit, dass ihr die Monumentalbauten Kopfschmerzen bereiten würden. Lea schlief in der Rückentrage. Lange her. Kraft durch Freude, dachte Daniel und beschleunigte seine Schritte.

Die Golfer zogen in Kolonnen ihre Trolleys über das Fairway. Sie waren in Gesellschaft. Daniel quälte sich mit einem Granitsteinbruch auf dem Rücken die erste ernsthafte Steigung hoch. Die Golfer spielten in der Landschaft. Sie machten es sich in ihr gemütlich. Keiner meinte es ernst. Weder die Landschaft noch die Golfer. Alles war künstlich. Die Golfer hatten den Vorteil, dass sie die Landschaft ihren Bedürfnissen gerecht erschaffen hatten. Überall Drainagen und Beregnungsanlagen. Selbst das Klima wurde am Golfplatz verbessert, vielleicht sogar die persönlichen Kontakte. Daniel hatte diesen Vorteil noch nie gehabt. Soldaten treffen auf feindliche Landschaften. Und auf feindliche Menschen. Du kämpfst gegen die Landschaft. Du kämpfst gegen die Menschen. Alles ist echt. In den Nachrichten wird manchmal gelogen, aber in echt ist alles echt.

Auf der Steigung nach dem Golfclub bereitete der Rucksack das erste Mal Schmerzen. Die Schultern brannten. Knapp über dem Becken wurden die Bandscheiben so sehr zusammengepresst, dass sie um Hilfe riefen. Daniel kam seinem Körper nicht zu Hilfe. Er quälte ihn weiter den Berg hoch. Seine Lungen rasselten. Er konnte den Schmerz genau spüren. Besser als jedes andere Gefühl. Irgendwie mochte er ihn. Der Schmerz erklärte ihm ausdauernd und großflächig, dass er noch am Leben war. Wenn er den Schmerz lange genug aushielt, würde er hinterher müde sein. Schlafen können. Wenigstens für ein paar Stunden. Unermüdlich setzte Daniel einen Fuß vor den anderen, obwohl am Berg jeder einzelne Muskel seines Körpers rebellierte. Er stemmte sich gedanklich gegen die Körperrevolte. Schweiß strömte aus allen Poren. Auch aus solchen, die Daniel bisher noch nicht gekannt hatte. Der Atem musste kontrolliert werden. Er konnte jedes einzelne Lungenbläschen spüren. Das Herz pochte in den Schläfen. Daniel wusste: Wenn man es lange genug aushielt, überwand man den toten Punkt. Als würde man gegen eine Wand laufen. Die Wand gab nach, wenn der Wille stark genug war. Dann konnte man laufen und laufen und laufen. Bis man irgendwo hinkam. Man kam immer irgendwo hin, wenn man nicht auf der Strecke blieb.

Ab der Bergkuppe hatten es die Schritte leichter. Die Augen halfen auch mit. Aussicht auf ein siedlungsfreies, funkmastfreies, baumaschinenfreies Tal. Eine große Wiese, in die mehrere Fischteiche unterschiedlicher Größe gesprenkelt waren. Die Sonne quetschte sich durch ein Wolkenfenster. Man konnte jeden einzelnen ihrer Strahlen sehen. Sie standen quer in der Landschaft und die Fischteiche lagen wie große Spiegel im grünen Gras. Bergab fanden die Beine einen menschenfreundlicheren Rhythmus und Daniel merkte, wie sich sogar der Schmerz mit ihm anfreundete. Entspannt lief Daniel zum ersten der Fischteiche. Er nahm seinen Rucksack ab und stellte ihn auf den Boden. Bevor er den Steg betrat, prüfte er mit den Füßen dessen Stabilität. Auf den verwitterten Holzbohlen ging er in die Knie, tauchte seine Hände in den Teich und klatschte sich Wasser ins Gesicht. Das Teichwasser brannte auf den verschwitzten Wangen. Daniel atmete durch. Er beugte sich nach vorn, um erneut Wasser zu schöpfen. Da bemerkte er das Gesicht. Ein schönes Mädchengesicht wie aus einem Jugendstilbild. Sehr weiß. Umrankt von Algen und dunklen, schwebenden Haaren. Eigentlich konnte Daniel mit Jugendstil nicht sehr viel anfangen. So ein Bild hätte er sich nicht in die Wohnung gehängt, aber auf einmal war es einfach da. Ein Kunstdruck im Fischteich. Daniel stützte sich mit einer Hand ab, während er die andere ins Wasser gleiten ließ. Er konnte die Nase spüren, die Wangen, den Mund. Ein schönes Gefühl. Erschrocken zog er die Hand zurück. Daniel starrte ins Wasser. Vor ihm tauchten Bilder aus Afghanistan auf. Tote Kameraden, die er berührt hatte. Er sprang auf und rannte vom Teich weg. Zurück zum Rucksack. Einfach weiterlaufen, dachte Daniel, aber der Rucksack war schwer und das Gesicht im Wasser wechselte in seinem Hirn sehr schnell mit der Erinnerung an gefallene Kameraden. Zerfetzte Körper im Staub. Auf Geröll. Selten auf asphaltierten Straßen. Langsam ging Daniel zum Teich zurück. Schweiß in den Augen. Die Atmung kontrollieren, dachte Daniel, die Atmung kontrollieren. Er blieb am Ufer stehen. Bewusst atmen. Zögerlich betrat er den Steg. Das Wasser war trüb. Gutes Karpfenwasser. Im Teich lag ein totes Mädchen. Hübsches Gesicht, aber eine hässlich klaffende Wunde am Hals. Die Wundränder waren schön glatt geschnitten und nur vom Wasser aufgedunsen. Eigentlich sollte der ganze See rot sein vor Blut. Der Schmerz packte Daniel an einer unerwarteten Stelle.

• • •

Ein Beamter in Zivil filmte mit einer kleinen Digitalkamera die Schaulustigen an der Absperrung. Manchmal kehrt der Täter wieder an den Tatort zurück. Weiß man aus jedem Fernsehkrimi, dachte Daniel, deshalb sollte es eigentlich allen Mördern bekannt sein, aber anscheinend hatte es sich immer noch nicht bei allen Gewalttätern herumgesprochen. Oder manche ließen es einfach darauf ankommen. Vielleicht gab es ihnen sogar den besonderen Kick. Einen Moment lang hasste Daniel die Menschen. Er war froh, darüber mit seinem Therapeuten sprechen zu können. Und nicht mehr die Möglichkeit zu haben, scharfe Munition in Menschenansammlungen abzufeuern.

Zwei uniformierte Polizisten entfernten das über den Feldweg gespannte Plastikband. Der Rettungswagen fuhr langsam den Berg hoch. Ohne Blaulicht. Daniel wusste: Der offizielle Begriff ist »Rundumkennleuchte«. Ein Rettungswagen fährt ohne Blaulicht, wenn der Zustand des Patienten es nicht erfordert, alle anderen Autos mit einer unfallträchtigen Fahrweise an den Straßenrand zu drängen. Entweder, weil der Patient wohlauf ist. Oder weil es selbst dann zu spät ist, wenn man alle roten Ampeln missachtet. Auf der Krankentrage lag ein totes Mädchen. Kein Defibrillator, kein Beatmungsgerät, kein Notfallkoffer konnten mehr helfen. Die dunklen Haare hatten im Wasser das Gesicht des Mädchens sanft umspielt. Sie machten das Gesicht noch fahler. Wie eine Porzellanpuppe lag sie im algigen Wasser. Erst jetzt, als er den Rettungswagen schwankend den Feldweg hochfahren sah, konnte sich Daniel »tot sein« ohne Explosionen und Blutlachen vorstellen.

Frauen und Männer in weißen Schutzanzügen suchten die Umgebung des Teichs ab, während Taucher im Wasser unterwegs waren. Die zwei Polizisten spannten das Plastikband wieder über den Feldweg. Daniel hatte erwartet, dass der Tatort mit einem gelben Band mit dicken schwarzen Buchstaben abgesperrt werden würde. Daniel hatte einmal eine CSI-Folge auf DVD angehalten, um die Aufschrift lesen zu können. Das war gar nicht so einfach, weil das Band von hinten zu sehen und damit die Buchstaben spiegelverkehrt waren. CRIME SCENE – DO NOT ENTER. Das in Deutschland gebräuchliche weiß-rote Band sah irgendwie armselig aus. Wie frisch von einer Baustelle entwendet. Der Aufdruck POLIZEIABSPERRUNG wirkte billig. Ein deutscher Tatort tut so, als wäre gar nichts passiert.

Eine kleine blonde Frau kam auf Daniel zu. Vielleicht wirkte sie auch nur im Vergleich mit dem finster blickenden Riesen klein, den sie im Schlepptau hatte. Gut möglich, dass früher die Einstellungsvoraussetzungen einmal anders waren. Die aktuell für den Polizeidienst geforderte Mindestgröße von 1,65 m erreichte sie jedenfalls nur knapp. Sehr knapp. Wie viele kleine Menschen bewegte sie sich erstaunlich zielstrebig auf ihr Ziel zu, während das überdimensionierte Anhängsel hinter ihr immer wieder mal seine Gliedmaßen ordnen musste.

»Herr Schramm?«, fragte die blonde Frau in einem Tonfall, dessen Strenge routiniert klang.

Daniel stand auf. Seine Knie knackten. Das lange Sitzen auf dem Rucksack hatte die Schmiere aus den Gelenken sonst wohin befördert.

»Ja«, sagte Daniel und streckte die Hand aus.

Die Blonde hielt ihm ihren Dienstausweis entgegen.

»Polizeihauptkommissarin Feller.«

Sie deutete mit dem Kopf nach hinten.

»Das ist Polizeikommissar Weber.«

Der Riese nickte ohne irgendeine Regung im Gesicht.

Daniel stand immer noch mit ausgestreckter Hand vor den beiden.

»Fühlen Sie sich in der Lage, uns ein paar Fragen zu beantworten?«, fragte die Polizeihauptkommissarin.

»Ja, klar.«

Daniel zog seine Hand zurück und steckte sie in die Tasche seiner Joggingjacke.

»Sie haben die Tote gefunden?«

Daniel nickte.

»Ja.«

»Wann war das?«

»Wird so gegen 17 Uhr gewesen sein.«

»Genau wissen Sie das aber nicht?«

»Ich trage keine Uhr. Auch mit Uhr hätte ich wahrscheinlich nicht drauf gesehen.«

Der Riese holte seinen erstaunlich normal dimensionierten Notizblock heraus.

»Der Notruf ging um 17 Uhr 14 ein.«

Webers Stimme klang höher als Daniel erwartet hatte. Bei einem großen Menschen rechnete man immer mit einem gigantischen Lungenvolumen und einer sonoren Stimme. Vielleicht war dort oben aber auch die Luft schon ein bisschen dünner. Weber war in jedem Fall kopfballstark.

»Warum haben Sie vom Golfplatz aus angerufen?«, fragte Polizeihauptkommissarin Feller.

»Ich musste doch die Polizei verständigen. Da war ja ein totes Mädchen im Teich.«

Feller lächelte so verständnisvoll, wie man es in keinem Lehrgang, sondern nur durch sehr viele Zeugenbefragungen lernt.

»Hatten Sie Ihr Handy nicht dabei?«

»Ich hab kein Handy. Damit kann man ja überall geortet werden.«

Die kleine Frau starrte ihn an. Und der Riese hinter ihr auch. Sie drehten die Köpfe zueinander und ihre Blicke bündelten sich. Daniel merkte, dass er auf das achten musste, was er sagte.

»Was haben Sie hier gemacht?«, fragte Feller.

»Jogging.«

»Joggen Sie hier öfter?«

»Jeden Dienstag.«

»Kennen Sie die Tote?«

»Nein.«

»Haben Sie sie früher hier gesehen?«

»Nein.«

»Ist Ihnen heute etwas sonderbar vorgekommen?«

»Da war eine Leiche im Wasser.«

»Außerdem?«

»Nichts.«

»Haben Sie jemanden in der Nähe gesehen?«

»Nur die Golfspieler.«

Die Polizisten schauten Daniel prüfend an. Daniel lächelte, obwohl es ja eigentlich keinen Anlass dafür gab. Man lächelt reflexartig.

»Was ist in dem Rucksack?«, fragte Weber. Seine Stimme war mit einem Mal nicht mehr so mädchenhaft.

»Steine«, antwortete Daniel.

Weber legte den Kopf leicht schief. Dabei wurde sein Blick strenger.

»Granit. Meine Frau wollte Natursteine aus der Region für die Auffahrt.«

»Meine Frau und ich haben uns für Betonsteine entschieden«, sagte Weber. »Die sind erheblich billiger. Trotzdem trage ich sie beim Joggen nicht mit mir herum.«

»Haben Sie was dagegen, wenn mein Kollege sich Ihren Rucksack ansieht?«, fragte Polizeihauptkommissarin Feller.

»Nein.«

Auf so eine Idee würden die nicht kommen, wenn sie mich nicht in Verdacht hätten, dachte Daniel. Er begann zu schwitzen. Sein Atem wurde flacher. Die Polizeihauptkommissarin schien seine Gedanken lesen zu können.

»Routine«, sagte sie freundlich.

»Natürlich.«

»Wir müssen in alle Richtungen ermitteln.«

Weber ging vor dem Rucksack in die Hocke und öffnete die Schlaufen. Ungläubig glotzte er auf den Inhalt und tastete den Rucksack ab.

»Steine«, sagte Weber.

»Granit«, präzisierte Daniel.

»Warum tragen Sie beim Joggen einen mit Steinen gefüllten Rucksack?«, fragte Polizeihauptkommissarin Feller.

»Damit es nicht so einfach ist.«

»Tut das nicht nach einiger Zeit weh?«

»Ich finde es wichtig zu wissen, wo die eigenen Grenzen sind.«

Die blonde Frau schaute ihn lange an.

»Kollege Weber wird Ihre Daten aufnehmen. Wir werden in den nächsten Tagen sicher noch einmal auf Sie zukommen.«

Die Polizeihauptkommissarin drehte sich um und ging in Richtung Fischteich. Weber holte seinen Notizblock und einen Kugelschreiber aus der Innentasche seiner Jacke.

»Name?«, fragte er.

»Daniel Schramm.«

• • •

Der Rucksack lag im Gras neben der Ledercouch. Ein Niesanfall schüttelte Daniel durch. So als hätte jemand auf einen Knopf gedrückt. Zwischen dem Niesen hatte er kaum Luft zum Atmen. Werd jetzt bloß nicht auch noch Allergiker, dachte Daniel und versuchte es mit Selbsthypnose. Er starrte auf den Flachbildschirm. In der Dämmerung hatte das Gerät die Ausstrahlung eines urzeitlichen Monolithen. Als wäre gerade der Grundstein für Stonehenge in einem vernachlässigten Garten hinter einem Einfamilienhaus gelegt worden. Selbst wenn die Technik längst Opfer der Witterung geworden war, stellten sich beim Anblick eines Fernsehapparats unweigerlich Bilder im Kopf ein. Eine Doku-Soap, in der eine Familie von Motorradbastlern zu einem bestimmten Zeitpunkt einen verrosteten Chopper rechtzeitig aufgemotzt haben muss. Der Tank des Motorrads soll mit einer Kopie des *Der mit dem Wolf tanzt*-Filmplakats lackiert werden. Der Besitzer des Choppers ist schon deutlich älter als vierzig, also in einem Alter, in dem man sich dauernd zwischen die Beine glotzt, um nachzuprüfen, ob noch genug Freiheit da ist. Danach ein perfektes Promi-Dinner. Mit Promis, die man nicht kennt. Alle mit einem festgetackerten Dauergrinsen. Einer Fröhlichkeit, die nur im Fernsehen stattfindet. Dazu ein Speiseplan, den man normalerweise abbestellen würde. Hauptsache keine Krimis. Daniel mochte keine Krimis. Die tun so, als wären sie echt. Er wusste auch ohne sie, dass es die Wirklichkeit gab. Und dass es da draußen nicht schön war.

Daniel ging durch die Brennnesseln ins Haus. Zögerlich. Noch waren die Brennnesseln weit genug von den Unterarmen entfernt. In ein paar Wochen würde er die Ellbogen heben müssen. Die Beine waren durch die Hose geschützt. Er hatte sich schon lange abgewöhnt, kurze Hosen zu tragen. Daniel wusste: Du kriegst nur Zecken oder einen Sonnenbrand davon. Oder im schlechtesten Fall beides. Im Haus angekommen, nahm er das schnurlose Telefon von der Basisstation, steckte es in die Hosentasche und verschwand damit nach draußen. Sehr schnell, damit nicht allzu viel von den eigenen vier Wänden an ihm haften blieb.

Erleichtert ließ Daniel sich im Garten auf die Ledercouch fallen. Draußen war es besser. Er spürte, wie das Telefon in seiner Hosentasche gegen die Hoden drückte. Eigentlich sollte er Timo nicht mit seiner Scheiße belästigen. Mit einer jungen Frau, die an einer hässlichen Wunde am Hals gestorben war. Veteranen hatten genug Probleme mit den Toten, die sie mit sich herumtrugen. Schließlich wählte er doch Timos Nummer. Ein Freund. Sein bester. Wenn Not am Mann sei, könne er sich jederzeit melden, auch nachts, hatte Timo gesagt. Es war noch nicht mal Nacht. Höchstens abends. Vorgerückter Abend. Daniel war sich nicht sicher, ob die Not wirklich am Mann war. Na gut, er hatte eine Leiche gefunden, aber immerhin war er nicht in Afghanistan.

»Timo Fuchs, hallo«, meldete sich eine vertraute Stimme aus der Ohrmuschel. So wie Daniel sie schon Hunderte Male aus einem Funkgerät gehört hatte.

»Hier ist Daniel.«

»Ich weiß, wer da ist. Ich kann deine Nummer auf dem Display sehen.«

»Heute bin ich spät dran.«

»Du kannst jederzeit anrufen. Das weißt du doch. Oder? Du weißt es.«

»Ich weiß es.«

»Ist bei dir alles in Ordnung?«

Komische Frage, dachte Daniel. Wann ist bei mir das letzte Mal etwas in Ordnung gewesen? War es vor Afghanistan? Oder bevor meine Frau die Koffer und das Kind gepackt hat? Oder bevor ich die Möbel in den Garten gestellt habe?

»Ich hab eine Leiche in einem Fischteich gefunden«, sagte Daniel.

»Ich hab's nicht richtig verstanden. Sag das noch mal.«

»Leiche. Fischteich. Eine junge Frau. Jemand hat ihr die Kehle durchgeschnitten.«

»Scheiße. Ich komm zu dir.«

»Gut.«

»Aber vor dem Wochenende komm ich nicht weg.«

»Schon klar.«

»Der Job.«

»Ich versteh schon.«

»Reicht es, wenn ich Freitagabend bei dir bin?«

»Klar.«

»Hast du das Gästebett auch zersägt?«

»Nur die Luft rausgelassen. Ist eines von diesen aufblasbaren Teilen.«

»Dann kann man es ja bequem nach draußen stellen. Ich bringe einen Schlafsack mit und schlaf bei dir im Garten.«

»Gut, ich räume ein Eck frei.«

Pause. Einen Moment glaubte Daniel, die Leitung sei unterbrochen.

»Du baust aber keinen Scheiß, oder?«, fragte Timo.

»Was für eine Art *Scheiß* meinst du?«, fragte Daniel.

»Keine Ahnung. Irgendwas Suizidales. Du kannst mich jederzeit anrufen. Auch nachts.«

Lange nachdem sie das Telefongespräch beendet hatten, waren Timos Worte noch fühlbar. *Auch nachts.* Hört sich so an, als sei ich wirklich hilfsbedürftig, dachte Daniel. Vor allem im mentalen Bereich. Aber Timo meint es nicht böse. Den kann nicht mal mein mentaler Bereich schocken – nicht zuletzt, weil er einen eigenen hat.

Eine unnachgiebige Müdigkeit stieg von Daniels Beinen und Armen nach oben. Seine Lider klappten zu und der Kopf kippte einfach weg. Ein langer Tag. Daniel hatte eine Leiche gefunden. In der Heimat rechnete man nicht damit. Wachsamkeit war angesagt. Da draußen war irgendwo ein Feind. Seit seiner Heimkehr hatte er keinen Feindkontakt gehabt. Außer mit sich selbst.

Zeit für den Bildschirmschoner, wusste Daniel. Denk was Positives.

Er freute sich auf Timo. Sie waren schon befreundet gewesen, bevor ihr Konvoi in den Hinterhalt geraten war, aber jener Nachmittag hatte sie zusammengeschweißt. Das viele Blut. Die gemeinsame Todesangst. Salve um Salve auf unsichtbare Gegner abfeuern. Eine Art von Vertrauen, das sich nur entwickelt, wenn man gemeinsam in Lebensgefahr schwebt. Sich kurze Kommandos zubrüllt, während die Geschosse direkt hinter dem eigenen Arsch einschlagen. Vielleicht war das Besondere an der Freundschaft mit Timo auch erst später entstanden. Nach ihrer Heimkehr. Sie waren auch nach Afghanistan füreinander da gewesen. Der Kontakt war nie abgebrochen. Sie waren Überlebende. Zurück in der Zivilisation hatten sie sich nicht losgelassen. Daniel beschloss, bei der nächsten Sitzung Doktor Hamann zu fragen, warum sich eine Freundschaft zwischen Veteranen anders anfühlte als zwischen anderen Menschen. »Zivilisten«, würde Daniel sagen. »Gemeinsam Traumatisierte«, würde Doktor Hamann sie nennen, darauf würde es hinauslaufen, als hätte alles einen dunklen Kern, wenn man einmal Soldat gewesen war.

Anfangs hatte Daniel Doktor Hamann in Verdacht, Kriegsdienstverweigerer gewesen zu sein. War ja eigentlich auch nicht schlimm. Die meisten Zivildienstleistenden im Altenheim oder in der Behindertenwohngruppe leisteten mehr als die Bierfraktion in der Kaserne.

»Wo haben Sie Ihren Zivildienst abgeleistet?«, fragte Daniel während der vierten oder fünften Sitzung.

»So schätzen Sie mich also ein«, lachte Doktor Hamann.

Daniel versuchte sofort, erst gar keine Missverständnisse aufkommen zu lassen: »Ich hab Respekt vor Menschen, die sich freiwillig dafür entscheiden, anderen den Arsch abzuwischen.«

»Ich war sieben Monate als Truppenpsychologe im Kosovo. Die Bundeswehr hat sogar meine dienstzeitbegleitende Ausbildung zum Psychologischen Psychotherapeuten finanziell unterstützt. Das machen die nur in Einzelfällen.«

»Entschuldigung.«

»Warum entschuldigen Sie sich? Ich dachte, Sie hätten Respekt vor Zivildienstleistenden.«

»Hab ich auch. Aber ich hab auch Respekt vor Auslandseinsätzen.«

»Passt das zusammen?«

»Bei beiden bleibt man nicht kalt.«

»Kommt wahrscheinlich auf den Job an. Und auf den Menschen.«

»Haben Sie im Kosovo auch Uniform getragen?«

»Natürlich. Ich hatte auch eine Waffe.«

Daniel hatte sich in Doktor Hamann gründlich getäuscht. Vielleicht, weil er während einer der ersten Sitzungen seinen Lebensfaden mit dunklen und hellen Steinen legen sollte. Als sein versteinerter Lebenslauf vor ihm lag wie die Satellitenaufnahme eines monumentalen Alien-Artefakts, musste Daniel lachen.

»Warum lachen Sie?«, fragte Hamann.

»Entschuldigen Sie, aber das ist ein bisschen wie Kindergarten.«

»Haben Sie etwas anderes erwartet?«

»Ich dachte, Traumapatienten muss man mit ihrem Trauma konfrontieren. So lange bis ... Ich weiß nicht ...«

Hamann nickte verständnisvoll.

»So kann man auch einen starken Menschen zerstören. Wenn man ihn immer und immer wieder retraumatisiert. Ich verfolge einen anderen Ansatz.«

»Und wie sieht der aus?«

»Einen Traumapatienten sollte man vom Traumamaterial distanzieren.«

»Von dem dunklen Stein?«

»Ja, von dem dunklen Stein.«

In der Folge machten sie Körperübungen und arbeiteten daran, Filme über Nacht oder bis zur nächsten Sitzung in den inneren Tresor zu legen. Oder einen »Bildschirmschoner« auf Daniel mentaler Festplatte zu installieren, den er in angespannten

Situationen abrufen konnte. Ein schönes, künstlerisches Bild. Zum Beispiel eine Landschaft aus *Herr der Ringe*, aber ohne Orks. Das mit dem Bildschirmschoner wollte nicht so richtig funktionieren.

»Werde ich jemals geheilt sein?«, hatte Daniel gefragt.

»Unser Ziel ist es, dass Ihr Körper und Ihr Gehirn Vergangenheit und Gegenwart auseinanderhalten können.«

Doktor Hamann verstand Daniel. Er war ein Veteran. Einen wie ihn in der oberfränkischen Provinz anzutreffen, war ein Glückstreffer. Unerwartet. In einem altindustrialisierten Problemgebiet mit ungünstigen Strukturmerkmalen. Mit einer Arbeitslosenquote zum Davonlaufen. Und mit geballter Perspektivlosigkeit. Die Region war mit ambulanten Therapieplätzen unter- und mit den unterschiedlichsten Patientengruppen überversorgt. Daniel mochte seinen Therapeuten. Einfach dafür, dass er da war. Irgendwann würde er ihn fragen, warum es ihn hierher verschlagen hatte. Vielleicht eine glückliche Liebe. Oder eine unglückliche. Darauf lief es meistens hinaus.

Timo und Doktor Hamann. Zu beiden hatte Daniel Vertrauen. Sie machten ihm nichts vor. Waren ehrlich. Weckten keine falschen Hoffnungen. Zwei Menschen. Nicht gerade viel. Und Maik natürlich. Aber der war selber nur ein Freak, der seine besten Jahre schon hinter sich hatte. Vielleicht hatten sie auch nie stattgefunden.

Daniel stellte sich vor, wie er auf einem Luftbild aussah. Auf der Couch liegend. In einem Garten, der von Brennnesseln übernommen wurde. Auf *Google Earth* konnte man an ihn heranzoomen. Bis man die müden Augen sah. Und die ersten Schimmel-Brückenköpfe im Schaumstoff der Couch. Daniel kämpfte noch ein paar Minuten gegen den Schlaf, bis er schließlich kapitulierte. Der ganze Körper gab nach. Das Leder machte ein zufriedenes Geräusch. Daniel zog die Knie an und steckte einen Daumen in den Mund. Der Regen setzte zu spät ein, um seine Träume im Tresor noch zu stören.

Mittwoch

Wie jede Nacht: Afghanistan. Sven Kunz. Alexander Pöhlmann. Tot im Dreck. Überall Blut. Körperteile, die man von dieser Seite nicht sehen will. Warum war Kunz rausgerannt? Wollte er sich etwas beweisen? Immerhin hatte er zwei Waffen in den Händen. Wie in einem Achtzigerjahre-Actionfilm. Effektiv kämpfen kann man so nicht. Und Pöhlmann war ihm gefolgt. Einem Bayern-Fan. Dumm. Wie in einem Dokumentarfilm jede Nacht die gleichen Bilder. Der Traum hielt sich an die tatsächlichen Vorkommnisse, bis Daniel von einer MG-Salve getroffen wurde. Es war ein gehässiger Traum. Daniel konnte die Einschläge spüren. Die Schmerzen. Er wurde nach hinten katapultiert. Einen Moment schien er zu schweben, bevor die Schwerkraft wieder unbarmherzig ihre Gesetzmäßigkeit einforderte, aber ehe er auf dem Boden aufschlug, wachte Daniel auf.

Sofort verbiss sich das Licht in den Augen. Reflexartig schloss Daniel die Lider. Nasse Kleidung klebte an seiner Haut. Die Sonne hatte die unbedeckten Körperstellen schon aufgewärmt. Gesicht und Hände waren auf Betriebstemperatur. Der ganze Rest klamm und unbeweglich. Vor allem das Hirn. Vorsichtig öffnete Daniel seine Augen ein wenig. Gerade so weit, dass die Wimpern die angriffslustigsten Sonnenstrahlen herausfiltern konnten. Mit halb geöffneten Augen setzte sich Daniel auf. Das feuchte Ledersofa schmatzte unter seinen Bewegungen. Im Sonnenlicht sah Daniel kleine UFOs auf sich zukommen. Er öffnete die Augen ganz. Löwenzahnsamen tanzte vor ihm in der Luft. Einer wurde von seinem Atem angesaugt und verfing sich in einem Nasenloch. Daniel musste niesen.

Daniel schaute zum Fernseher, dann auf die Brennnesseln dahinter. Der Regen tat ihnen gut. Daniel hatte Lust auf ein richtiges Frühstück. Sein Magen knurrte. Eier mit Speck wären nicht schlecht, aber der Kühlschrank war leer. Der Leichenfund hatte verhindert, dass er im Supermarkt einkaufen war. Eigentlich sollte mir der Gedanke an das tote Mädchen den Appetit verderben, dachte Daniel, aber Hunger bleibt eben Hunger, da kannst du nichts dagegen tun. Ein Geräusch ließ ihn herumfahren. Sofort war Daniel kampfbereit. In einer Karate-Grundstellung stand er im feuchten Gras. Kokutsu-Dachi. Fersen auf einer Linie, Gewicht auf dem hinteren Bein.

»Locker bleiben, Mann.«

Maik kletterte über den Gartenzaun. Daniel entspannte sich und ließ sich wieder auf die Couch fallen. Das Leder schmatzte.

»Wo kommst denn du her?«

Maik setzte sich neben ihn.

»Über den Bühneneingang. Du bist ein Medienstar«, sagte Maik.

»Ach ja?«

»Vor deinem Haus stehen drei Kamerateams und ein paar hysterische Anwohner, die sich interviewen lassen.«

»Scheiße.«

»Was sollen deine Nachbarn auch machen? Sonst ist nie was los in der Straße und plötzlich haben sie die Chance, für zehn Sekunden ins Fernsehen zu kommen.«

»Ich will nicht ins Fernsehen.«

»Dein Fernseher ist ja auch im Arsch. Schade drum.«

»Ich werde auf keinen Fall ein Interview geben.«

»Dann hast du ein Problem. Die ganze Fernsehnation wartet auf ein paar voyeuristische Details von dir. Das Regionalfernsehen war schnell am Tatort. Sogar N-TV berichtete über den Mord. Und noch ein paar andere Sender.«

Daniel spürte, wie die Kleidung auf seiner Haut trocknete. Baumwollfasern, die mit Körpergewebe verschmelzen wollen.

»Warum bist du eigentlich schon auf?«, fragte Daniel. »Ist doch überhaupt nicht deine Zeit.«

»Ich hab heute Nacht gearbeitet. Ein paar Platten online gestellt. Unter anderem Iggy Pops *The Idiot*. Hundertachtzig

Gramm Vinyl. Neuer, unbenutzter und unbeschädigter Artikel in der ungeöffneten Originalverpackung. Das bringt was. Der Typ, der sie mir verkauft hat, hatte null Ahnung, was er da hergibt.«

»Glückspilz.«

»Ich war todmüde und wollte ins Bett, aber zuerst hab ich noch die Zeitung reingeholt. Dabei habe ich meine Nachbarin getroffen. Die war wie immer bestens informiert. Jedenfalls besser als die Zeitung. Vielleicht sollten die Kamerateams mal bei ihr vorbeifahren. Sie hat mir gesteckt, dass du die Leiche gefunden hast. Stimmt doch, oder?«

»Ja, stimmt.«

»Meine Nachbarin hat ihren Morgenmantel so weit aufgemacht, dass eine Brust fast heraussprang.«

»Du meinst, das war Absicht?«

»Sie hat es unbeabsichtigt aussehen lassen.«

»Sieht sie gut aus?«

»Für ihr Alter hat sie sich gut gehalten.«

»Na dann. Ist doch eine eindeutige Einladung.«

»Du kennst ihren Mann nicht. Der geht jeden Tag ins Fitness-Studio.«

»Dann lass es lieber bleiben.«

»Ja, aber dann hat sie ihren Morgenmantel ...«

Maik schüttelte lachend den Kopf. Er zündete sich eine Zigarette an. Er hielt Daniel einladend das Päckchen hin.

»Ich hab genug Tote gesehen, ohne wieder damit anzufangen.«

Maik holte einen kleinen verchromten Reiseaschenbecher aus seiner Jackentasche, in den er die Asche klopfte.

»Warst du geschockt? Vom Leichenfund, meine ich.«

»Hm.«

Daniel nickte.

»Kann ich dir irgendwie helfen?«, fragte Maik.

»Nein.«

»Hast du ein Fenster geöffnet, um einzusteigen, ohne dass dich die Informations-Aasgeier sehen?«

»Schau ich aus wie jemand, der sein Haus unverschlossen lässt?«

»Nein. Du bist einer, der sein Haus verbarrikadiert, während er sein Guerilla-Ding im Garten durchzieht.«

Maik drückte die Zigarette im Reiseaschenbecher aus und schloss den Deckel.

»Wenn du willst, kannst du ein paar Tage bei mir wohnen.«

»Wegen der Journalisten?«

»Wegen allem.«

»Ich werde mit meinem Therapeuten darüber reden. Über die Tote, meine ich.«

»Willst du mich beruhigen? Ich muss nicht beruhigt werden.«

»Doktor Hamann ist nicht schlecht.«

Daniel und Maik schauten noch eine Weile ohne zu reden auf den Fernseher und die Brennnesseln.

Maik stand auf.

»Du weißt, wie du mich erreichst.«

Er kramte in seinen Hosentaschen. Sie schienen riesig zu sein. Schließlich hatte er gefunden, wonach er suchte.

»Hier.«

Maik drückte Daniel einen AC/DC-Schlüsselanhänger mit zwei Schlüsseln dran in die Hand.

»Haus und Wohnungsschlüssel. Du bist bei mir jederzeit willkommen. Auch wenn ich nicht zu Hause bin. Kannst dich auch jederzeit an den Biervorräten im Kühlschrank bedienen. Musst bloß für Nachschub sorgen.«

Beim Versuch, über den Gartenzaun zu springen, blieb Maik mit einem Fuß hängen und fiel kopfüber nach unten. Der frisch gemähte Rasen des Nachbargartens konnte den Sturz kaum abfedern. So schnell es ging, rappelte sich Maik wieder auf. Das Gras hatte grüne Spuren auf seiner Stirn und der rechten Wange hinterlassen. Mit einem Lächeln winkte er Daniel zu. Die Handfläche war ebenfalls grün. Dem Lächeln konnte man ansehen, dass es einige Überwindung kostete. Maik drehte sich um und rannte los. Nach einigen Sekunden klirrte es heftig. Bestimmt einer der Gartenzwerge, dachte Daniel. Er malte sich aus, wie Maiks Slapstick-Einlage als YouTube-Video aussehen mochte. Ein Freak mit schlechter Frisur, der erst über einen Zaun stürzt, bevor ihm ein Gartenzwerg ein Bein stellt.

Daniel betrachtete den AC/DC-Schlüsselanhänger in seiner Hand. Er fühlte sich nach Freundschaft, nach Durch-dick-und-dünn-Gehen und dem wahren Geist des Rock 'n' Roll an.

Daniels Mund war trocken. Desertifikation. Die Sahelzone hatte sich auf seine Schleimhäute ausgeweitet. Das Schlucken fiel ihm schwer. Durst. Wie nach einer durchzechten Nacht. Seit Melanie ihn verlassen hatte, war Daniel nicht mehr wirklich betrunken gewesen. Ab und zu hatte er ein Sixpack mit Maik niedergemacht, aber bei diesen Gelegenheiten hatte sein Freund deutlich mehr getrunken. Maik war einfach nicht der Typ, der ein Sixpack leiden sehen konnte. Obwohl er vergangene Nacht nicht getrunken hatte, fühlte sich Daniel verkatert. Doktor Hamann hatte ihm erklärt, dass Mundtrockenheit auch ein Anzeichen von Depression sein konnte. Daniel fröstelte. Der Tod hatte ihn in der Heimat erreicht. Dort, wo er ihn sich abgewöhnen wollte.

Es klingelte an der Haustür. Das Klingeln klang nah und fordernd. Eines der Fenster musste doch gekippt sein. Langsam rutschte Daniel von der Couch und ging auf dem Gras in die Knie. Seine Ellbogen berührten den Boden. Er robbte nach vorn. Das feuchte Gras machte seine Bewegungen geschmeidig. Bei den Brennnesseln richtete er sich vorsichtig auf. Vor der Haustür stand eine attraktive Rothaarige in einem petrolfarbenen Sechzigerjahre-Retro-Regenmantel. Hinter ihr warteten in etwa zwei Metern Abstand der Kameramann und ein pickliger Praktikant mit Mikrofon. Das Mikrofon sah viel zu groß aus für den schmalen Körper in einem Ed-Hardy-T-Shirt, während der durchtrainierte Körper des Kameramanns mit seinem Arbeitsgerät verwachsen schien. Die Rothaarige klingelte ein weiteres Mal. Daniel robbte zurück zur Couch, aber beim Anblick des Flachbildschirms fühlte er sich nicht mehr sicher. Geduckt rannte er zur Terrasse hinter dem Haus. Sofort erkannte er, dass das Badezimmerfenster im ersten Stock gekippt war, aber auch im Erdgeschoss hätte er nicht gewusst, was er mit einem gekippten Fenster anfangen sollte. Er war kein Einbrecher sondern Soldat. Als solcher hatte er sich schon Zugang zu fremden Häusern verschafft, aber da war er beauftragt gewesen. Hatte ein klar umrissenes Ziel. War nicht allein. Alle in Uniform. Eine Feuerwaffe im Anschlag. Plötzlich war sein Garten Feindesland. Er war in der Defensive. War in einen Hinterhalt geraten. Er begann zu schwitzen.

Dein Atem wird flach, dachte Daniel, pass bloß auf deinen Atem auf! Erst passt die Atmung nicht mehr, dann zittert der ganze Körper und schließlich kriegt das Hirn nicht mehr genug Sauerstoff. Dann trifft das Hirn falsche Entscheidungen. Du willst sie sofort rückgängig machen, aber dann ist es schon zu spät.

Daniel ging in die Hocke und umschlang seine Knie mit den Armen. Er versuchte, Regelmäßigkeit in seine Atmung zu kriegen. Rhythmus. Gleichmaß. Gesetzmäßigkeit. Jetzt klingelte das Leben an seiner Tür. Und es war scheiße. Daniel ärgerte sich, dass er die Terrassentür abgeschlossen hatte, aber Sicherheit war wichtig. Sie war das übergeordnete Ziel. Der stabilisierende Ansatz. Wichtig für einen Traumapatienten, um wieder ins Leben zu finden. Wenn er sich schon selbst nicht schützen konnte, dann wenigstens das Haus. Der Feind durfte nicht hinter die Verteidigungslinien kommen.

Einen Moment lang erwog Daniel die Möglichkeit, mit einem Blumenübertopf die Scheibe der Terrassentür einzuschlagen. Dann dachte er an den Lärm. An das lächerliche Video bei You-

Tube, das einen verstörten, ungepflegten Kerl dabei zeigt, wie er versucht, in sein eigenes Haus einzubrechen. Und sich dabei dämlich anstellt.

Hey, sagte sich Daniel, du bist hier nicht im Feindesland. Das ist eine Demokratie. Und du bist in deinem beschissenen, demokratischen Garten, deinem geschützten Eigentum, deiner Privatsphäre. Das Private ist eine gute Erfindung der Neuzeit, die von allen totalitären Systemen gehasst wird. Du solltest dich nicht dafür verteidigen müssen, dass du hier bist. Kneif deine Arschbacken zusammen!

Automatisch spannte Daniel tatsächlich seine Gesäßmuskulatur an. Es gefiel ihm, seine Muskeln zu spüren. Physisch war er topfit, nur sein Hirn war nicht mehr in der unbeschädigten Verfassung aus der Zeit vor dem Auslandseinsatz. Leider gab es im Hirn keine Muskeln, die man trainieren konnte. Sein Arsch war immer noch konkurrenzfähig. Die Schwabbelmasse im Schädel nicht. Dass Melanie ihn verlassen hatte, konnte unmöglich an seinem Arsch gelegen haben. Mit einem Gefühl der Stärke nahm Daniel schwungvoll die Granitstufen von der Terrasse zurück aufs Gras. Die feuchten Brennnesseln klatschten gegen seine Hosenbeine. Sie sehnten sich nach unbedecktem Fleisch. Als er um die Ecke des Hauses bog, sondierte er die Lage. Routine. Gründliche Ausbildung wird man nicht mehr los. Die Rothaarige war mit ihrem Kamerateam ans Gartentor zurückgekehrt. Sofort kreuzten sich ihre Blicke. In den Augen der Reporterin konnte Daniel ablesen, wie ein kurzer Moment des Erstaunens zu der professionellen Unruhe eines jagenden Tieres wechselte. Ihre Augen bewegten sich schnell hin und her. Als würde sie vom Teleprompter eine Nachricht ablesen. Der Kameramann und der Tonpraktikant setzten sich gleichzeitig mit ihr in Bewegung. Daraufhin wurden auch die anderen Kamerateams vor dem Gartentor unruhig. Im Gartentor kam es zu einem Engpass. Sendernamen wurden ihm entgegengebellt.

»Wie haben Sie sich nach dem Fund der Leiche gefühlt?«

Mit Mikrofon sah die Rothaarige noch hübscher aus. Vielleicht erscheinen alle Menschen hübsch, wenn man sie aus dem Fernsehen kennt.

»Stimmt es, dass die Leiche nackt war?«, brüllte eine männliche Stimme, die Daniel vertraut erschien. *RTL explosiv* vielleicht. Oder doch nur der Regionalsender?

»Wie geht man als ehemaliger Elite-Soldat mit dem Tod um?«, fragte die Rothaarige. Die Frage ist noch nicht mal so dumm, dachte Daniel.

Eine kleine Blonde, rotes Mikrofon mit weißer Aufschrift, drückte sich an ihn. Ihre Stimme quietschte gummimäßig.

»Stimmt es, dass Sie die Tote kannten?«

Die Frage der kleinen Blonden hallte in seinem Kopf nach. Sie klatschte wie ein Echo von einer Schädelwand zur anderen.

»Ich kenn doch die Tote gar nicht«, stammelte Daniel, »die war doch tot.«

Er sah in die Kameras, die auf ihn gerichtet waren. Im Irak hatten amerikanische Hubschrauberpiloten ein Kamerateam erschossen, weil sie die geschulterten Kameras für Panzerfäuste gehalten hatten. In den Linsen der Kameras sah er sein eigenes Gesicht. Es sah unglaublich müde aus. So gut er seinen Körper in Schwung halten konnte, so wenig gelang es ihm bei den Augenrändern. Und beim Hirn natürlich. Das hatte er schon aufgegeben.

»Ich treibe Sport«, sagte Daniel.

Die Rothaarige lächelte ihn an. In ihren Augen machte sich Wissen breit.

»Haben Sie in Afghanistan viele Tote gesehen?«, fragte sie. Daniel drehte sich um und rannte davon. Ein kurzer Blick über die Schulter: Die Medien-Meute folgte ihm. Wegen der Kabel, der Kameras, der ganzen Technik waren sie langsamer. Und weil sie nicht den Weg durch die Brennnesseln kannten. Die kleine Blonde schrie auf. Mini und keine Strümpfe. Darauf hatten die Brennnesseln seit Tagen gewartet. Auf der Terrasse angekommen, hob Daniel einen Blumenstock auf und warf ihn durch die

Scheibe der Terrassentür. Daniel griff vorsichtig durch das Loch im Glas. Trotzdem blieb er an einer Scherbe im Türrahmen hängen und schlitzte sich den Ärmel seiner Jogging-Jacke auf. Er drückte den Türgriff nach oben. Flüchtete ins leer geräumte Wohnzimmer. Daniel drehte sich um und verriegelte die Tür. Auf der Terrasse standen drei Kamerateams. Die Objektive der Kameras saugten an ihm. Er rannte ins Obergeschoss, obwohl er Angst vor dem Schlafzimmer hatte. Daniel schloss sich im Badezimmer ein. Mit dem Rücken rutschte er die Badezimmertür hinunter. Seine Handflächen spürten das Holz. Er zog die Beine an und lehnte sich zurück. Unentspannt. Sofort wurde ihm das Unprofessionelle seiner Situation bewusst. Niemals eine geschlossene Tür als Deckung nehmen, wenn du nicht von einer Salve aus einer Maschinenpistole zerfetzt werden willst. Schnell rutschte Daniel von der Badezimmertür weg.

Ihm ging die Frage der kleinen, blonden Fernsehtussi nicht mehr aus dem Kopf.

»Stimmt es, dass Sie die Tote kannten?«

Stimmt es? Daniel zermarterte sein untrainiertes Hirn. Stimmt es?

• • •

Wie die Heuschrecken waren die Fernsehteams über sein Leben hergefallen. Über sein scheiß traumatisiertes Dasein. Ein Schwarm gefräßiger Medien-Wanderheuschrecken. Hungrig nach Informationen. Nach Bildern. Nach allem Verwertbaren. Daniels gewaltsames Eindringen ins eigene Haus hatte den Schwarm vorerst satt gemacht und er war weitergezogen. Mit einem Handspiegel unter dem Badezimmerfenster kauernd hatte Daniel den Aufbruch der Journalisten verfolgt.

Danach war er zu Bonaparte gegangen, um Futter und Wasser nachzufüllen. Als Daniel das Kinderzimmer betrat, blitzten ihn wütende, vernachlässigte Kleintieraugen an. Geduld war definitiv nicht die starke Seite des Hauskaninchens. Daniel hatte Lea den Namen *Bonaparte* vorgeschlagen, nachdem er im Fernsehen eine Doku über Napoleon gesehen hatte. Lea hatte begeistert zugestimmt. Erst später stellte sich heraus, dass sie den Namen mit einer Rockband assoziierte, deren Videos sie bei YouTube gesehen hatte. Die Musiker trugen lustige Verkleidungen. Bald danach verlor Lea erst das Interesse an dem Kaninchen und dann an der gleichnamigen Rockband.

Daniel ging ins Wohnzimmer, um nachzuschlagen, die wievielte der *Zehn Plagen* die mit den Heuschrecken war. Die Bibel lag wie alle anderen Bücher auf dem Boden. Noch bevor die restliche Wohnzimmerausstattung im Garten gelandet war, hatte Daniel das Bücherregal umgeworfen. Daniel hob die Bibel auf und blätterte im Buch Mose.

Da sprach der Herr zu Mose: Recke deine Hand über Ägyptenland, dass Heuschrecken auf Ägyptenland kommen und alles auffressen, was im Lande wächst, alles, was der Hagel übrig gelassen hat.

Die Heuschrecken waren die achte Plage. Davor kam alles mögliche andere Viehzeugs, Seuchen und Hagel, danach nur noch die dreitägige Finsternis und der Tod aller Erstgeborenen. Was Gott sich eben so einfallen lässt, wenn man sich mit ihm anlegt. Besser man hatte ihn auf seiner Seite. In Afghanistan waren die Taliban überzeugt, dass er auf ihrer Seite stand. Daniel hatte dazu keine Meinung gehabt. Nicht vor dem Einsatz – und auch nicht irgendwann danach. Melanie und er hatten die Bibel in ökumenischer Übersetzung zu ihrer kirchlichen Trauung geschenkt bekommen. Vorne eine handgeschriebene Widmung. »Dass Gott Sie auf Ihrem gemeinsamen Weg begleiten möge, das wünscht Ihnen Pater Kemnitzer«. Gelegentlich hatte Daniel Lea aus der Bibel vorgelesen, obwohl er nicht wirklich gläubig war. Gott ließ einfach zu viel zu, wenn er wirklich allmächtig war. Vielleicht fühlte Daniel sich wegen der Widmung verpflichtet. Lea mochte vor allem das Gleichnis vom verlorenen

Sohn. Passt bei einer Tochter nicht richtig, aber trotzdem musste Daniel sich beim Lesen immer eine Träne verdrücken. Wasser zu Wein machen kommt bei Kindern auch immer gut an, oder Brote vermehren. Aussätzige heilen sowieso. Kinder gruseln sich gerne, solange ihnen ein Schutz bietender Arm um die Schultern gelegt wird. Lea wollte in allen Einzelheiten geschildert bekommen, wie die von der Lepra zerfressenen Körperteile aussehen. Daniel hatte schon Lepra-Kranke gesehen. Er konnte sich genau daran erinnern, dass er den Blick nicht von den Kranken abwenden konnte. Sie sahen nicht mehr wie Menschen aus sondern wie Zombies. Oder Aliens. Lea fand die Aussätzigen widerlich. Sie schaute ihren Vater bewundernd an. So als hätte er die Aussätzigen durch seine Anwesenheit geheilt oder geimpft oder in einer magischen Flüssigkeit gebadet, die sie vor allem Übel beschützen würde. Daniel hatte noch das Alter miterlebt, in dem Kindern den Glauben daran verlieren, dass ihre Väter Wunder vollbringen können, bevor seine Tochter mit Melanie in die neue Wohnung gezogen war. Und mit Rainer in Rekordgeschwindigkeit einen Ersatzvater präsentierte.

Vor den Menschen, die man liebt, kann man nicht in Deckung gehen, dachte Daniel. Schmerzvoll erinnerte er sich daran, wie Melanie gesagt hatte, sie müsse sich trennen. Sie müsse sich schützen. Vor ihm schützen. Und jetzt stand er in seinem verwüsteten Wohnzimmer, seinem ehemaligen Wohnzimmer, seinem verlassenen Wohnzimmer.

Daniel ging mit der Bibel nach draußen und setzte sich auf die Couch. Es war gut, etwas in der Hand zu halten. Der Umschlag würde sich beim nächsten Regen auflösen. Eine Taschenbuch-Ausgabe. Selbst das Wort Gottes war nicht mehr für die Ewigkeit gemacht. Genauso wie Ehen. Überzeugungen. Sicherheiten. Du kannst nichts dagegen machen, dachte Daniel.

Ein Auto hielt in unmittelbarer Nähe. Die Türen quietschten beim Öffnen. Daniel sah zum Gartentor. Der Riese Weber hielt der kleinen blonden Hauptkommissarin das Tor auf. Obwohl er sich anstrengte, konnte sich Daniel nicht mehr an den Namen der Polizistin erinnern, sondern nur an ihre blauen Augen und an ihre Brüste. Die Augen waren streng, wenn sie es wollte. Die Brüste stellte man sich bei einer Polizistin automatisch kleiner vor, bis man sie in der Realität sah. Die beiden Beamten klingelten an der Tür. Weber trug eine Aktentasche mit sich, die er unruhig in seinen riesigen Pranken hin- und hergleiten ließ. Von der rechten in die linke und wieder zurück, ping-pong-mäßig. Schließlich umklammerte er den Griff der Aktentasche mit beiden Händen. Etwas Gewichtiges musste darin sein. Daniel stand auf und ging durch die Brennnesseln nach vorn. Die Kamerateams hatten den Pfad breiter getreten.

»Hallo«, sagte Daniel.

Unaufgeregt drehten sich die beiden Polizisten zu ihm um. Natürlich, dachte Daniel, wenn sie an einer Tür klingeln, sind sie auf alles vorbereitet. Wirklich alles.

»Guten Tag«, antwortete die Kommissarin, »wir würden Ihnen gerne noch ein paar Fragen stellen.«

»Klar, kommen Sie mit. Ich bin gerade im Garten.«

»Wenn Sie nichts dagegen haben, erledigen wir das lieber im Haus«, sagte Weber. Bei ihm klang der Vorschlag wie ein Befehl. Daniel hatte schon immer Vorbehalte bezüglich Anweisungen von Personen, die größer als er selber waren.

»Glauben Sie mir, der Garten ist gar nicht so schlecht.«

Während Daniel durch die Brennnesseln ging, hörte er, wie die beiden Polizisten hinter seinem Rücken tuschelten. Er stellte einen Plastikeimer mit dem Boden nach oben vor die Couch und setzte sich darauf. Verwundert starrten Weber und die blonde Hauptkommissarin auf die Couch, als sie vorsichtig durch die Brennnesseln gingen. Daniel machte eine einladende Handbewegung.

»Bitte, nehmen Sie Platz.«

Die Hauptkommissarin setzte sich entspannt auf die Couch, allerdings ohne Daniel auch nur einen Moment aus den Augen zu lassen. Weber sah sich dagegen erst einmal um, bevor er sich vorsichtig, die Handflächen nach unten, auf dem Lederbezug niederließ. Er lehnte sich nicht an, sondern blieb stocksteif sitzen, um der Couch so wenig Angriffsfläche wie möglich zu bieten. Wahrscheinlich spürte er schon die Feuchtigkeit von der Sitzfläche aufsteigen. Kein schlechtes Team, dachte Daniel, gerade weil sie so gegensätzlich sind. Sie ergänzen sich.

»Es macht Ihnen doch bestimmt nichts aus, wenn Sie mir noch einmal Ihren Dienstausweis zeigen, oder?«, fragte Daniel.

Einen kurzen Moment lang schauten sich die beiden Kriminalbeamten verwundert an, bevor sie aus den Innentaschen ihrer Jacketts ihre Dienstausweise holten und ihrem Zeugen entgegenstreckten. Daniel stand auf und schaute sich die beiden Ausweise genau an. Klar. Feller. Wie konnte er das nur vergessen? Sein Gedächtnis machte bei Namen einfach nicht mehr mit. Er setzte sich wieder auf seinen Eimer und schaute die beiden Polizisten erwartungsvoll an. Spontan lächelte er. Sofort sagte ihm sein Verstand, dass es unklug war zu lächeln. Unpassend. Es war nicht normal. Daniel setzte eine ernste Miene auf. Er war zufrieden, als seine Mimik kein Eigenleben mehr führte.

Weber öffnet den Verschluss der Aktentasche, zog einen roten Ordner heraus und wusste nicht, wo er die Aktentasche abstellen sollte.

»Das Gras ist schon trocken«, sagte Daniel.

Weber stellte die Aktentasche neben die Couch und holte aus dem roten Ordner ein Foto. Er reichte es Daniel.

»Kennen Sie diese Frau?«

Dunkle Haare. Roter Mund. Lidschatten und Kajal. Blasser Teint, aber nicht so blass wie im Fischteich.

»Das ist die Tote, oder?«

»Haben Sie die Frau, das Mordopfer, schon mal gesehen, bevor Sie sie in dem Gewässer gefunden haben?«

Weber sagte *Gewässer*, nicht *Teich*. So reden Leute, die alles richtig machen wollen, damit hinterher ihre Formulierungen einer Überprüfung standhalten. Offiziere reden so.

»Ich weiß nicht. Sollte ich sie kennen?«

Daniel starrte in die blauen Augen der Hauptkommissarin.

»Das können doch nur Sie beantworten«, sagte Weber. »Und, kennen Sie die Frau?«

»Ist das *guter Bulle, böser Bulle*? Wie im Fernsehen?«

»Wie kommen Sie darauf?«

»Ihre Kollegin sagt die ganze Zeit nichts.«

Die Augen der Polizistin waren noch immer auf ihn gerichtet. Weber schaute zu seiner Chefin. Hilfe suchend. Hauptkommissarin Feller ließ sich Zeit mit einer Antwort.

»Die Tote hat im Aldi in der Christoph-Klauß-Straße gearbeitet«, antwortete sie. »Das ist circa zehn Gehminuten von hier entfernt.«

Daniel sah noch einmal das Foto an. Er stellte sich ein Lächeln dazu vor. Und die Frage nach dem Leergutbon. Weil die Kassiererin wusste, dass er immer den Leergutbon vergaß.

»Ja. Ich kenne sie«, antwortete Daniel. »Sie hat mich immer nach meinem Leergutbon gefragt. Das haben ihre Kolleginnen nicht gemacht. Wahrscheinlich war sie kommunikativ. Ich kann mich nicht an ihren Namen erinnern, obwohl die Kassiererinnen immer so einen Namensanstecker tragen.«

»Sie hieß Kirsten Fritsch.«

»Wie ist sie gestorben?«

Hauptkommissarin Feller drehte den Kopf zu ihrem Assistenten.

»Zeig ihm die anderen Fotos.«

Weber holte aus seinem Aktenordner zwei weitere Fotos und reichte sie Daniel. Die eine blond und blass. Die andere rothaarig und sommersprossig. Beide auf ihre jeweils eigene Art sehr hübsch.

»Hab ich noch nie gesehen.«

Hauptkommissarin Feller nickte.

»Kann ich die Fotos wiederhaben?«, fragte Weber.

Daniel gab ihm die Fotos. Ohne die Bilder fühlte er sich plötzlich nackt.

»Warum haben Sie mir die Fotos gezeigt?«

Weber sah wieder zu seiner Chefin. Daniel begriff sofort, dass dies kein gutes Zeichen war. Ohne ihre Körperhaltung zu ändern, antwortete ihm Hauptkommissarin Feller:

»Wir haben ein paar Daten durch die Computer gejagt, bundesweit. Dabei gab es Übereinstimmungen zu zwei anderen Mordfällen.«

»Die Frauen auf den Fotos sind auch tot?«

»Ja.«

»Und Sie glauben, dass ich die drei Frauen umgebracht habe?«

Feller zuckte mit den Schultern.

»Und? Haben Sie?«

»Nein. Scheiße.«

Daniel fuhr sich nervös durchs Haar. Sofort war ihm bewusst, dass er so was nicht machen sollte. Übersprunghandlungen.

»Ich kenne die anderen beiden Frauen ja nicht einmal.«

Weber beugte sich lächelnd nach vorn.

»Die tote Kassiererin haben Sie ja auch zuerst nicht erkannt.«

»Mein Gedächtnis ist nicht mehr so gut.«

»Eben.«

Hektisch schaute Daniel zwischen Feller und Weber hin und her. Sein Atem machte, was er wollte. Kurzzeitig aussetzen zum Beispiel. Er dachte an die Trainingseinheiten mit Doktor Hamann. Man kann seinen Atem kontrollieren. Man muss nur zulassen, dass der Atem da ist.

»Ich bringe keine Leute um«, keuchte Daniel.

»Sie waren in Afghanistan, oder?«, fragte Hauptkommissarin Feller.

»Ja.«

»In einer Spezialeinheit.«

»Fallschirmjäger. Das ist gar nicht so speziell.«

»Sie haben gelernt, Menschen zu töten.«

»Nur im Rahmen von irgendwas.«

»Können Sie das konkretisieren?«

»Nicht aus Spaß.«

Weber beugte sich nach vorn.

»Wissen Sie, was Sie im vergangenen Jahr am 12. November gemacht haben?«

»Nein, natürlich nicht«, antwortete Daniel gereizt. »Wissen Sie, was Sie an diesem Tag gemacht haben?«

Weber schaute ihn unbeeindruckt an. Sein Gesicht war komplett ohne Regung. Leer.

»Machen wir es einfacher«, sagte er. »Vielleicht erinnern Sie sich ja noch, was Sie am 6. März gemacht haben. Das ist ja nur ein paar Wochen her.«

Daniel fuhr sich durchs Haar.

»Was war das für ein Tag?«

»Ein Samstag.«

»Ich war auf dem Markt. Mit dem Fahrrad. Danach war ich in der Stadtbücherei. Auch mit dem Fahrrad. Meine Frau hat das Auto mitgenommen, als sie sich von mir trennte.«

Die beiden Polizisten sahen ihn zum ersten Mal erstaunt an.

»Seit dem Jahreswechsel habe ich ein festes Tagesprogramm«, sagte Daniel. »Mein Therapeut hat es gemeinsam mit mir entwickelt. Viel Struktur. Viel Training. Ich war körperlich total down. Psychisch auch. Das Training tut mir gut, aber vor allem die Strukturen. Ich habe ein festes Samstagsprogramm. Das habe ich noch nie geändert.«

Weber drehte den Kopf zu seiner Chefin. Diesmal ruckartig. Seine Blicke zuckten nervös zwischen ihr und Daniel hin und her.

»Waren Sie in stationärer Behandlung nach Ihrem letzten Einsatz?«, fragte die Hauptkommissarin.

»Ja. Zwei Monate. Im Berliner Traumazentrum der Bundeswehr. Das volle Wohlfühlprogramm: Bewegungs- und Ergotherapie, Entspannungstraining, Aromatherapie, Akupunktur. Und natürlich Gesprächssitzungen. Am Anfang der Therapie zappelt man unruhig auf seinem Stuhl hin und her. Dann wird man ruhiger. Und schaut sich die Bilder an. Die Bilder, die man im Hirn hat.«

»Und sind Sie geheilt?«, fragte Weber.

»Da gibt es keine Heilung. Man packt die Bilder in einen Schrank, räumt sie ordentlich darin ein und sperrt sie weg. Aber der Schrank ist da. Diese blutigen Bilder. Vor allem nachts kommen sie aus dem Schrank.«

»Würden Sie sich als krank bezeichnen?«, fragte Feller.

»Ja. Ist sogar ganz offiziell. Posttraumatische Belastungsstörung. Zu nichts mehr zu gebrauchen.«

Feller und Weber sahen sich kurz an. Scheinbar hatte Daniel mit seinem freimütigen Geständnis ihre Verhörtaktik durcheinandergebracht. Deshalb übernahm er die Initiative.

»Diese anderen Frauen ... Wo sind die gestorben?«

»Das geht Sie überhaupt nichts an«, zischte Weber.

»Wir ziehen es vor, das aus ermittlungstaktischen Gründen noch für uns zu behalten«, ergänzte Feller gelassen. »Ihre Frau lebt von Ihnen getrennt?«

»Ja. Seit September.«

»Warum haben Sie Ihre Wohnzimmermöbel in den Garten geräumt?«

»Ich halte mich nicht mehr so oft im Haus auf.«

»Warum?«

»Sicherheitsbedenken. Und den Möbeln ist es egal.«

Die Polizisten drehten die Köpfe und sahen sich im Garten um. Daniel folgte ihren Blicken.

»Gefällt Ihnen mein Garten?«, fragte Daniel.

»Ja«, antwortete Weber, »meine Frau will, dass ich zweimal die Woche mähe.«

»Überzeugen Sie Ihre Frau von den Vorteilen eines Naturgartens. Neben der ästhetischen Funktion sollte ein Garten so angelegt sein, dass er der heimischen Tierwelt artgerechte Lebensräume bietet.«

»Meine Frau mag Schlossgärten.«

»Die Imker werden Sie lieben, wenn Sie seltener mähen.«

Ein Schmetterling setzte sich wie zur Bestätigung seiner Naturgarten-Argumentation auf Daniels Schulter.

»Haben Sie so was wie ein Survival-Messer?«, fragte Feller. »Oder ein Kampfmesser aus Ihrer aktiven Zeit bei der Bundeswehr?«

Fast wäre es passiert. Und er hätte den beiden Kriminalbeamten von seinem verschwundenen NATO-Kampfmesser erzählt. Schnell biss er sich auf die Unterlippe, schluckte seinen Speichel nach unten, hustete. Als Daniel wieder seinen Kopf drehte, hatte sich der Schmetterling längst davongemacht. Kluges Tier.

»Wenn ich in die Natur gehe, beim Joggen und Radfahren, habe ich immer ein Schweizer Offiziersmesser dabei.«

Daniel holte das Taschenmesser aus seiner Hosentasche.

»Es hat wahnsinnig viele Funktionen.«

Um seine Aussage zu unterstreichen, zog er einige Werkzeuge aus dem Taschenmesser.

»Sogar der Dosenöffner funktioniert richtig gut.«

Daniel reichte es Weber.

»Wenn Sie noch keines haben, sollten Sie sich unbedingt eines von Ihrer Frau zum Geburtstag schenken lassen.«

Als Daniel die beiden Polizisten durch die Brennnesseln zum Gartentor begleitete, überlegte er sich, wie sie sich von ihm verabschieden würden. In alten Schwarz-Weiß-Filmen sagten die Detektive immer: »Und verlassen Sie nicht die Stadt«, aber irgendwann hatten sie aufgehört, das zu sagen. Wahrscheinlich spätestens, als jeder ein Auto hatte. Oder mit den ersten Transatlantikflügen. Bullitt sagte es nicht mehr. Das war noch vor der Mondlandung. Wahrscheinlich hätte sich Steve McQueen auch geweigert, einen so uncoolen Satz zu sagen.

Am Gartentor drehte sich Hauptkommissarin Feller noch einmal zu ihm um.

»Wären Sie so freundlich, mir den Namen Ihres Therapeuten zu nennen?«

»Der hat Schweigepflicht.«

»Natürlich. Aber wären Sie so freundlich.«

Daniel holte die Visitenkarte von Doktor Hamann aus dem Geldbeutel. Als Hintergrundmotiv ein Wassertropfen, der vor einem blauen Nichts fällt. Darüber weiße Lettern, die so taten, als wären sie handgeschrieben.

Beim Öffnen quietschten die Türen des schwarzen Passats. Beide. Daniel wusste, dass quietschende Türen definitiv schlecht waren, wenn es mal hart auf hart kommen sollte. Wenn man vor einem Haus parkte, in dem ein Fanatiker mit einer Panzerfaust lauert. Aber ein Fanatiker mit Panzerfaust ist immer schlecht. Daniel stellte sich schon darauf ein, beim Schließen der Türen erneut das Quietschen zu hören, als Feller plötzlich aus ihrem Beifahrersitz sprang. Bei ihr hatte diese Bewegung Gummiballqualitäten. Manchmal war es unbedingt ein Vorteil, klein zu sein. Weber dagegen quälte sich vom Fahrersitz hoch. Er hielt sich dazu mit der rechten Hand an der Tür fest, während er überlegen musste, welches seiner Körperteile vor dem nächsten bewegt werden musste. Selbst Feller verfolgte die Bemühungen ihres Assistenten mit einem genervt-mitleidigen Blick. Als Weber schließlich auf Daniel zukam, hatte er ein kleines Plastikkästchen in der Hand.

»Sie haben sicher nichts dagegen, uns eine Speichelprobe zu geben?«, fragte Polizeihauptkommissarin Feller.

»Das ist eine Suggestivfrage.«

Weber stellte sich neben seine Chefin. Das Plastikkästchen hielt er mit spitzen Fingern, als sei es die Büchse der Pandora.

»Keiner zwingt Sie«, sagte Feller in ihrer entspannt freundlichen Art, die einen nur allzu leicht einlullen konnte, wenn man einen Moment unkonzentriert war. Daniel hatte in einer Hotelbar in Kabul einen Verhörspezialisten kennengelernt, der eine ähnliche Masche hatte. Am Ende wusste der Typ alles über ihn und zog mit einer Prostituierten ab, während Daniel die gesamte Zeche zahlte.

Feller zwinkerte ihm aufmunternd zu.

»Natürlich ist die Speichelprobe freiwillig.«

»Ich stehe nicht besonders drauf, wenn mit einem Wattestäbchen an meinen Schleimhäuten rumgeschabt wird.«

»Sie sind also nicht einverstanden?«

»Nein, ist schon okay. Schaut ja sonst so aus, als hätte ich was zu verbergen.«

Weber schaute abwechselnd auf das Plastikkästchen in seinen Händen und auf Daniel.

»Hier?«

Daniel zuckte mit den Schultern. Er sah sich um. In der ganzen Nachbarschaft bewegten sich Gardinen. Die Lamellen der Jalousien erinnerten an halb geöffnete Lider. Die mutigeren Anwohner hatten einfach ihre Fenster geöffnet und lehnten mit ihren Ellenbogen auf dem Fensterbrett.

»Warum nicht?«

»Vielleicht sollten wir dazu doch besser ins Haus«, sagte Feller und es klang einen Moment lang tatsächlich nach ungekünstelter mütterlicher Fürsorge.

»Nein, hier ist okay. Ich bin gern im Freien.«

Weber verdrehte die Augen. Das Wattestäbchen aus seiner aseptischen Verpackung zu holen fiel ihm leichter, als man es von einem derart ungelenken Mann erwarten konnte. Die Feinmotorik stimmte. Daniel öffnete den Mund, bevor er dazu aufgefordert werden musste. Er öffnete ihn weiter, als es unbedingt notwendig war. Die Watte fühlte sich auf den Schleimhäuten unangenehm an. Daniel mochte keine Watte. Während ihm Weber im Mund herumpinselte, fiel Daniels Blick auf den alten Zeitler gegenüber. Er machte Fotos. Seit wann hatte der eine Digitalkamera? Wahrscheinlich konnte Zeitler nicht mal die Fotos herunterladen. Vermutlich half ihm sein Enkel dabei.

Als die beiden Polizisten die Autotüren schlossen, quietschten sie wieder. Das wäre der richtige Moment. Für den Fanatiker mit der Panzerfaust. Während der Motor gestartet wird.

• • •

In seinem Lauf-Outfit rannte Daniel die Straße der Siedlung entlang. Sollte wie eine ganz gewöhnliche, entspannte Jogging-Runde aussehen – tat es aber nicht. Daniel war ganz und gar nicht entspannt. In den letzten Stunden hatte er eine Ahnung davon bekommen, wie sich Richard Kimble auf der Flucht gefühlt hatte. Nach mehreren Fernsehteams, nach der Polizei, einer zertrümmerten Scheibe und einer öffentlichen Speichelprobe. Für gewöhnlich fuhr kaum ein Auto durch die Sackgasse am Stadtrand und dann wurde sie über Nacht zum Brennpunkt. Daniel hatte die Schirmmütze tief in die Stirn gezogen Die Augen hinter einer Sonnenbrille versteckt. Keine Ray-Ban, sondern Aldi-vierfünfundneunzig. Konnte sein, dass er die Brille bei ihr bezahlt hatte. Bei der Toten. Der Frau im See. Kirsten Fritsch. Er musste einen Moment nachdenken, bevor ihm der Name wieder einfiel. Vermutlich würde eine Ray-Ban-Sonnenbrille bei einem Schweißausbruch genauso beschlagen.

Daniels Augen zuckten wild von links nach rechts, registrierten noch die kleinste Bewegung hinter den Gardinen. *Viele* kleinste Bewegungen. Natürlich erkannten ihn alle Nachbarn trotz Kappe und Sonnenbrille. Die wenigen Passanten, die ihm entgegenkamen, starrten ihn erst ungläubig an, bevor sie sich mit einer ruckartigen Kopfbewegung etwas anders zum Anglotzen suchten. Oder nur den Blick schweifen ließen – immer Daniel aussparend. Die andere Straßenseite wurde bis zum Äußersten ausgenutzt.

An mir klebt zu viel Tod, dachte Daniel. Er hob den rechten Ellbogen und roch unter der Achsel. Die Deo-Werbung hatte nicht gelogen. Langanhaltender Schutz. Trotzdem: Der Tod klebt an mir. Er riecht nicht nach Moder, wie die meisten glauben, die ihm nie nahegekommen waren. Die ihn nur vom Besuch einer Beerdigung oder aus dem Fernsehen kennen. Das Sterben hatte sich in Afghanistan an ihn geheftet und jetzt war er dabei, es in der Heimat weiterzuverbreiten wie einen Virus. Das verursachte bei seinen Nachbarn ein komisches Gefühl. Angst. Unlustbetonte Erregung. Man kann ihnen nicht verübeln, dass ihre Instinkte noch funktionieren, dachte Daniel. Angst ist ein starkes Argument. Ohne kann man nicht überleben. Ohne dieses menschliche Grundgefühl wäre die Evolutionsgeschichte anders verlaufen. Vielleicht hätten die Säbelzahntiger gewonnen.

Nachdem Daniel seine unmittelbare Nachbarschaft verlassen hatte, wurden die Schritte leichter. Der Schweiß freundlicher. Wahrscheinlich, weil er nicht mehr ununterbrochen aus dem Hinterhalt angeglotzt wurde wie das Sumpfding. Normalerweise half Laufen, die Gedanken zu ordnen. Bloß, dass dies kein normaler Tag war. Seine Gedanken schoben sich ineinander wie Waggons bei einem Zugunglück. Das Gesicht einer jungen Verkäuferin unter Wasser vermischte sich mit den Porträts zweier Frauen. Lächelnd. Als die Fotos gemacht wurden, hatten sie noch keine Ahnung davon, dass man sie ermorden würde. Dass sie irgendwann Objekte einer Obduktion sein würden: Aufgeschnitten, Innereien raus, alle Organe genau untersucht, auch den Mageninhalt, bis es keine Geheimnisse mehr gab, das war ja genau der Zweck einer Obduktion. Leichenöffnung hieß es im Beamtendeutsch. Autopsie sagten sie meistens bei CSI. Lea hatte immer darum gebettelt, dass sie die Serie sehen durfte. Daniel hatte es ihr nicht erlaubt. Wegen der ganzen Leichen. Der Morde. Er wusste nicht, wie Rainer dazu stand. Vielleicht erlaubte er es.

Daniel versuchte, die Bilder der toten Frauen in Einklang zu bringen. Die Haare im Teich bewegten sich. Als würden die Haare noch leben. Die Fotos der Polizei. Die beiden anderen Mordopfer. Daniel versuchte, die Fotos übereinanderzuschieben, als wäre sein Gehirn ein Bildbearbeitungsprogramm, aber sein Gehirn konnte es nicht mit einem Computer aufnehmen. Wenigstens hatte den ermordeten Frauen vorher keiner Befehle gegeben. Das war selten genug. In Afghanistan war er für die Toten verantwortlich gewesen. Erst implodiert die Verantwortung in der Seele. Dann macht das Gehirn schlapp. Systemfehler.

Er bog in die Straße ein, in der Maik wohnte. Alte Arbeiterhäuser. Ziegelbauten, bei deren Bau in den Gründerjahren zwei Toiletten für sechs Wohnungen in drei Stockwerken ausreichen mussten. Damals waren kinderreiche Familien noch die Regel. Schlange stehen vor dem Klo. Und Durchfall hatten immer alle. In Afghanistan sterben heute noch Kinder daran.

Die Eingangstür keuchte beim Öffnen. Schweres Holz, noch original. Daniel rannte die Steinstufen zum ersten Stock hoch. Die Stufen waren in der Mitte ausgetreten. Jedes Mal, wenn er Maik besuchte, war er darüber erstaunt, dass Stein menschlichen Fußtritten nachgab. Daniel klingelte. Rund um eine große Glasscheibe mit eingravierten Blumen waren in der alten Wohnungstür kleinere bunte Scheiben angeordnet. Dahinter hatte Maik als Sichtschutz eine Piratenflagge angebracht. Als die Tür geöffnet wurde, schob sich aus dem orange gestrichenen Flur Musik nach draußen.

»Ist das Patti Smith?«, fragte Daniel.

»*Horses*. Ihr bestes Album.«

»Ich kann Patti Smith nicht leiden. Sie hört sich nach Kunsthochschule an.«

Maik schüttelte mitleidig den Kopf.

»Ahnungsloser Ignorant.«

»Du bist noch analog aufgewachsen. Da funktionieren die Ohren anders.«

»Komm rein. Du schwitzt ja wie ein Schwein.«

Maik schloss die Wohnungstür hinter Daniel. Aus dem Bad holte er ein Handtuch und warf es seinem Freund zu. Daniel wischte sich übers Gesicht und die Haare.

»Warum bist du eigentlich nicht am See? Ich dachte, Mittwoch ist dein Triathlon-Tag.«

»Der Leichenfund hat meine Wochenplanung ruiniert.«

Daniel legte sich das Handtuch um den Hals.

»Die Polizei war bei mir.«

»Das ist ihr Job. Ist finde es okay, wenn die sich ausnahmsweise mal um was anderes als Kiffer und Parksünder kümmern.«

»Die haben mir Fotos von zwei anderen ermordeten Frauen gezeigt.«

»Wow. Hast du die gekannt?«

»Nein, aber sie haben mir die Fotos gezeigt.«

»Ja und?«

»Du stehst auf der Leitung. Die verdächtigen mich.«

»Aber du hast doch die Tote bloß gefunden.«

»Wäre nicht das erste Mal, dass der angebliche Finder einer Leiche auch der Mörder ist. Schaust du keinen Tatort oder was?«

»Scheiße.«

Maik starrte ihn hilflos an. Dann hellten sich seine Gesichtszüge auf.

»Ich mach uns erst mal ein Bier auf.«

»Ist verdammt früh.«

»Das entspannt. Außerdem fördert das erste Bier die Konzentration.«

Maik ging in die Küche. Am Kühlschrank hafteten Magnet-Bilder von Homer Simpson, einem Ampelmännchen und einer grünen Heuschrecke. Außerdem formten bunte Magnet-Buchstaben einen Satz in gewagter Rechtschreibung und kreativer Grammatik: *aLLeS fUnkTHionyRt / AUssER DU.*

Im Kühlschrank fristeten vier Bierflaschen, ein fettarmer Bio-Natur-Joghurt und eine Schale Erdbeeren ein verlorenes Dasein. Maik holte zwei Bierflaschen heraus. Daniel musterte kritisch das schlecht gestaltete Etikett. Ein Landschaftsfoto gehörte seiner Meinung nach keinesfalls auf ein alkoholisches Getränk.

»Das ist sehr gutes Landbier. Ein Geheimtipp. Es hilft.«

Tatsächlich pegelte bereits der erste Schluck die Wucht der inneren Bilder soweit herunter, dass Daniel sie ertragen konnte, ohne zu laufen. Davonzulaufen. Kirsten Fritsch. Die beiden anderen Frauen. Alle hübsch. Kunz. Und Pöhlmann. Alle jung. Alle tot.

»Gut, oder?«, fragte Maik.

»Ja, gut«, antwortete Daniel, während er sich das Etikett mit dem blöden Landschaftsfoto anschaute.

»Was weißt du über die Toten?«

»Welche Toten? Deutschland oder Afghanistan?«

»Die Frauen.«

»Die Leiche, die ich gefunden habe, war Kassiererin im Aldi. Als sie noch lebte. Hier gleich ums Eck. Wahrscheinlich kennst du sie auch.«

»Scheiße. Die sind alle nett.«

»Eine davon ist tot. Die gut aussehende Dunkelhaarige.«

»Scheiße. Ich kann mich überhaupt nicht an eine Dunkelhaarige erinnern. Und was ist mit den anderen beiden Frauen auf den Fotos, die dir die Polizei gezeigt hat?«

»Keine Ahnung. Die sind entweder auf die gleiche Weise umgebracht worden oder die haben was miteinander zu tun oder mit mir.«

»Was sollen die mit dir zu tun haben?«

»Weiß ich nicht. Aber scheinbar läuft es darauf hinaus.«

»Hast du sonst noch Informationen?«

»Nur das Datum, an dem sie umgebracht wurden. Oder verschwunden sind. So genau weiß ich das nicht.«

»Woher weißt du den Zeitpunkt?«

»Von den netten Kriminalisten. Zahlen kann ich mir besser merken als Namen.«

»Hast du das schon mal recherchiert?«

»Recherchiert?«

»Gegoogelt.«

»Melanie hat das Notebook mitgenommen. Sie braucht es dringender. Lea chattet die ganze Zeit mit ihren Freundinnen.«

»Okay, dann sollten wir mal googeln. Damit wir wenigstens auf dem gleichen Wissensstand wie alle anderen sind.«

Daniel folgte Maik ins Wohnzimmer. Wie immer war das Wohnzimmer in einem chaotischen Zustand. Die wild durcheinandergewürfelten Möbelstücke vom Flohmarkt gingen eine Symbiose mit achtlos in den Raum geworfenen T-Shirts und allgegenwärtigen Vinyl-LP-Covern ein. Das Notebook hatte bequem auf einer Couch Platz genommen.

»Sparmodus«, sagte Maik. Sofort fuhr der Computer hoch, währenddessen hob sich der Tonarm des Plattenspielers knarzend von der schnell rotierenden Schallplatte.

»Was willst du hören?«, fragte Maik.

»Ist mir egal.«

»Das ist nie egal. Du brauchst den passenden Soundtrack, um durchs Leben zu kommen.«

»Dann such mir was Passendes. Ich habe volles Vertrauen.«

Maik gab sein Passwort am Notebook ein und ging zum Plattenregal. Er schien eine Weile vor den vielen Platten zu meditieren. Oder zu warten, bis die bis zur Decke gestapelte Musik von ihm Besitz ergriff.

Daniel klickte den Browser an und ging zu Google. Suchbegriffe schossen ihm durch den Kopf.

»Wie wär's mit den Doors?«, fragte Maik.

Gedankenverloren starrte Daniel auf den Monitor.

»Okay, vergiss die Doors.«

Daniel gab die Begriffe »Mord« und »Totschlag« und »Vermisst« in die Suchmaschine ein. Das erste Ergebnis war ein Veranstaltungshinweis auf den Dinner-Krimi »Mord am Filmset«: *»Ein Mordfall im Lokal, in dem Sie gerade speisen! Verbinden Sie köstliches Essen mit dramatischen Szenen am Nebentisch. Finden Sie heraus, wer der Mörder war?«* Daniel stellte sich schlecht geschminkte Laiendarsteller übertrieben gestikulierend am Nebentisch vor, während er verzweifelt versucht, seinen Wildhasen an Preiselbeerrahm zu verspeisen. *»Preis nur 69,- € (incl. Aperitif und Vier-Gänge-Menü)«*. Vielleicht sollte er sich auch etwas Künstlerisches einfallen lassen, um der drohenden Zwangsversteigerung seines Hauses zu entgehen. Irgendwas mit Kochen. Kochen kennen die Leute aus dem Fernsehen. Auch die nächsten Suchergebnisse gaben nicht viel her. Ein versuchter Raubmord in Stuttgart und ein Verdächtiger, der in einem Rocker-Mordfall festgenommen worden war. Daniel ging auf Bildsuche. Ein Betonquader, den Daniel erst für eine Drei-Felder-Turnhalle hielt, der sich dann aber doch als die Justiz-Akademie Brandenburg entpuppte. Und ein Fahndungsfoto von Charles Manson. Daniel erkannte Manson sofort. Timo trug in Afghanistan oft ein blaues T-Shirt mit dem gleichen Foto als Aufdruck. Darunter stand in überdimensionalen Schreibmaschinenlettern: *I am only what you made me. I am a reflection of you.* Einmal war er mit Timo fast in Streit geraten, weil er nicht verstehen konnte, warum man unbedingt ein Fan-Shirt von einem Kerl tragen musste, der zum Star geworden war, weil er hinter ein paar bestialischen Morden steckte. Daniel klickte auf den Link, um den zum Foto gehörenden Artikel zu lesen. Manson hatte am 12. November Geburtstag. An irgendeinem Tag musste auch ein Arschloch Geburtstag haben.

»Hast du schon was?«

»Bisher nicht.«

Google hatte 44.800 Ergebnisse in 0,25 Sekunden gefunden.

Maik kam zu ihm und beugte sich über seine Schulter.

»Ist das Charles Manson?«

»Ja.«

»Du solltest deine Suche verfeinern.«

Maik ging zurück ans Plattenregal.

Daniel wusste nicht, was er in die Tastatur eingeben sollte.

»Wie wär's mit was Neuerem?«, fragte Maik. »Zum Beispiel *Nevermind* von Nirvana. Auf Nirvana können sich gewöhnlich alle einigen. Das ist Konsens-Musik.«

»Hast du eigentlich nur Platten von Leuten, die Probleme hatten, ihr Leben mit Anstand zu Ende zu bringen?«

Maik dachte kurz nach, während er sich eine Zigarette anzündete.

»Von den noch Lebenden weiß man ja nicht, was noch kommt.«

Während Maik weiter nach einem perfekten Soundtrack suchte, probierte Daniel noch ein paar Varianten seiner Suchanfrage aus. Erfolglos. Daniel stöhnte.

»Ich hab Lust, auf das Scheißnotebook zu schießen.«

»Wie Elvis. Der hat immer den Fernseher zerschossen, wenn ihm das Programm nicht gefiel. Was gibst du eigentlich als Suchbegriff ein?«

»*Mord* und *Totschlag* und *Vermisst*.«

»Gib das Datum mit ein.«

Daniel hackte *12. November* in die Tastatur. Als Suchergebnis erschien gleich mehrmals das Foto einer rothaarigen Frau. Er beugte sich nach vorn. Die Fotos waren so klein, dass man die Sommersprossen kaum erkennen konnte. Mehrmals hintereinander untereinander nebeneinander sahen die winzigen Bilder aus wie eine gemusterte Tapete. Daniel konnte seinen Rücken spüren. Er war unentspannt. Und er begann zu schwitzen. Einen Mausklick weiter war ein Foto groß. Die Frau lächelte. Lebendig. Wie jemand, der sich nicht vorstellen konnte, tot zu sein. Daniel rief den Zeitungsartikel auf, der zu dem Foto der Rothaarigen gehörte.

»Wie wär's mit Rickie Lee Jones?«, fragte Maik.

Daniel antwortete nicht. Er starrte auf den Bildschirm.

Die Tote hieß Svenja Stein. Sie hatte in einem Kindergarten in Eisenach gearbeitet. Ihre Leiche war in einem kleinen Weiher im Thüringer Wald gefunden worden. Die Polizei machte aus ermittlungstaktischen Gründen keine Angaben zur Todesursache. Daniel starrte das Foto von Svenja an. Sie sah nicht verletzbar aus, aber sie war es gewesen. Alle sind es. Immer wieder schoben sich alte Bilder der Wartburg, die er vor ein paar Jahren mit Melanie und Lea besucht hatte, zwischen seine neuen Gedanken. Die Touristen hatten Fotoserien von der kleinen Zelle geschossen, in der Martin Luther unter dem Tarnnamen *Junker Jörg* das Neue Testament in nur elf Wochen ins Deutsche übersetzt hatte. Lea musste dauernd aufs Klo, weil sie zu viel Cola getrunken hatte. Dazu ein Softeis. Daniel hasste sich dafür, dass er sich nicht konzentrieren konnte. Etwas in ihm wehrte sich mit aller Macht, sich eine tote Svenja in einem Fischweiher in Thüringen vorzustellen. In der zivilisierten Welt.

Maik beugte sich über seine Schulter.

»Ist das eine der toten Frauen?«

»Ja. Svenja. Aus Eisenach.«

»So eine Verschwendung.«

»Sie war Kindergärtnerin. Glaubst du, die Kinder mochten sie?«

»Ich weiß nicht. Das ist ja nur ein Porträt-Foto. Man sieht ja nichts. Warst du schon mal auf der Wartburg?«

»Ja.«

»Schon beeindruckend. So viel Geschichte. Weißt du was über das zweite Opfer?«

»Ich muss sie noch googeln.«

»Soll ich bei dir bleiben? Helfen.«

»Was meinst du damit?«

»Neben dir sitzen. Was Freunde so machen.«

»Nein, lass mal. Besser ich verschaffe mir alleine einen Überblick.«

Einen Überblick über die Toten, dachte Daniel.

»Dann tüte ich ein paar LPs ein.«

Daniel hasste sich für die Suchbegriffe, die er eingab. Das Netz hatte die Morde an diesen Frauen konserviert und jeder Vollhirni mit Tastatur konnte die Dose wieder aufmachen. Viel zu leicht klebten sich die kleinen Bilder als Antwort einer Google-Suche hintereinander. Diesmal eine blonde Frau. Sehr blass.

Anna Schindler. Abgebrochenes BWL-Studium, danach Schauspielunterricht an einer privaten Schauspielschule in Ulm. Eine kleine Nebenrolle in der Fernsehserie *Die Rettungsflieger*. Aber nix Tolles. Keine Ärztin oder so, sondern eins von den Unfallopfern. Gastrollen an verschiedenen Theatern, nie was Festes. In Bad Tölz geboren. In der Donau bei Ingolstadt tot aufgefunden. Anna hatte dort am Theater die weibliche Rolle in einem Klassenzimmerstück bekommen, in dem es darum ging, dass ein Mädchen und ein Junge sich in einer Schultoilette verstecken, während ein Stockwerk tiefer ein Amokläufer durch die Gänge zieht. Verdammt, dachte Daniel. Bisher nur stehende Gewässer. Ein Fluss passte nicht ins Täterprofil. Da wurde ihm zum ersten Mal klar, dass es sich um einen Serientäter handelte. Es war egal, ob das Gewässer floss. Oder stand. Es passte alles zusammen. Er schaute sich das Gesicht von Anna Schindler an. Vielleicht war sie eine gute Schauspielerin gewesen. Mit ein wenig Glück hätte sie irgendwann die Rolle ihres Lebens erhalten. Und den Oscar. Oder wenigstens den Grimme-Preis.

Hielt ihn die Polizei etwa für einen Serienmörder?

Das bin doch bloß ich, dachte Daniel. Ich bringe keine Frauen um, die den Oscar gewinnen könnten. Das mach ich doch nicht. Bin ich das Opfer einer Verschwörung? Dafür bin ich nicht wichtig genug. Verschwörungen gab es nur in Filmen. Jason Bourne war das Opfer eines Komplotts. Ein Opfer, das sich wehren konnte. Bourne hatte eine gute Ausbildung. Ich hab auch eine gute Ausbildung, dachte Daniel. Nahkampf und alles, auch wenn ich nicht noch ein paar Leute töten könnte, während ich das Treppenhaus runterfalle.

Maik stellte sich hinter ihn.

»Ist das die andere?«

»Hast du so schnell die Platten verschickt?«

»Ich kann mich nicht aufs Eintüten konzentrieren.«

»Zwischen den Frauen gibt es keine Verbindung. Die sind grundverschieden.«

Daniel las die kurzen biografischen Informationen vor und zeigte Maik die Fotos.

»Es sind die Orte«, sagte Maik.

»Das stehende Gewässer passt nicht zum Fluss.«

»Ich meine nicht die landschaftlichen Ähnlichkeiten sondern die Fundorte. Die Städte. Mit dem Auto von Eisenach nach Ingolstadt fährst du auf der A9 an uns vorbei. Oberfranken liegt auf halber Strecke. Das dritte Opfer wurde genau zwischen den beiden anderen Tatorten gefunden. Zumindest, wenn man sich am Routenplaner orientiert. Oder am Navigationsgerät. Und *schnellste Verbindung* als Suchoption eingibt.«

»Scheiße, soll das heißen, ich bin verdächtig, weil ich in Hof wohne?«

»Ja, damit rechnet man nicht. Hast du die anderen Opfer gekannt?«

»Natürlich nicht. Ich war in meinem Leben noch nicht in Ingolstadt.«

»Aber auf der Wartburg.«

»Ich war noch nie in Ingolstadt.«

»Noch nie einen Audi vom Werk abgeholt?«

»Selbst als ich das Geld dafür hatte, mochte ich keine Audis.« Maik rieb mit der Handfläche über seine Bartstoppeln, die daraufhin mürrisch vor sich hin knisterten.

»Hmm«, brummte er nachdenklich.

»Ich bin ein Verdächtiger, weil ich von zwei Tatorten gleich weit entfernt bin«, sagte Daniel mit ungläubigem Kopfschütteln.

»Und beim dritten Mord bist du verdammt nah dran.«

»Das könnte alles auch Zufall sein. Vielleicht ist der Mörder irgendein Außendienstler, der regelmäßig die Strecke fährt.«

»Du hättest die letzte Leiche nicht finden dürfen. Nur so kommt man auf die Idee mit der Autobahn. Und darauf, dass wir auf halber Strecke liegen. Die neue Tote ist das fehlende Glied. Die Verkäuferin.«

»Kirsten Fritsch.«

»Was?«

»Kirsten Fritsch. Das war ihr Name.«

Wieder machten sich Verschwörungstheorien in Daniel breit. Er hatte lernen müssen, die Verschwörungstheorien als Teil seiner psychischen Erkrankung zu akzeptieren, aber was, wenn sie tatsächlich plötzlich Realität wurden? Gab es jemanden, der bereit und in der Lage war, ihn als Serienkiller hinzustellen? Nur weil er gleich weit entfernt von einem Mordopfer in Eisenach und in Ingolstadt lebte? Der Kerl musste es jedenfalls logistisch ziemlich draufhaben. Oder die Frau.

»Und was kann ich tun?«, fragte Daniel seinen Freund.

»Vielleicht solltest du mit der Polizei darüber reden, was uns gerade aufgefallen ist.«

»Die wissen das längst. Die haben mir die Fotos gezeigt.«

»Vielleicht solltest du deine eigenen Ermittlungen starten.«

»Nach Ingolstadt fahren?«

»Zum Beispiel.«

»Oder nach Eisenach?«

»Ja. Oder erst mal alles vor Ort über diese Kassiererin in Erfahrung bringen.«

»Kirsten Fritsch. Ich finde, auch Tote haben ein Recht auf ihren Namen.«

»Wenn die Toten einen Namen haben, kannst du auch noch mehr über sie herausfinden.«

»Das ist doch eine Scheißidee. Eigene Ermittlungen. Hört sich nach Hollywood an.«

»Hollywood ist gar nicht so schlecht. Von den ganzen Filmen und Serien wissen wir doch, wie's geht.«

»Das ist Hof, nicht L.A.! Wie wirkt denn das, wenn ein Therapiepatient, ein amtlich bekannter Psycho, auf eigene Faust ermittelt? Was würde die Polizei denken, wenn ich mich plötzlich in Eisenach rumtreibe? Oder in Ingolstadt?«

»Was hast du für Alternativen? Im Garten auf der Ledercouch

sitzen und einen defekten Flachbildschirm anstarren, bis dir die Polizei einen Mehrfachmord anhängt?«

Daniel fuhr sich durchs Haar.

»Ich hab nicht einmal ein Auto.«

»Für die Kassiererin ... für Kirsten brauchst du kein Auto.«

»Und was ist mit Eisenach? Mit Ingolstadt?«

»Wir können mein Auto nehmen.«

»Ich dachte, das gehört deinen Eltern.«

»Bisher haben sie es mir immer geliehen. Seit mein Vater den Schlaganfall hatte, steht es die meiste Zeit in der Garage. Meine Mutter ist keine besonders gute Autofahrerin. Sie traut sich nicht, das Auto in die Garage rein oder wieder raus zu fahren.«

»Du bist also dabei?«

»Ich lass doch einen Freund nicht bei einer Mordermittlung im Stich. Wo fahren wir zuerst hin?«

Daniel verglich die Fotos der rothaarigen Frau mit denen der blonden. Und er dachte an das von dunklen Haaren umwehte Gesicht unter Wasser. Regungslos. Ohne Lächeln. Obwohl es sonst immer zu einem Lächeln bereit war. Mit oder ohne Leergutbons. Daniel rieb sich über die Augen. Er merkte, wie müde er war. Vielleicht sollte er zur Abwechslung mal wieder in einem richtigen Bett schlafen. Er hatte jegliches Zeitgefühl verloren. Die Uhr des Computers zeigte 13 Uhr 45 an.

»Verdammt, ich muss los.«

»Was gibt's denn Wichtigeres, als seinen Hals zu retten?«, fragte Maik.

»Um 16 Uhr ist das betreute Treffen mit meiner Tochter.«

»Kannst du das nicht absagen?«

»Wenn man es absagt, schaut es so aus, als hätte man kein Interesse. Oder als wäre man seinem Kind nicht gewachsen. Seiner Verantwortung. Egal was: Kommt alles beim Familiengericht nicht gut an.«

Daniel zog sich die Schirmmütze in die Stirn. Er riss die Wohnungstür auf und rannte nach draußen. Er konnte hören, wie die

Tür gegen die Wand knallte. Auf der Straße setzte er die Sonnenbrille auf und startete durch. Seine Muskeln waren bereit. Es gefiel ihm, seinen Atem zu hören. Daniel konnte sich bis in die kleinsten Lungenbläschen und Kapillaren hineindenken. Sein schneller Puls beruhigte ihn. Und er mochte den Schweißfilm, der sein Gesicht und den restlichen Körper überzog, als würde sich ein nanotechnologischer Schutzfilm auf ihm bilden. Vor allem das Gesicht war wichtig. Irgendwann nannte man es auch Antlitz. Antlitz war ein schönes Wort. Jeden Tag musste er daran denken, wie er mit seinen Stiefeln über das weggesprengte Gesicht des Gefreiten Kunz gestiegen war. Schutz war wichtig. Die eigene Visage behalten. Der Schweiß schmeckte immer ein bisschen anders. Wenn er in die Augen lief, musste man weinen.

Als Daniel in seine Straße einbog, sah er Melanies blauen Kleinwagen vor dem Haus stehen. Vor ihrem gemeinsamen Haus mit ihrer gemeinsamen Geschichte. Jedenfalls bis die Scheidung durch war. Die Geschichte würden sie dann trotzdem weiter teilen. Gemeinsame Erlebnisse wurde man einfach nicht mehr los. Einen Moment lang verlor Daniel seinen Laufrhythmus, fand ihn wieder und startete noch mal durch. Die Fahrertür des Autos öffnete sich. Melanie hatte frisch gefärbte Haare. Ein dunkleres Rot. Die schwarze Sonnenbrille machte sie unnahbar, also auf eine unterkühlte Art besonders sexy. Vor allem, wenn man genau wusste, dass sie nicht unnahbar war. Bei Melanie angekommen, hätte Daniel sie beinahe umarmt, aber im letzten Moment verkniff er es sich. Stattdessen atmete er einfach durch. Daniel konnte die einzelnen Schweißtropfen spüren, die seinen Rücken hinunterliefen.

»Was denkst du dir eigentlich?«, fragte Melanie.

Dabei stemmte sie die Fäuste in ihre Taille. Übertrieben. Sie hätte es nicht nötig gehabt, mit einer solchen Geste ihren wütenden Tonfall zu unterstreichen.

»Hi«, antwortete Daniel.

»Versuch nicht, gute Stimmung zu machen.«

»Ich hab keine Ahnung, worum es geht.«

»Nein? Heute schon mal ins Internet geschaut?«

»Du hast den PC mitgenommen.«

»Oder den Fernseher angedreht?«

Der Fernseher steht im Garten, dachte Daniel. Ohne Strom. Gott sei Dank ohne Strom, sonst hätte es schon längst einen Kurzschluss gegeben. Daniel konnte sich Melanies wütende Augen hinter der Sonnenbrille nur allzu gut vorstellen. Sie holte ihr Handy aus der Hosentasche. Dabei musste sie die Finger ganz spitz machen. Die Jeans war verdammt eng. Sie drückte routiniert ein paar Tasten auf dem Mobiltelefon, vielleicht hatte sie wartend im Auto genau für diesen Moment geübt. Sie streckte ihm das Handy entgegen. Auf dem Display lief ein Video. Daniel warf gerade eine Grünpflanze durch die Terrassentür.

»Tut mir leid wegen der Scheibe«, sagte Daniel.

»Was Besseres fällt dir nicht ein?«

»Ist ja immerhin auch noch dein Haus.«

»Die Scheibe interessiert mich einen Dreck. Weißt du, wie du in den Fernsehberichten wirkst?«

»Ich kann's mir denken.«

»Du schaust aus wie ein Irrer.«

»*Labil* trifft es besser. Ich hab eine Tote gefunden.«

»Das habe ich schon mitbekommen. Weißt du nicht mehr, wie man ein Telefon bedient? Findest du nicht, dass wir Anspruch auf ein paar Informationen haben, bevor sie im Fernsehen laufen? Lea ist morgen das Gesprächsthema Nummer eins in ihrer Schule, wenn sich rumgesprochen hat, dass ein psychisch kranker Afghanistan-Veteran eine Frauenleiche im Fischweiher gefunden hat.«

»Tut mir leid.«

»Hör endlich auf, dich zu entschuldigen.«

»Weiß es Lea noch nicht?«

»Du wirst es ihr selbst sagen. Immerhin triffst du dich in eineinhalb Stunden mit ihr.«

»Okay.«

»Versprich mir, dass du es ihr sagst.«

»Ich verspreche es.«

»Das hat mit Pädagogik zu tun. Mit Verantwortung und so.«

»Ich weiß schon, was Verantwortung ist.«

Melanie nickte. Daniel stellte sich vor, wie ihre Pupillen hinter der Sonnenbrille Flammen sprühten.

»Gut.«

Melanie stieg ins Auto, sprang aber sofort wieder heraus.

»Können wir nicht einfach wie erwachsene Menschen miteinander umgehen?«, fragte sie.

»Können wir«, antwortete Daniel.

Melanie schien zu zögern. Einen langen Moment passierte nichts. Daniel konnte sich ihre Augen hinter der Sonnenbrille nicht mehr vorstellen.

»Ruf einfach an, wenn irgendwas ist.«

»Was soll denn sein?«

»Keine Ahnung.«

»Du meinst, wenn ich wieder eine Tote finde?«

»Zum Beispiel.«

Der Tod klebt an mir, dachte Daniel.

»Rainer bringt Melanie zur Beratungsstelle. Er holt sie dann auch wieder ab.«

»Gut«, sagte Daniel, obwohl er es nicht wirklich gut fand. Er konnte Rainer einfach nicht akzeptieren. Mit Doktor Hamann hatte er bereits darüber gesprochen. Dabei hatte er gecheckt, dass es vollkommen normal war, dass man den neuen Lover seiner Frau nicht leiden konnte. Schlimm genug, dass ich für alle Gefühle eine Rückmeldung brauche, dachte Daniel. Ob sie normal sind oder nicht. Doktor Hamann behauptete, es gäbe keine unnormalen Gefühle, aber manche davon waren trotzdem scheiße.

Melanie stieg grußlos ins Auto und startete den Motor.

Daniel spurtete los und klopfte auf die Windschutzscheibe. Die Scheibe der Fahrertür fuhr mit einem Surren nach unten.

»Was?«, fragte sie ohne erkennbare Regung.
»Wann holt ihr Bonaparte?«
»Rainer ist allergisch gegen Felltiere.«
»Dann müsst ihr eine Lösung finden. Es ist Leas Kaninchen.«
»Sie kann ihn nicht leiden.«
»Es ist *ihr* Haustier.«
»Ja. Kommt noch was?«
»Man schiebt ein Tier nicht einfach so ab. Das muss sie lernen.«
»Ihr trefft euch ja gleich in der Beratungsstelle. Red mit ihr.«
»Ich rede mit dir.«
»Dass das nicht funktioniert, wissen wir schon länger.«
Noch während der elektrische Fensterheber die Scheibe wieder nach oben schob, fuhr Melanie mit quietschenden Reifen los. Zu ihrem neuen Liebhaber. Rainer verdiente gutes Geld mit Windparks in ganz Europa. Da konnte ein traumatisierter Invalide natürlich nicht mithalten.

Daniel ging unter die Dusche. Kalt. Mit warmem Wasser wurde der Schutzfilm weggespült. Mit kaltem Wasser wurde er gehärtet. Die kleinen Nanoteilchen rückten enger zusammen.

• • •

Die Erziehungsberatungsstelle lag malerisch in einem kleinen Park mit alten Buchenbeständen. Das blendend weiße Gebäude sollte schon von Weitem Optimismus ausstrahlen. Die Lage und die moderne, offene Architektur gaukelten vor, dass es sich bei Erziehung um etwas Unbeschwertes, Verspieltes, Lebensfrohes handeln musste. Erzähl das mal einem Vater, der mit seiner elfjährigen Tochter nur noch betreuten Umgang haben darf, dachte Daniel, während er die Stufen zur Eingangstür nach oben rannte. Daniel hatte den schwarzen Bonzenschlitten auf dem Parkplatz sofort erkannt. Er hatte es wieder nicht geschafft, vor Rainer in der Beratungsstelle zu sein. Das Auto stand schräg auf der Fläche zweier Parkbuchten, als wäre es gerade dabei, die Alleinherrschaft über den gesamten Parkplatz zu erringen. Rainer und Lea saßen bereits im Wartezimmer. Lea stand sofort auf, als sie ihren Vater sah. Während sie auf ihn zuging, hatte sie noch einen ernsten Gesichtsausdruck, aber als sie ihm die Hand schüttelte, lächelte sie. Wenn sie es nicht aus Überzeugung tat, dann doch aus der Erkenntnis heraus, dass es sich bei der Begrüßung ihres Erzeugers gehörte zu lächeln. Vielleicht sind die betreuten Treffen doch nicht so schlecht, dachte Daniel. Sie muss mich ja nicht gleich umarmen. Nach allem, was vorgefallen war. Die vielen nächtlichen Streitereien. Als Daniel herausbekommen hatte, dass es einen neuen Mann in Melanies Leben gab, war er komplett ausgerastet und hatte die ersten Möbelstücke zu Kleinholz verarbeitet.

»Ich bin mir nicht mal sicher, ob Lea überhaupt meine Tochter ist!«, hatte Daniel seine Frau angeschrien.

Die Haare viel zu blond. Und ein Kinn, das nicht vererbt aussah. Bösartige Einflüsterungen, die sich im Kopf ausbreiten, wenn man Angst hat. Oder wütend ist. Oder beides zugleich. Jetzt schämte er sich dafür. Zu gut konnte er sich vorstellen, wie Lea weinend im Bett lag, während er herumbrüllte. Die ganze militärische Selbstbeherrschung, die ihm antrainiert worden war, half nichts im zivilen Leben.

Mittlerweile war auch Rainer aufgestanden. Er legte eine Ausgabe der *Psychologie Heute* mit dem Titel-Thema »Freundschaft – Warum Nähe und Vertrautheit so wichtig sind« zurück auf den Stapel Zeitschriften, die für die Wartenden auslagen. Rainer streckte ihm lächelnd seine Hand entgegen. Daniel nahm sie. Wortlos. Beide drückten kräftig zu. Der wird nicht mehr mein Freund, dachte Daniel. Nicht mal unverständlich, dass sich eine Frau einen anderen Kerl sucht, wenn die Psyche ihres Ehemanns durchlöchert ist wie nach einem Flächenbombardement. Vielleicht wäre es leichter gewesen, wenn der Nebenbuhler gute Argumente gehabt hätte. Zum Beispiel, wenn er jünger gewesen wäre und dabei verdammt gut aussah, aber Rainer ging bereits auf die fünfzig zu. Zugegeben: Er hatte sich gut gehalten, aber George Clooney war er auch nicht gerade. Irgendwas musste er an sich haben, das Frauen anziehend fanden, aber Daniel wusste nicht genau, was das sein sollte. Vielleicht die Sicherheit, die er ausstrahlte. Damit hatte Daniel zuletzt nicht mehr dienen können.

Daniel war froh, dass sie von der Psychologin aufgerufen wurden, bevor sie zu dritt ein Gespräch führen mussten.

»Ich warte im Auto, Lea«, sagte Rainer.

Sogar seine sonore Stimme strahlte diese verdammte Sicherheit aus.

Er lächelte kurz und ging.

Lea rief ihm durchs Treppenhaus hinterher:

»Hey, Rainer! Ich hab nicht wieder Lust, eine Viertelstunde zu warten, weil du mit deinen Besorgungen nicht fertig wirst.«

Wenigstens nennt sie ihn nicht Papa, dachte Daniel zufrieden.

Lea und Daniel folgten Frau Schreiner in ihr Büro. An den Wänden Kunstdrucke impressionistischer Bilder. Überall Seerosen. Psychologen schienen einen Hang zum Impressionismus zu haben. Vielleicht, weil sie von Seerosen beruhigt wurden. Daniel beruhigten sie nicht. Man konnte sich beim Schwimmen in Seerosen verfangen. Angeblich zogen sie einen sogar umso mehr in die Tiefe, je mehr man zappelte, um sich zu befreien. Man zappelte automatisch. Außerdem fanden sich in Gewässern Leichen. Und von Leichen hatte Daniel endgültig genug. Er wollte gerne leichenfrei werden.

Lea war während des betreuten Treffens erstaunlich kommunikativ. Erzählte von ihren dämlichen Klassenkameraden, über ihr Engagement in der Schultheatergruppe und ein paar Sachen, die Daniel befürchten ließen, dass er womöglich die Pubertät seiner Tochter verpassen könnte. Sie schien gerade anzubrechen. Natürlich hatte Daniel im Hinterkopf, Lea unbedingt davon erzählen zu müssen, dass er eine Leiche gefunden hatte und dann noch die Sache mit den Fernsehteams und dem Blumenstock und überhaupt mit den Bildern im Fernsehen. Er suchte immer den Moment, aber irgendwie war er nie wirklich geeignet. Als er sich ganz fest vorgenommen hatte, dass es JETZT günstig war, berichtete Lea ihm, wie sehr sie der Leiter des Unterkurses *Dramatisches Gestalten* gelobt hatte. Und dann war der Moment wieder vorbei.

»Die Eltern sind zur Premiere eingeladen«, sagte Lea.

Daniel nickte eifrig.

»Ich komme natürlich.«

Anschließend spielten sie mit der Psychologin eine Partie Uno. Lea hatte gute Karten. Dauernd musste Frau Schreiner vier Karten ziehen. Dadurch bekam sie aber selbst unglaublich viele Pausieren-Karten auf die Hand. Die meiste Zeit des Spiels setzte Daniel eine Runde aus. Am Anfang der betreuten Treffen war Daniel enttäuscht gewesen, dass Frau Schreiner nicht so attraktiv war wie die Psychologinnen, die in Fernsehserien in Erscheinung treten. Bei den *Sopranos* beispielsweise. Inzwischen war es aber okay. Wahrscheinlich hätte er bei einer hübschen Psychologin versucht, etwas Besonderes zu machen, das ihn in einem guten Licht erscheinen ließ. So konzentrierte er sich auf seine Tochter. Er freute sich darüber, als Lea mit einem begeisterten »Joooh« das Kartenspiel gewann. Für einen getrennten Vater konnte sogar ein Kartenspiel wichtig sein. Wahrscheinlich sind in einer Familie immer die kleinen Dinge ganz besonders, dachte Daniel, aber das checkt man erst, wenn Fachpersonal notwendig wird.

Frau Schreiner brachte ihre beiden Klienten an die Bürotür und verabschiedete sich mit einem Hinweis auf den nächsten Termin. Auf der Treppe wurde Daniel klar, dass es spätestens JETZT passieren musste.

»Ich muss dir noch was sagen.«

»Was denn?«

Lea blieb stehen. Sie war zwei Stufen unter ihm und starrte nach oben. Ihre Augen waren so groß wie die Augen der japanischen Schulmädchen in den Animes, die sie sich nachmittags im Internet anschaute, und deren Hauptfiguren sie nachzeichnete.

»Es ist was passiert …«

»Ja?«

»Also das, was passiert ist … Es ist nicht besonders gut.«

Leas Augen waren immer noch zeichentrickmäßig.

»Genau genommen ist es schlecht. Ich habe eine tote Frau gefunden.«

Sie starrte weiter nach oben. Ihre Augen waren unbewegt.

»Jemand hat ihr wehgetan.«

»Du meinst *ermordet*?«

»Ja. Ich hab die Polizei angerufen. Da gibt's eine Hauptkommissarin, die hat es echt drauf. Die sucht den Täter.«

»Haben die schon einen Verdächtigen?«

Daniel schluckte. Er begann zu schwitzen. Schon immer hatte er gehasst, dass er so leicht zu schwitzen anfing. Die ganze Transpiration platzte auf einmal aus ihm raus.

»Ich weiß nicht.«

»Die kriegen den auf jeden Fall. Hast du schon mal CSI gesehen?«

»Ja.«

»Der Täter hinterlässt immer eine Spur.«

Lea nickte entschlossen und sprang die Treppe nach unten.

»Ich muss dir noch was sagen.«

Sie drehte sich um. Ihre Bewegungen, ihr Blick, alles an ihr war vorsichtig.

»Das Ganze ist schon im Fernsehen.«

»Alles ist schon im Fernsehen oder im Internet«, antwortete Lea.

»Ich weiß«, sagte Daniel, »aber ich bin auch zu sehen.«

»Ja und?«

»Die haben mich gefilmt, als ich die Scheibe unserer Terrassentür mit einem Blumenstock eingeworfen habe.«

»Warum hast du das gemacht?«

»Die Fernsehteams waren hinter mir her.«

»Und?«

»Ich wollte nicht ins Fernsehen.«

»Aber jeder will ins Fernsehen.«

»Ich nicht.«

Lea schüttelte mitleidig den Kopf.

»Du bist echt alt.«

Sie drehte sich um und ging zum Ausgang.

Daniel rannte die Treppe hinunter. Am Treppenabsatz blieb er stehen. Er wusste nicht, was er machen sollte.

»Ich lass auf jeden Fall die Scheibe erneuern!«, rief er Lea hinterher, aber seine Tochter reagierte nicht mehr. Sie stieg einfach in den schwarzen Bonzenschlitten ein. Ohne zu winken. Das Auto rollte vom Parkplatz.

Wer oder was war eigentlich dieser Rainer für Lea? Ein Fahrer? Der Freund ihrer Mutter? Irgendein aufgeblasener Erwachsener? Ein Ersatzvater? Mit ein paar gezielten Fußtritten demolierte Daniel den Kaffee-Automaten im Eingangsbereich der Beratungsstelle. Ein Plastikbecher nach dem anderen wurde aus dem Automaten gespuckt, als wären sie der Hauptgewinn. Daniel ging zum Ausgang. Hinter ihm plätscherte Cappuccino auf den Boden. Wütend stieß er die Glastür auf. Im Freien atmete er durch.

• • •

Daniel und Maik saßen in einem zehn Jahre alten Golf und schauten sich das Mehrfamilienhaus an. Der orange Anstrich leuchtete im Licht der untergehenden Sonne.

»Häuser tragen keine Trauer«, sagte Daniel.

»Was?«

»Man stellt sich unweigerlich vor, dass sich das Haus schwarz einfärbt, wenn einer seiner Bewohner gestorben ist. Jedenfalls in unserem Kulturkreis. In anderen Kulturen gilt weiß als Farbe der Trauer.«

Maik starrte auf das Haus.

»Also, ich stell mir das nicht vor. Weder schwarz noch weiß. Außerdem gibt es eine Menge weißer Häuser.«

»In der Wohnung im dritten Stock wird heute kein Licht angehen. Das sollte ein Haus traurig machen.«

»Ich stell Musik an, bevor deine Gedanken noch desolater werden.«

Maik kramte im Handschuhfach, das mit Dutzenden CDs gefüllt war.

»Was suchst du?«

»Musik.«

»Scheint ja genug da zu sein.«

»Man muss schon das Richtige finden. Den Soundtrack, der passt. In neuen Autos schließt du einfach deinen MP3-Player an und das war's. Ich musste meine Mutter beknien, wenigstens einen CD-Player einzubauen. Mein Vater war immer der Meinung, dass Elektronik nur dafür da sei kaputtzugehen. Aber jetzt ist er nur noch Beifahrer und muss sich unterordnen.«

Maik zog eine CD aus dem Durcheinander, deren Cover signalgelb in die Aufmerksamkeit drängte und schob sie in den CD-Schacht. Die Musik war die Entdeckung der Langsamkeit. Tatsächlich sah der Sonnenuntergang damit versöhnlicher aus.

»Was ist das?«

»Lambchop. *How I Quit Smoking*. Ein tolles Album.«

Der Sänger trug die Texte mit seiner tiefen Stimme so einschmeichelnd entspannt vor, dass Daniel mühelos jedes Wort verstand, ohne seine Synapsen ausdrücklich aktivieren zu müssen. Natürlich hätte er auch die Lyrics schneller Songs locker übersetzen können. Immerhin hatte er vor jedem Auslandseinsatz englisch gebüffelt, um mit den Verbündeten problemlos in Funkkontakt treten zu können.

»Toll, oder?«, fragte Maik. »Der Sänger ist ein Genie. Kurt Wagner. Er schaut überhaupt nicht wie ein Genie aus. Oder wie ein Sänger.«

»Wie schaut er denn aus?«

»Früher war er mal Installateur. Ich finde, er schaut bis heute wie ein Installateur aus.«

»Ich kenne Installateure, die ganz unterschiedlich aussehen.«

Im zweiten Song sang Wagner:

»The gentleness has perished
And the violent man has come down on everyone
To whom can I speak today
The wrong which roams the earth
There can be no end to it
It is just unstoppable.«

Daniel starrte weiter aufs Haus und fragte: »Findest du das aufbauend?«

»Ich find's versöhnlich. Immerhin heißt der Song *The Man Who Loved Beer*.«

Maik kramte in seinem Rucksack und holte zwei Dosen Bier hervor. Eine reichte er Daniel.

»Hier. Sogar kalt. Ich hab extra einen Kühlakku in meinen Rucksack gelegt.«

Mit einem Zischen gaben die Verschlüsse nach. Sofort suchte sich das Bier einen Weg in die Freiheit. Schnell tranken Daniel und Maik den perlenden Schaum ab. Geübte Dosenbiertrinker.

»Gut, oder?«, fragte Maik. »Das passende Getränk zum Soundtrack.«

»Ja, gut.« Daniel nahm noch einen kräftigen Schluck. »Was wollen wir eigentlich hier?«

»Keine Ahnung. Das ist ja der tiefere Sinn einer Beobachtung. Dass man Sachen erfährt, die man vorher noch nicht wusste, oder? Eigentlich solltest du das besser wissen als ich.«

»Warum?«

»Du warst Soldat. Ich hab im Zivildienst dementen Alten den Arsch abgewischt.«

»Halt's Maul und trink dein Bier.«

Maik nahm einen kräftigen Schluck aus seiner Dose.

»Tut mir leid.«

»Schon gut.«

Im dritten Stock des Hauses ging das Licht an.

»Siehst du das?«, fragte Maik.

»Ja.«

»Eigentlich sollte da kein Licht sein.«

»Sie lebt nicht allein.« Sofort korrigierte sich Daniel. »Sie hat nicht allein gelebt.«

Daniel öffnete die Beifahrertür und ging zum Haus. Ein Weg aus Betonziegeln zwischen Grünflächen. Der Rasen war kurz gemäht. Extrem kurz. Grün bemalte Betonplatten hätten kaum höhere Halme gehabt.

In der Zwischenzeit war es so dunkel, dass Daniel die Namen auf den Klingelschildern nicht mehr lesen konnte. Er holte den Schlüsselbund mit der kleinen Taschenlampe aus der Hosentasche und leuchtete auf die Klingelschilder. Tatsächlich zwei Namen: »Fritsch/Rücker«. Der zweite Name war mit Bleistift auf das Klingelschild gekritzelt worden. Beim ersten Check der Klingel hatte Daniel die dünnen Bleistiftlinien glatt übersehen.

Daniel ging zurück zum Auto und stieg ein.

»Auf dem Klingelschild steht ein zweiter Name. Rücker.«

»Fragen wir mal das Baby«, sagte Maik. Er holte ein weißes Smart-Phone aus seiner Jackentasche und tippte auf dem Display herum.

»Für jemanden, der keine Kohle hat, bist du verdammt gut ausgestattet«, bemerkte Daniel.

»Wenn du Internet-Handel betreibst, musst du überall Zugang zum Netz haben, sonst bist du einfach immer einen Tick zu langsam.«

»Eigentlich schade, dass alles immer schnell gehen muss.«

»Die Langsamkeit ist bereits mit den Segelschiffen ausgestorben.«

»Ich mag Segelschiffe.«

»Dann flieg mal mit einem für ein Wochenende nach New York.«

Oben lief jemand durch die Wohnung. Daniel sah einen Schatten an der Wand entlang flattern.

»Hier: Ich glaub, das ist er.« Maik deutete auf das Display seines Smart-Phones. »Benny Rücker. Beziehungsstatus *verheiratet*. Heißt aber nicht, dass sie es wirklich sind. Du kannst angeben, wonach dir ist.«

Daniel beugte sich nach links. Von außen sah es wahrscheinlich so aus, als würde er seinen Kopf auf Maiks Schulter legen. Egal. Ein bisschen war ihm sogar wirklich danach.

»Ist das ihre Facebook-Seite?«

»Ja. Ihr letzter Facebook-Status war *verliebt*.«

»Bei Facebook stirbst du nicht. Das Internet hält dich am Leben.«

»Ich weiß nicht. Da unten sind ein paar Kommentare von ihren Freunden. Ein lieber Mensch, wir werden dich nicht vergessen und so. Wie am offenen Grab. Wenn du gestorben bist, wird Facebook zum Friedhof.«

»Scheiße.«

»Ich find's nicht schlecht. Vielleicht erinnert man sich mit Facebook-Seite leichter an Menschen, die man verloren hat. Jedenfalls besser als beim Anblick eines Grabsteins.«

Maik klickte auf das Foto eines jungen Mannes. Kurzes blondes Haar. Schmale Schultern. Sein T-Shirt flatterte an ihm. Ein Foto, das am Meer aufgenommen worden war.

»Ist das dieser Benny?«, fragte Daniel.

»Ja.«

»Und wie lautet sein aktueller Pinnwand-Eintrag?«

»*In some cultures, what I do would be considered normal.* Das letzte Mal vor drei Tagen erneuert.«

»Ist das auffällig?«

»In Facebook-Maßstäben gemessen ist es eine Ewigkeit.«

»Ob er weint?«

Maik starrte Daniel an.
»Woher soll ich das wissen?«
»Also, ich würde weinen.«
Maik schüttelte den Kopf.
»Kann schon sein, dass er weint, aber sicher ist das nicht. Seine Facebook-Seite gibt darüber keine Auskunft.«
»Zumindest ist er noch am Leben«, sagte Daniel, während er den flackernden Schatten oben in der Trauerwohnung beobachtete. »Er läuft in der Wohnung auf und ab.«
Daniel sah auf das Foto. Unter den blonden Haaren ein Lächeln, das offen sein sollte, aber Mühe bereitete. Ganz bestimmt weinte Benny, während er einen Pfad ins Laminat latschte.
»Lass uns nach Hause fahren«, sagte Daniel, »ich bin müde. Wenn ich mal an einem Tag mein Sport-Programm nicht durchgezogen habe, fühle ich mich wie ein ausgespuckter Kaugummi.«
»Und wie geht's morgen weiter?«
»Donnerstagsprogramm. Ich mache erst mal meinen Waldlauf.«
»Du machst deinen Waldlauf?«
»Ja, vielleicht gestalte ich den Parcours diesmal besonders hart. Das hilft beim Denken.«
»Na, wenn's der Wahrheitsfindung dient.«
»Danach komme ich zu dir.«
»Kann ich noch was tun?«
»Du bist der Internet-Profi. Vielleicht flüstert dir das Netz bis dahin noch was ein.«
»Okay, dann werde ich ganz besonders aufs Flüstern lauschen.«
Maik drehte den Autoschlüssel im Schloss und erzeugte ein asthmatisches Röcheln, danach wartete er einen Moment. Zweiter Versuch. Der Motor startete mit einem tiefen Grummeln, hielt sich einen Moment wacklig, bevor er endgültig absoff. Durch alle Ritzen des Autos drangen Benzindämpfe ins Fahrzeuginnere.

»Bitte sag mir, dass wir auf dieses Auto niemals bei einer Verfolgungsjagd angewiesen sein werden«, lästerte Daniel.

»Was für eine Art Verfolgungsjagd meinst du? Eine, bei der wir die Jäger oder bei der wir die Gejagten sind?«

»Egal welche. Das Auto hält beiden nicht stand.«

»Kein Wunder, dass er nicht anspringen will. Du verbreitest schlechtes Karma. Gib dir mal mehr Mühe.«

Maik startete einen weiteren Versuch und diesmal sprang der Motor mit einem missmutigen Getriebeaufschrei an. Während Maik ausparkte, starrte Daniel zu den Schatten in der Wohnung hoch. Sie waren ständig in Bewegung.

• • •

Nachdem Daniel ausgestiegen war, versuchte Maik einen Rallye-Start mit quietschenden Reifen. Das mochte ihm auf der Playstation gelingen, aber in echt machte das Auto einen kleinen Hüpfer nach vorn und soff ab. Benzingeruch breitete sich aus. Daniel war mittlerweile davon überzeugt, dass das Verhalten des Wagens nicht nur mit dem Motor oder der Kupplung, sondern auch mit Maiks Fahrkünsten in direktem Zusammenhang stand. Der Golf war für sein Alter in einem erstklassigen Zustand. Einmal die Woche ordentlich gepflegt und immer schön in die Garage eingepackt. Da konnte sich kein Flugrost bilden, bis es Maik – begünstigt durch den Schlaganfall seines Vaters – übernommen hatte, das altehrwürdige Fahrzeug zugrunde zu richten. Vielleicht eine Art Abnabelungsprozess. Sicher war sich Daniel nicht. Die Psychologie-Lehrgänge fangen bei der Bundeswehr schon in der unteren Führungsebene an, aber mit einer Wissenschaft, die nicht in der Lage ist, Fakten zu vermitteln, konnte er nichts anfangen. Im Zweifelsfall war es im Einsatz nützlicher, schnell sein Gewehr nachladen zu können, als einen Vorgesetzten zu haben, der einem sanft das Händchen hielt. Die Seele wurde eindeutig überbewertet. Im Zweifelsfall führte sie einen dahin, wo er jetzt war. Couch im Garten und das Haus leer. Melanie hatte den Wagen mitgenommen. Bis Lea den Führerschein machte, war der auf keinen Fall mehr fahrtüchtig. Den hatte ja keiner gepflegt. Vielleicht investierte Rainer ein paar Stunden in die Wartung. Zuzutrauen war es ihm. Der Typ brachte scheinbar so ziemlich alle Talente mit, die Melanie bei Daniel vermisst hatte. Dazu noch die richtige Einstellung. Schlecht, wenn man sich als getrennt Lebender eingestehen muss, dass die Exfrau einen neuen Partner hat, der besser zu ihr passt. Lea würde auf keinen Fall ein Auto brauchen, um sich abzunabeln. Sie war jetzt schon voll dabei. Am liebsten hätte Daniel geheult, aber mit so einem Scheiß würde er nicht anfangen, solange er im Freien war. Da konnten ja die ganzen Nachbarn zuschauen. Glotzten eh alle rüber, seit die Polizei und die gesamte deutsche Medien-Landschaft vorfuhr. Sogar die Exfrau war da gewesen, was noch nie vorgekommen war, seit der Umzugslaster klare Verhältnisse geschaffen hatte. Vielleicht kampiere ich nur im Garten, weil ich mir verbiete, im Freien zu heulen, dachte Daniel. Zutrauen würde ich es mir. So einen quergelegten Plan. Schräg zum gesunden Menschenverstand. Psychisch krank.

Daniel schüttelte sich, um die Gedanken loszuwerden, die ihn infiltrierten. Der Bewegungsmelder reagierte sofort. Die Außenlampe neben der Haustür verstrahlte ihr klares kaltes Licht. Eine frostige Einladung. Wie immer hatte Daniel viel zu viel Zeug in der Hosentasche, aber schließlich konnte er den Haustürschlüssel isolieren. Das Licht ging aus. Daniel wedelte mit einem Arm. Sofort leuchtete die Lampe wieder auf. Dann öffnete er die Haustür. Das Lämpchen des Anrufbeantworters blinkte wild durch die Dunkelheit. Rot. Atemlos. Als wäre es in Lebensgefahr. Schnell schloss Daniel die Tür wieder und ging durch die Brennnesseln zur Couch. Er setzte sich und versuchte ruhig zu werden. Achtete auf den Atem und so, aber der Scheißatem machte, was er wollte. Die ganzen Körperfunktionen spielten nicht mit. Schweißausbruch. Herzflattern. Daniel sah sich hektisch um. Die ganze Umgebung war da. Er stand auf und ging ins Haus. Zwölf neue Nachrichten auf dem Anrufbeantworter. Zehn Interview-Anfragen. Eine Nachricht von Melanie:

»Lea hat mir erzählt, wie du es ihr beigebracht hast. Ich versteh das nicht. Du bist doch ihr Vater! Dir muss doch wichtig sein, wie es ihr geht. Schaff dir endlich mal ein neues Handy an!«

Außerdem eine Nachricht von Doktor Hamann: »Hier Ulrich Hamann, hallo. Ich hab's im Fernsehen gesehen. Die Polizei war auch da, aber ich habe mich natürlich auf meine Schweigepflicht berufen. Also, wenn Sie mal einen Extra-Termin brauchen, das ist okay. Sie können mich jederzeit anrufen. Wirklich. Daniel, hören Sie: Sie müssen nicht alleine damit fertig werden! Denken Sie daran, was wir schon erarbeitet haben: Treffen Sie Entscheidungen, mit denen Sie sich wohlfühlen.«

Ja, wohlfühlen, ich muss dafür sorgen. Daniel dachte an die Übungen, die er mit Doktor Hamann absolviert hatte. Den verhaltenstherapeutischen Ansatz nannte das der Psychologe. Es ist schwer, sich wieder in Gang zu bringen, wenn der Magen rebelliert. Der Luftzug den Schweißfilm auf der Stirn kalt trocknen lässt. Die Gedanken so durch die Synapsen knallen, dass du die Schädeldecke spüren kannst. Wo kam eigentlich der Luftzug her? Aus dem Wohnzimmer. Daniel hatte das Loch in der Terrassentür mit Karton und Reparaturband abgeklebt. Wahrscheinlich war das Klebeband aus dem Schnäppchenmarkt seiner Aufgabe nicht gewachsen. Doch nur billig und nicht preiswert.

Daniel ging zum Wohnzimmer und betätigte den Lichtschalter. Wie immer, wenn irgendwas ganz und gar nicht in Ordnung war, stürmten alle Sinne auf ihn ein. Das Loch im Glas. Das nackte Fleisch. Sehnen. Muskeln. Der Geruch nach Blut. Die Anwesenheit des Todes. Noch bevor er die einzelnen Puzzleteile seiner Wahrnehmung zu einem Ganzen zusammenfügen konnte, reagierte Daniel instinktiv so, wie es ihm antrainiert worden war.

Schneller Rückzug. Deckung suchen. Anschließend koordiniertes Vorgehen. Am besten sofort einen Lagebericht absetzen, Hilfe anfordern. Der Schweiß lief jetzt wieder, brannte salzig in den Augen. Er lehnte mit dem Rücken an der Wand neben dem Türrahmen. Das Telefon war eine Möglichkeit. Die Polizei rufen. Oder mit einer Drehung durch die Wohnzimmertür. Deckung hatte er so und so keine. Daniel hielt den Atem an. Sein Herzschlag pochte in den Ohren. Der Körper konnte nicht aufhören, Lärm zu machen, bis er tot war. Das Wohnzimmer war ruhig. Zu ruhig. Der Feind hatte keinen Zweifel daran gelassen, dass er es ernst meinte. Und er konnte immer noch in der Nähe sein. Auf einen Fehler warten. Vorsichtig beugte sich Daniel nach vorn. Durch den Türspalt konnte er nur einen kleinen Teil des Wohnzimmers einsehen. Der wirkte friedlich. Wie gemacht für einen ruhigen Feierabend oder einen entspannten Hinterhalt. Daniel zog den Kopf zurück. Er presste sich noch etwas fester an die Wand. Aus irgendeinem Grund glaubte er in diesem Moment, dass ihn das Gefühl der Wand an seinem Rücken beim Denken unterstützen könnte. Manchmal half Denken einfach nicht. Wieweit er sich noch auf seinen Instinkt verlassen konnte, wusste er nicht. Früher hatte er Instinkt, aber da war er noch nicht kaputt gewesen. Daniel spannte seine Muskeln an. Schickte Befehle durch seinen Körper. Mit einem Ruck stieß er sich von der Wand ab und flog um den Türrahmen. Mit dem Knie knallte er voll auf den Wohnzimmertisch. Auf dem Teppich dahinter abrollen und sofort aufstehen. Aufstehen war superwichtig. Und in Bewegung bleiben. Er rannte durchs ganze Wohnzimmer. Im Kreis. Die Mitte aussparend. Diese offensichtliche Kriegserklärung an einen gesunden Geist. Kein Feindkontakt. Gebiet sauber. Die Terrassentür war verschlossen. Entweder hatte der Eindringling die Terrassentür mit einem Griff durch die zerborstene Fensterscheibe wieder verschlossen oder er war tatsächlich durch die Haustür nach draußen gegangen. Kam drauf an, welche Taktik er verfolgte oder wie kaltschnäuzig er war.

Dann kam das Unvermeidliche. Daniel drehte sich um. Zu dem toten Körper, der von der Deckenleuchte baumelte. Mit einem Stück Draht erhängt. Die Luft abgewürgt, oder einfach das Genick gebrochen. Kaninchen ohne Fell sehen aus wie hilflose kleine Aliens. Er hatte seinem Großvater immer fasziniert zugesehen, wie er die Stallhasen schlachtete. Mit den Hinterläufen wurden sie an der Decke aufgehängt. Erst ein Schlag mit der Handkante ins Genick. Dann das Messer richtig angesetzt, die Finger in die Wunde und mit einem Ruck das Fell abgezogen. Das Ding, das von der Lampe hing, war nur Fleisch. Das gefleckte Fell am Boden sah nicht mehr aus wie ein Kaninchen. Wie Bonaparte. Man konnte sich keine Bewegungen mehr dazu denken. Eine Bewegungssimulation angesichts eines von der Deckenlampe hängenden gehäuteten Kadavers bekam möglicherweise ein Computer hin, aber kein Mensch. Vielleicht, weil Menschen scheitern, wenn Augen und Fell getrennt waren. In ausgestopfte Tiere setzte man Glasaugen ein, weil man sich das Fell sonst nicht lebendig denken konnte. Bonapartes Augen glotzten noch aus der Ansammlung von Knochen, Muskeln und Sehnen. Anatomisch steckten sie an der richtigen Stelle – trotzdem wirkten sie deplatziert.

Daniel merkte, dass er atmen musste. Zuerst konnte er nur flach hecheln. Die Lungen wollten sich nicht füllen, aber langsam fing das Hirn an, Widerstand gegen die Ungeheuerlichkeiten zu leisten, denen es ausgesetzt war. Daniel holte tief Luft. Es wurde ihm nicht schlecht. Viele Soldaten kotzten los, wenn sie zu atmen versuchten, nachdem sie mit dem Tod konfrontiert worden waren.

Erleichtert stellte Daniel fest, dass sein Hirn nicht rumzickte. Nach der ersten Panik war es komplett ruhig. Alles in allem war es erfreulicher, ein totes Tier als einen toten Menschen zu finden. Tierschützern brauchte er mit so einer Argumentation nicht zu kommen, aber für ihn war es voll okay. Das Hirn hielt stand.

Wie jeden Abend würde er Timo anrufen, eigentlich war er eh schon zu spät dran, um die Routine noch einzuhalten. Timo würde wissen, was zu tun war. Daniel wählte die Nummer. Das Freizeichen kam ihm langsamer vor als sonst – mit dem toten Bonaparte im Rücken.

»Hi, ich hab schon auf dich gewartet«, sagte Timo am anderen Ende der Leitung.

»Woher weißt du, dass ich es bin?«

»Deine Nummer wird angezeigt. Wie geht's dir?«

»Scheiße.«

»Kein Wunder. Man findet nicht jeden Tag Leichen.«

»Doch. Leider ist es bei mir der Normalfall.«

»Was meinst du damit?«

»In meinem Wohnzimmer hängt ein totes Kaninchen von der Deckenleuchte. Das Ex-Haustier meiner Tochter. Wahrscheinlich mit einem Draht erwürgt. Oder das Genick gebrochen. Danach das Fell abgezogen.«

»Wer macht so was?«

»Keine Ahnung. Jemand, der mich nicht leiden kann.«

»Meinst du, es war der Mörder?«

Daniel brauchte einen Moment, bis sich die Frage gesetzt hatte.

»Wer sonst?«

»Hast du nachgesehen, ob er noch da ist?«

»Ja.«

»Im ganzen Haus?«

»Bleib dran.«

Daniel legte den Telefonhörer auf die Kommode und rannte los. Überall ein schneller Schlag auf den Lichtschalter und ein Sprung ins Zimmer. Bereit, sofort einen Gegenangriff zu starten. Wie auch immer der Aggressor vorgehen mochte. In die Küche. Ein aufgeklappter Pappkarton mit einem verschimmelten Stück Pizza. Die Treppe hoch. Vorbei an selbst gemalten Bildern seiner Tochter. Ins Kinderzimmer. Komplett leer. Bis auf den Kaninchenkäfig. Ebenfalls leer. Ins Schlafzimmer. Daniel riss die Türen des Schlafzimmerschranks auf. Nichts. Wahrscheinlich ein Umstand, über den man sich freuen sollte. Das Bett lag noch immer zertrümmert auf dem Boden verstreut. Er freute sich nicht und rannte zurück.

Eine Etage tiefer griff sich Daniel das Telefon.

»Nichts. Der Typ ist über alle Berge.«

»Woher willst du wissen, dass es ein Mann war?«

»Frauen hängen keine gehäuteten Felltiere ins Wohnzimmer.«

»Außer vielleicht eine, die dich sehr hasst.«

»Ich werde die Polizei rufen.«

»Sicher?«

»Die müssen das untersuchen.«

»Sie werden dich nach dem Messer fragen.«

Hatte er Timo schon davon erzählt, dass die Polizisten ihn nach seinem Messer gefragt hatten? Oder dass es verschwunden war? Er konnte sich nicht erinnern, aber sein Hirn war auch einigermaßen weichgekocht vom hochtourigen Betrieb.

»Wahrscheinlich hast du recht«, sagte Daniel.

»Die fragen dich hundertprozentig nach dem Messer.«

»Hab ich dir schon erzählt, dass es verschwunden ist?«

»Das ist ja das Verdächtige.«

»Ja, das ist das Verdächtige.«

Und dann fragte er das, was er Timo schon so oft gefragt hatte, was ihm keine Ruhe ließ: »Glaubst du, wir hätten Kunz und Pöhlmann retten können?«

»Warum kommst du ausgerechnet jetzt darauf?«

»Ich komm nicht drauf. Es ist ständig bei mir.«

»Bei mir auch. Aber ich lasse es nicht die Oberhand gewinnen.«

»Ich male Skizzen. Markierungen. Positionen. Pfeile. Nach einiger Zeit erkennt man vor lauter Pfeilen nichts mehr. Was hätte anders laufen müssen? Frage ich mich.«

»Man kann es nicht mehr ändern. Vergrab das Karnickel.«

• • •

Mit einem festen Fußdruck presste Daniel den Spaten in den Boden. Einstich folgte auf Einstich. Immer darauf bedacht, nicht zu viel Lärm zu machen. Nach dem Hausbau hatten sie von einem Bauern wirklich gute Erde liefern und gleichmäßig über dem Lehmboden verteilen lassen. Melanie hatte das organisiert. Sie war gut im Organisieren. Bio-Erde. Fair-Trade-Erde. Irgendeinen Scheiß für gute Menschen und glückliche Kinder. Da waren kaum Steine drin, mit denen der Spaten Bekanntschaft machen konnte. Steine würden Lärm machen und Lärm konnte Daniel nicht gebrauchen. Daniel fasste in den Rasen und es gelang ihm, das ausgestochene Stück Grasnarbe im Ganzen aus dem Boden zu heben. Danach schaufelte er eine kleine Grube aus. Er ging in die Küche und holte sich aus einer Schublade Einmalhandschuhe. Mit einer Zange versuchte er den Draht um den Hals des Kaninchens zu lösen. Bonapartes Augen starrten ihn unablässig an. Schließlich wurde ihm doch schlecht. Er schaffte es rechtzeitig auf die Toilette und übergab sich. Zurück im Wohnzimmer, stellte er sich hinter den erhängten Kadaver, damit er die Augen nicht sehen musste. Der Draht war verdammt widerspenstig, aber Daniel war geduldig und er hatte nichts mehr im Magen. Als der Draht nachgab, konnte er sich nicht entscheiden, wo er Bonaparte anfassen sollte. Mit einem glitschigen Laut fiel er auf den Boden. Während Daniel den Kaninchenkörper und das Fell aufhob, versuchte er möglichst wenig hinzusehen. Nur aus den Augenwinkeln. Er trug die Überreste eines Hasenlebens in den Garten und wusste zunächst nicht, wie er sie in der Grube anordnen sollte. Schließlich wickelte er das Fell um den nackten Kadaver. Schnell schaufelte er die Erde zurück und setzte die Rasendecke wieder ein. Noch ein paar Feinarbeiten. Das Grab im Garten musste möglichst unauffällig sein. Getarnt. Die Einmalhandschuhe warf er in die Mülltonne. Als er auf der Couch im Garten saß, wünschte er sich ein Bier. Gleich morgen würde er einen Kasten im Supermarkt kaufen. Plötzlich wurde ihm bewusst, dass es keine gute Idee gewesen war, die Einmalhandschuhe in die Mülltonne zu werfen. Dort konnte sie jeder wieder herausholen. Eine neugierige Fernsehjournalistin. Die Spurensicherung. Der Killer. Daniel musste sich weit in die Mülltonne beugen, um mit spitzen Fingern die Einmalhandschuhe zwischen den anderen Überresten seines täglichen Daseins wieder herauszufischen. Nachdem ihm das gelungen war, spülte er sie in der Toilette hinunter. Sofort danach wurde ihm klar, dass das auch keine gute Idee gewesen war. Womöglich würden die Handschuhe den Abfluss verstopfen. Er schüttete eine ganze Flasche Rohrreiniger hinterher.

Zurück auf der Couch, schlief er auch ohne Bier sofort ein.

Donnerstag

Daniel fühlte sich wie gerädert. Das Ledersofa hatte nur ein leises Schönwettermurren von sich gegeben. Keinen Regenseufzer. Regen spürte er nach dem Aufwachen immer in den Gelenken. In seinem Alter war man kein Fußball-Profi mehr. Außer Torwart vielleicht. Wenn man nach einer regenfreien Nacht auf der Couch jeden Knochen einzeln spüren konnte, war man wahrscheinlich auch als Torwart zu alt. Daniel sah sich um. Sein Hirn brauchte ein paar Minuten, um den Ist-Stand einzulesen. Der blaue Himmel mit ein paar einzelgängerischen Kumuluswolken versprach einen freundlichen Tag. Der Himmel war okay. Ansonsten war nichts okay. Daniel schaute in Richtung des Kaninchengrabs. Alles schön friedlich und ruhig. Als hätte sich Bonaparte nichts sehnlicher gewünscht, als frisch beerdigt zu sein. Daniel wusste, dass es nicht so war. Karnickel wollen sich fortpflanzen, selbst wenn sie einen kaiserlichen Namen haben, vielleicht gerade dann. Wegen der Erbfolge. Alles Leben will sich reproduzieren.

Daniel sperrte die Haustür auf und rannte in den ersten Stock des Hauses. Der Kleintierkäfig in Leas Zimmer war leer. Auch nach einer eingehenden Durchsuchung. Daniel hasste die kleine Hasenkacke. Kein Zettel. Nichts. Obwohl man Nachrichten aus der gestörten Befindlichkeit eines Psychopathen erwartet, wenn man zuvor sein Haustier mühsam von der Wohnzimmerlampe entfernen musste. Außer ihren Untaten waren doch absichtlich hinterlassene Spuren der einzige Spaß, den Psychopathen in ihrem Leben hatten.

Im Schlafzimmer versuchte Daniel nicht, das Bett zu ignorieren. Stattdessen verachtete er es einfach. Eine Hälfte des Schlafzimmerschranks war leer. Aus der anderen Hälfte nahm er den Kampfanzug von einem Kleiderbügel.

Donnerstags. Crosslauf. Parcours. Immer mit gemischten Gefühlen.

Daniel gefiel es, den kürzesten Weg zu nehmen, egal welches Hindernis sich in den Weg stellte. Körperlich zu spüren, dass man jede Hürde überwinden konnte, selbst wenn der Kopf noch nicht so weit war. Das Hirn zeigte immer Zeitraffer oder Zeitlupe, aber nie die wirkliche Geschwindigkeit. Was Daniel nicht gefiel: Der Flecktarn löste Schweißausbrüche aus und ließ die Magensäure hochkochen. Schon öfter hatte er mit dem Gedanken gespielt, die Uniform zu verbrennen, aber Doktor Hamann hatte ihm deutlich gemacht, dass man nicht gegen seine Vergangenheit leben konnte, sondern nur mit ihr. Außerdem beschlich Daniel das dumpfe Gefühl, dass er den Tarnanzug vielleicht doch noch brauchen würde. Es wurde zu viel gestorben in seiner Nähe. Daniel war auf eine seltsame Art vorbereitet. Er hatte keine Ahnung, wer der Gegner war, aber wann wusste ein Soldat das schon? Natürlich wurde in modernen Armeen Staatsbürgerkunde betrieben, aber *zu* einleuchtenden Erklärungsversuchen durfte man nicht trauen. Der Gegner ist da, das war wichtig. Und du willst überleben, das war auch wichtig. Über einen Typen, der gefleckte Kaninchen und hübsche Mädchen umbrachte, musste man nicht viel mehr wissen. Daniel war bereit. Er zog den Kampfanzug an.

Das erste Mal seit Wochen stöpselte er sich die Kopfhörer seines MP3-Players in die Ohren. *Song 2* von Blur. Das war mal der Song zu *FIFA 98*. Oder *FIFA 99*. Irgendein Computer-Fußballspiel, das er gezockt hatte, als er richtig jung war und sich noch konzentrieren konnte. Vor ein paar Monaten hatte ihm Lea angeboten, *FIFA* mit ihm zu spielen. Vielleicht war ihr eingefallen, wie viel Spaß ihm das Spiel früher gemacht hatte. Sie wollte ein liebes Mädchen sein. Deshalb wählte sie auch einen viel schwächeren Club als ihr Vater. Trotzdem war er ihr absolut unterlegen. Ständig betätigte er die falschen Tasten am Gamepad. Wenn er sprinten wollte, grätschte er. Und der ferngesteuerte Spieler trickste ausgelassen, wenn er einfach bloß schießen sollte. Nach der ersten Halbzeit war Daniel komplett entnervt. Als er merkte, dass Lea absichtlich Fehlpässe produzierte, um ihn gewinnen zu lassen, bekam er Mitleid. Daniel wusste nicht genau, ob mit seiner Tochter oder mit sich selbst. Dann wurde er sauer. Er gab sich Mühe, Lea das nicht merken zu lassen, aber das gelang ihm überhaupt nicht. Es blieb bei einer einzigen Partie.

Während man manche Popsongs schon nicht mehr erträgt, wenn man sie einmal zu oft im Radio gehört hat, gibt es andere, die nicht altern. Die wie ein Monument mitten hinein ins globale Gedächtnis ragen. Manchmal ist man erstaunt, wenn man ein Mitglied der Band im Fernsehen sieht und erkennt, dass das Leben auch bei einem Popstar Spuren hinterlässt. Während der Song immer noch jung klingt. Daniel war sich sicher: Fürs Laufen ließ sich kein besserer Soundtrack komponieren als *Song 2* in der Endlosschleife. Es gab Sportexperten, die behaupteten, zum Laufen wären Midtempo-Musikstücke besser geeignet, aber die hatten keine Ahnung. Es muss rocken.

Daniel lief an dem kleinen Teich mit Holzbrücke vorbei, den die Stadtverwaltung bei der Erschließung des Neubaugebiets anlegen hatte lassen. Natürlich erholte sich niemand dort. Auf den Wiesen konnte man nicht picknicken, da sie mit Hundekot übersät waren. Und baden würde nur jemand, der Mutationen oder wenigstens Hautausschlag in Kauf nahm, weil sich im Frühjahr die ganze Jauche von den benachbarten Feldern ins Wasser ergoss. Wenigstens dem Schilf schien es gut zu gehen. Ökologisch übernahm Schilf als natürliche Kläranlage eine wesentliche Funktion in der Selbstreinigung eines Gewässers. Daniel hatte das bei Wikipedia nachgelesen, als er noch selbst ein Notebook hatte. Vielleicht war die Wasserqualität doch nicht so schlecht, weil vom Schilf gereinigt, aber am eigenen Leib austesten wollte Daniel das auf keinen Fall. Er blieb auf der Holzbrücke stehen und suchte mit den Augen den Teich ab. An manchen Tagen war man schon glücklich, wenn keine Leiche im Wasser trieb.

Der Weg durch die Wiesen stieg eineinhalb Kilometer sanft aber beständig an. Schneller als sonst erreichte Daniel seinen toten Punkt. Er ertappte sich dabei, wie seine Schritte langsamer wurden. Fast wäre er stehen geblieben. Irgendwas passt mit meiner Einstellung nicht, dachte Daniel. Sonst war es leichter, nicht stehen zu bleiben. Er machte einen kräftigen Schritt – einen Basta-Schritt – und verschärfte sein Tempo. Der Boden gab nach und stemmte sich nicht mehr seinen Schritten entgegen. Der Waldrand kam immer näher. Fast so, als würde er ihm fröhlich entgegenhoppeln.

In den Wald zu laufen war ein bisschen wie *Stargate*: als würde Daniel plötzlich eine andere Welt betreten. Er hatte einen Einsatz zu viel in einer waldlosen Weltregion hinter sich. Zuerst strömte das Glücksgefühl bis in die Nervenenden. Dann gesellte sich etwas anderes dazu, etwas Dunkles, Haariges, das von den Nervenenden zurückkam. Die Jahrtausende der Menschheit hatten im Instinkt ihre Spuren hinterlassen. Den Wald bedrohlich finden, obwohl der letzte Bär im Fichtelgebirge im Jahr 1769 erlegt wurde. Während man bedenkenlos über eine Kreuzung geht, obwohl ein Formel-1-Fan den Motor seines tiefergelegten Autos aufheulen lässt. Dem Bauchgefühl konnte man nicht trauen. Daniels Ausbildung bahnte sich in seinen Gedanken einen Weg und sorgte für eine geordnete Bestandsaufnahme: Die Geräusche machen dich nervös. Knacken. Rascheln. Knirschen. Du erwartest, dass hinter dem nächsten Baum ein Mensch stöhnt, aber es stöhnt keiner. Stattdessen schreit irgendwo ein Tier. Du weißt nicht, was für ein Tier. Vielleicht irgendeine unentdeckte Art. Wenn du alleine bist, spricht der Wald mit seiner wahren Stimme, die er bei einer Wandergruppe der Naturfreunde verstellt. Man bemerkt das Fehlen der Stadt. Das Fehlen von zu vielen Leuten. Nur der Wind in den Baumwipfeln. Ohne das gleichmäßige Geräusch einer Durchgangsstraße. Keine lauter werdende Musik aus näher kommenden Autos. Keine Erdbeben-Bässe und übertriebenes Lachen neben dir an der Ampel. Im Wald spürst du den Bass in dir. Bumm-Bumm-Bumm-Bumm-Bumm. Und das elektrische Surren auf deiner Haut. Der

Wald riecht auch anders. Nicht nach Döner und Abgasen. Gleichzeitig nach Leben und Moder. Das Licht, das durch die Bäume fällt, trägt bereits Schatten in sich. Die Dunkelheit versammelt sich um dich. Jeden Moment erwartest du, dass die Bäume das Sprechen anfangen. Wie in *Der Herr der Ringe*. Schon am Tag sind die Schatten zu lang. In der Dämmerung sind sie noch länger. Sie greifen nach dir. Warum hast du jetzt die Dämmerung im Kopf, obwohl es Morgen ist?, fragte sich Daniel, während er mit einem Satz auf einen großen Holzstapel sprang und darüberrannte. Vor solchen Wäldern hatten die römischen Legionäre Angst. Damals waren die Gehölze noch viel dichter. Urwald. Ihre ganzen erprobten Schlachtaufstellungen und die Reiterei waren nutzlos wie Leopard-2-Panzer in den Bergen Afghanistans. So waren die Legionen des Varus im Teutoburger Wald von der Landschaft besiegt worden. Niedergemacht in einem tagelangen Hinterhalt. Ein Soldat nach dem anderen. Guerillataktik. Die Legionäre wünschten sich nichts mehr als eine schnurgerade, steingepflasterte römische Straße.

Daniel wusste: Auf einem Waldweg bist du unterwegs, aber nicht in Sicherheit. Du erwartest, dass nach dem Wald nichts mehr kommt. Wölfe sind ausgerottet. Du hast es in der Schule gelernt, aber die Bäume sprechen ihre eigene Sprache. Dir fallen alle Märchen ein, in denen Wölfe erscheinen. Der Wald macht dir so schön Angst, dass du es in dein Tagebuch schreiben möchtest. Wenn du keins führst, fängst du jetzt damit an. Vielleicht hätte ich in Afghanistan Tagebuch führen sollen. Und dann exklusiv verkaufen. An den *Stern*. Vielleicht wäre es verfilmt worden. Von den Filmrechten hätte ich mir eine Yacht gekauft. Eine Yacht wäre nicht schlecht. Wegsegeln und irgendwo ankommen. Aber es gibt kein Tagebuch. Es gibt nur die Gegenwart.

War da nicht was? In der Gegenwart. Etwas, das da nicht hingehörte? Schritte hinter ihm. Natürlich konnte jeder hier joggen. War ja ein freies Land. Daniel sprang vom Weg in den Schatten eines großen Findlings. Er ging in die Hocke und hielt die

Luft an. Jetzt konnte er keine Schritte mehr hören. Langsam stand er auf. Mit der Brust presste er sich gegen den Granit. Er schaute über den Stein in die Richtung, aus der er gekommen war. Kein anderer Jogger. Kein Wanderer. Nichts. Das Nichts war so offensichtlich, dass es ihn anschrie. Er dachte an sein verschwundenes Messer. Jetzt hätte er es gerne dabeigehabt. Seit dem Hinterhalt in Afghanistan wusste er, dass man vielleicht Geräuschen trauen durfte, aber niemals Ruhe. Wenn es einen anderen gab, hatte er sich verdammt gut versteckt. Langsam tat es in der Lunge weh, die Luft anzuhalten. Daniel atmete aus. Und ein. Um ihn herum scheinbar nur Wald. Er glaubte nicht an das Szenario. Mit den Händen drückte er sich vom Granit ab und sprang hinter dem Fels hervor.

»Hey!«, schrie Daniel. »Hey, komm raus!«

Natürlich kam keiner raus. Nur Vollidioten gaben ihre Deckung in so einer Situation auf. Amateure. Deshalb hatte er bei einem Einsatz nie gerne Journalisten dabei. Die wollen reden. Verletzte bleiben liegen. Sie machen sich ganz klein. Man musste schon ein Rad ab haben, um die Deckung aufzugeben.

Daniel rannte auf den Waldweg zurück und brüllte:

»Komm raus, ich kann dich sehen.«

Jetzt gab er eine sehr gute Zielscheibe ab. Er präsentierte sich auf dem Silbertablett. Alles was wir tun, ist nur ein Warten DARAUF, dachte Daniel.

Er rannte zwanzig Meter nach vorne. Dabei schaute er nach links und rechts. Nur Bäume. Kaum Unterholz. Noch zehn Meter weiter. Daniel hatte keine Ahnung, wie ein Sieg aussehen konnte. Er blieb stehen. Das Bösartige an Guerillataktiken war, dass es keinen Feind gab, den man bekämpfen konnte. Daniel hätte gerne gekämpft, aber heute war kein Tag dafür. Er brauchte einen Moment, bis er sich damit abgefunden hatte. Kräftig ausatmen. Und einatmen. Es ist immer gut, sich der eigenen Atmung zu versichern. Dann loslaufen. Daniel lief in die Richtung zurück, aus der er gekommen war. Keine durchdachte Taktik, etwas dünn, aber immerhin eine klare Vorgehensweise. Entweder würde sich der Feind ihm entgegenstellen oder er würde flüchten. Oder er würde ihn einfach von hinten abmurksen. Das war das Wahrscheinlichste. Er hatte Angst. Angst akzeptieren. Sie war kein Handicap. Ohne Angst konnte man nicht überleben. Nach ein paar Minuten konzentrierte er sich wieder mehr aufs Laufen als auf die Lichtverhältnisse im Wald. Die Schatten. Zurück auf den Wiesen fühlte er sich sicher. Dort konnte man problemlos mehrere Hundert Meter weit sehen. Das Gras war frisch gemäht. Niemand konnte sich verstecken. Deine Nerven sind nicht mal so gut, gestand sich Daniel ein. Sie sind so, dass du sie dauernd bemerkst.

Zu Hause riss sich Daniel den Kampfdress vom Leib. Das Sportunterhemd klebte so fest am Körper, dass er es nur mit Mühe über den Kopf ziehen konnte. Angstschweiß machte alles dicht, wusste Daniel. Er roch sogar anders. Unter der Dusche drehte er erst das Wasser sehr heiß auf. Dann kalt. Mit dem Handtuch rieb er seine Haut ab, bis sie rot wurde. Danach machte er telefonisch einen Termin mit Doktor Hamann für den nächsten Abend nach dem Ende der regulären Sprechstunde aus. Du kannst den Termin dringend brauchen, dachte Daniel. Langsam wirst du paranoid. Wahrscheinlich bist du es schon. Es beruhigte ihn, sich zu duzen.

Als Daniel aus der Haustür ging, hielt ein Auto vor der Haustür. Warum sah man eigentlich auch zivilen Polizeifahrzeugen sofort an, zu welchem Verein sie gehörten? Hauptkommissarin Feller stieg auf der Beifahrerseite aus. Sie ließ immer Weber fahren. Ob das sein Selbstwertgefühl als Mann stärken sollte? Vielleicht hatte es auch genau den gegenteiligen Effekt. Daniel machte es keine Probleme, von Frauen Befehle entgegenzunehmen. In Afghanistan hatte er eine Zeit lang Aufpasser für eine Bundeswehr-Ärztin im Hauptmanns-Rang gespielt. Daniel hatte schnell erkannt, dass die Hauptfrau nicht nur medizinisch besser qualifiziert war als die meisten ihrer männlichen Offizierskameraden. Weber war bezüglich der Gender-Debatte vielleicht anders gestrickt. Er machte ein bisschen zu sehr auf »cooler Cop«. Einer, der an Sonnentagen sofort die Sonnenbrille aufsetzt, wenn er aus dem Auto steigt, obwohl man sie eigentlich zuvor beim Fahren nötiger gebraucht hätte. Und dünnlippig lächelt. Hauptkommissarin Feller lächelte nicht.

»Hallo. Haben Sie etwas Zeit für uns?«

»Wenn ich NEIN sagen würde, wäre dann das Gespräch beendet?«, fragte Daniel.

»Eher nicht«, antwortete Feller.

Weber, der nun das Lächeln aufgegeben hatte, fügte hinzu: »Wenn es Ihnen lieber ist, können wir das Gespräch auch in unserem Büro fortsetzen.«

»Gehen wir den Garten. Ich hab's nicht so mit Büros.«

Die Brennnesseln waren schon wieder gewachsen. Langsam wurden sie den Unterarmen gefährlich. Daniel bot den beiden Polizisten einen Platz auf der Couch an.

»Wir stehen lieber«, sagte Feller.

»Dann setze ich mich. Ich habe schon trainiert. Jetzt ist eine Ruhephase okay.«

Als sich Daniel setzte, bemerkte er, dass die Ledercouch irgendwie seltsam zu riechen begann.

»Fitnessstudio?«, fragte Feller.

»Wald. Ich bin lieber draußen.«

»Sie sind ungewöhnlich viel draußen.«

Weber nickte und sah sich im Garten um.

»Ja«, antwortete Daniel, »manchmal leidet das Make-up darunter.«

Hauptkommissarin Feller schaute ihn streng an, während Weber weiter den Garten unter die Lupe nahm.

»War ein Gag.«

Feller nickt verständnisvoll. Als könnte sie tatsächlich verstehen, dass man in seiner Situation ironisch sein will. Als Finder eines Mordopfers.

»Schon klar.«

Daniel entschied sich dafür, sich selbst zu erklären. Er wusste, dass dies nicht einfach sein würde.

»Sie wissen ja, dass ich seit Afghanistan gestört bin. Geschlossene Räume sind nicht mein Ding. Landschaft eigentlich auch nicht. Aber irgendwann muss man sich entscheiden, was man tut, damit man nicht alles bleiben lässt. Das Leben und so.«

Feller nickte schon wieder verständnisvoll.

»Was haben Sie gestern Abend gemacht?«

»Ich war mit meinem Freund Maik unterwegs.«

Die Polizistin öffnete ihren Aktenkoffer und zauberte mehrere Fotos hervor, die sie Daniel gab. Daniel beim Verlassen eines Autos. Daniel vor einem Klingelschild.

»Wie gesagt: Ich war mit Maik unterwegs.«

»Was haben Sie am Haus von Kirsten Fritsch gemacht?«

»Ich wollte wissen, wie sie gelebt hat.«

»Wir mögen es nicht so gerne, wenn sich Laien in unsere Ermittlungen einmischen.«

»Über eine tote Frau im See stolpert man nicht jeden Tag. Man will wissen, wer sie gewesen ist. Wie sie gelebt hat.«

»Wir finden es verdächtig«, sagte Weber, während er sich weiter im Garten umsah.

»Ich bin auf der guten Seite.«

Sofort nachdem er es gesagt hatte, kam Daniel die Aussage schwachsinnig vor.

Feller nickte.

»Wir ermitteln in alle Richtungen«, sagte sie.

Daniel begann zu schwitzen. Sofort hasste er seine Körperfunktionen. Bestimmt war es schlecht, ausgerechnet jetzt zu schwitzen.

»Fragen Sie Maik. Der kann Ihnen alles bestätigen. Wollen Sie seine Adresse?«

»Wir haben ihn bereits befragt«, antwortete Feller.

Daniel mochte die Polizeihauptkommissarin wegen ihrer Professionalität. Und genau deshalb hatte er auch Angst vor ihr.

»Herr Petzold hat im Großen und Ganzen Ihre Geschichte bestätigt.«

Sie hatte nur darauf gewartet, dass er lügen würde. Kalt und planvoll. Die Hauptkommissarin war ein gefährlicher Gegner.

»Was haben Sie eigentlich dahinten ausgehoben?«, fragte Weber, während er mit dem Daumen über die Schulter zeigte. Daniel schaute in die Richtung.

Die Grasnarbe des Kaninchen-Grabs lag dekorativ auf einem Haufen Erde. Daniel erschrak. Nichts, was man unter die Erde brachte, war für immer verschwunden. Das ausgeschüttete Adrenalin schien seine Gedanken nicht nur schärfer zu machen, sondern auf eine seltsame Art auch zu beruhigen. Ob der Hasenkadaver und das Fell noch im Grab waren? Daniel wagte keine Einschätzung. Von der Couch aus konnte er nicht in die Grube sehen.

»Ich wollte was anpflanzen.«

»Was denn?«

»Einen Baum. Sie wissen ja: Ein Mann soll ein Haus bauen, ein Kind zeugen, einen Baum pflanzen.«

»Was für einen Baum?«, mischte sich Feller ins Gespräch ein.

»Eine Eiche würde mich lange überdauern, deshalb hab ich mich für einen Apfelbaum entschieden.«

»Warum?«

»Weil ich gerne Äpfel esse.«

Sie sah ihn streng an.

»Wirklich«, fügte er schnell hinzu.

»Warum haben Sie den Baum nicht eingepflanzt?«

»Ich muss ihn erst noch besorgen. War eine spontane Idee und ich habe nicht immer ein Auto zur Verfügung.«

»Darf ich mir das Loch mal anschauen?«, fragte Weber.

»Sind Sie an Gartenarbeiten interessiert?«

»Meine Frau will immer, dass wir Bäume pflanzen, aber ich habe leider keinen grünen Daumen.«

»Nur zu.«

Weber ging in Richtung des Kaninchen-Grabs. Lieber Gott, lass es leer sein, dachte Daniel und folgte dem Polizisten. Hauptkommissarin Feller ging neben ihm her. Schließlich standen sie alle drei vor der leeren Grube und starrten hinein. Wie eine Trauergesellschaft, dachte Daniel.

»Sie haben es rechteckig ausgehoben«, sagte Weber.

»Ja.«

»Ich würde ein rundes Loch graben. Die Wurzeln eines Baums wachsen doch nicht rechteckig.«

»Stimmt. Ich bin kein besonders guter Gärtner.«

Im Haus klingelte das Telefon. Das Loch in der Terrassentür ließ die Schallwellen ohne Widerstand passieren. Daniel schaute immer noch auf das Loch im Boden, während die Blicke der beiden Polizisten auf ihn gerichtet waren.

»Wollen Sie nicht ans Telefon gehen?«, fragte Feller.

»Bis ich zum Telefon komme, ist der Anrufbeantworter längst angesprungen.«

Wenigstens war das tote Kaninchen verschwunden. Jemand wollte Daniel übel mitspielen, aber in diesem Moment erschien es ihm, als hätte der Unbekannte ihm einen Gefallen getan.

»Was haben Sie gestern Abend gemacht, nachdem Sie bei der Wohnung von Kirsten Fritsch waren?«, fragte Weber.

»Ich habe mit meinem Freund Timo telefoniert. Ein Kamerad aus Afghanistan. Ich kann Ihnen seine Adresse geben, damit Sie meine Angaben überprüfen können.«

»Warum sollten wir das tun?«, fragte Feller.

»Weil Sie in alle Richtungen ermitteln. Ich geh mal ins Haus und hör den Anrufbeantworter ab. Da kann ich Ihnen auch Timos Telefonnummer aufschreiben.«

Während sie durch die Brennnesseln gingen, stellte sich Daniel vor, wie die Polizisten von den Pflanzen angefallen und verschlungen wurden. Er war sich nicht sicher, ob er den beiden Schnüfflern zu Hilfe kommen würde, obwohl es eigentlich seine

Pflicht wäre. Sie machten nur ihren Job. Dieses Argument zählte allerdings nichts, wenn es hart auf hart kam. In einem Krieg beispielsweise.

Nachdem er die Haustür geöffnet hatte, stellte Daniel zufrieden fest, dass das Lämpchen des Anrufbeantworters nicht leuchtete. Lächelnd drehte er sich zu den Polizisten um, die hinter ihm im Flur standen.

»Keine Nachricht hinterlassen.«

Daniel notierte den Namen und die Telefonnummer von Timo auf einem kleinen quadratischen rosa Notizzettel, den er an Feller weitergab. Rosa passte nicht zu ihr.

Im gleichen Moment klingelte das Telefon erneut. Daniel zuckte zusammen. Feller und Weber schauten ihn erwartungsvoll an. Wie ferngesteuert nahm Daniel den Hörer von der Basisstation und meldete sich mit seinem Namen.

»Hier ist Melanie.«

»Hi.«

»Irgendein Schwein hat Bonapartes gehäuteten Kadaver vor unsere Tür gelegt.«

»Wie kannst du sicher sein, dass es Bonaparte ist, wenn der Kadaver gehäutet wurde?«

»Das Fell lag daneben. Weißt du was drüber?«

»Nein. Warum sollte ich?«

»Warum wohl? Weil Bonaparte in deinem Haushalt lebte.«

Daniel bekam einen trockenen Hals. Wie immer, wenn eine Lüge unumgänglich war.

»Mir ist noch gar nicht aufgefallen, dass er verschwunden ist.«

»Hast du ihn heute Morgen nicht gefüttert?«

»Doch. Er hat mich blöd angeglotzt. Wie immer.«

»Lea ist total fertig deshalb.«

»Ich dachte, sie konnte Bonaparte nicht leiden?«

»Sag mir, dass du den Hasen nicht geschlachtet hast.«

»Warum sollte ich Bonaparte umbringen? Weil ich verrückt bin?«

Die beiden Polizisten schauten ihn interessiert an.

»Ja«, antwortete Melanie, »könnte doch sein.«

»Ich bin krank, aber kein Arschloch.«

»Ich werde auf jeden Fall die Polizei anrufen.«

»Die Polizei ist gerade bei mir. Ich kann sie dir geben.«

Daniel reichte den Telefonhörer an Hauptkommissarin Feller.

»Meine Ex-Frau. Sie hat gerade ein totes Kaninchen vor ihrer Tür gefunden.«

Die Polizistin telefonierte mit Melanie. Weber schaute sich um. Daniel versuchte zu lächeln.

Hauptkommissarin Feller gab Daniel den Telefonhörer zurück.

»Ich mag Hasen«, sagte Daniel.

Feller und Weber musterten ihn emotionslos.

»Wirklich.«

• • •

Maik schüttelte den Kopf.

»Das mit dem Karnickel ist krass. Und du meinst, die Tierquälerei wollte dir jemand in die Schuhe schieben?«

»Ja«, antwortete Daniel. »Ich glaube, das war Teil zwei seines Plans.«

»Und was war Teil eins?«

»Experimentieren. Er wollte ausprobieren, wie ich reagiere.«

»Soll das heißen, dass dich der Kaninchenkiller beobachtet?«

»Kann gut sein.«

Maik ging ans Fenster und verstellte die Lamellen der Jalousie. Er schaute nach draußen.

»Was machst du?«, fragte Daniel.

»Na, was wohl? Ich schau, ob sich auf der Straße vor meiner Haustür jemand herumtreibt, der wie ein gestörter Psychopath aussieht.«

»Ich glaube, er stellt sich nicht so dämlich an.«

»Warum? Wegen dem Wald?«

»Das lag nicht am Wald.«

»Du bist dir nicht sicher, ob dich wirklich jemand verfolgt hat.«

»Er war da.«

»Du hast ihn nicht gesehen.«

»Instinkt.«

Maik nickte, aber er sah nicht so aus, als hätte ihn die Antwort zufriedengestellt.

»Ich weiß schon, was du sagen willst.«

Maik zuckte mit den Schultern.

»Ich sag doch gar nichts.«

»Einem Hirninvaliden würde ich auch nicht alles glauben.«

»Besser ich leg erst mal Musik auf.«

Maik ging an sein CD-Regal.

»Es gibt einfach Situationen, in denen man merkt, dass Musik fehlt.«

Unzufrieden starrte Maik auf seine riesige CD-Sammlung. Er wechselte von digital zu analog und suchte in seinen Vinyl-LPs. Verklärt lächelnd zog er schließlich ein Cover mit einem hellblau umrandeten Schwarz-Weiß-Foto aus dem Regal. Maiks Umgang mit dem analogen Material als »liebevoll« zu bezeichnen, wäre eine gehörige Untertreibung gewesen. Die schwarze Scheibe aus dem Innencover in seine Handfläche gleiten zu lassen, war einer religiösen Zeremonie nicht unähnlich. Er legte das Cover zur Seite, während er mit der anderen Hand die LP balancierte. Gekonnt wechselte er seine Handstellung. Die Platte schien zwischen seinen Händen zu schweben wie ein mystisches Artefakt. Zuletzt schob Maik in einem rituellen Paarungsakt das sehr enge Loch der Vinyl-Scheibe über einen Metallstift. Der Tonarm bewegte sich mit einem quietschenden Geräusch zum Rand der Platte hin. Als die Nadel in der Rille aufsetzte, gaben die Lautsprecher ein Seufzen von sich.

»Man braucht einfach den richtigen Soundtrack, um sich in seinem Leben zurechtzufinden«, sagte Maik. Zufrieden nickte er im Rhythmus der Musik mit dem Kopf. Ab dem zweiten Refrain nickte Daniel mit. Es gab Schlimmeres, als gemeinsam zu nicken. In die knisternde Pause nach dem ersten Song sagte Maik:

»*Hatful Of Hollow*. Meine erste Smiths-Platte. Nur eine portugiesische Pressung. Deshalb war die damals so billig. Aber ich werde den Teufel tun und sie jemals verkaufen.«

Dann schwiegen die beiden Freunde zu *What Difference Does It Make?*.

Nach dem Song fragte Maik: »Hast du irgendjemand von der Karnickel-Geschichte erzählt? Von der tatsächlichen, meine ich.«

»Nur Timo. Er hat mir geraten, Bonaparte zu vergraben, weil mein Messer verschwunden ist. Das NATO-Kampfmesser. Zufall, aber Zufälle machen dich verdächtig.«

»Das mit dem verschwundenen Messer wusste bisher nicht mal ich.«

»Timo und ich waren zusammen in Afghanistan. Nimm es mir nicht übel: Mit dir zusammen Musik zu hören ist wirklich das Größte, Maik, aber wenn du mal mit einem anderen so richtig in der Scheiße gesessen bist – das schweißt zusammen.«

»Scheiße schweißt zusammen?«

»Ja.«

»Und der Mitbeschissene kommt am Wochenende als Verstärkung?«

»Ja.«

»Kommt nicht oft vor, dass ein erklärter Pazifist wie ich gleich zwei Kriegsveteranen in seinem Bekanntenkreis hat.«

»Ich glaube, ihr werdet euch auf Anhieb super verstehen.«

Manchmal musste man aus taktischen Erwägungen Dinge sagen, von denen man nicht so ganz überzeugt war. Timos Musikgeschmack war eher chartorientiert. Eigentlich war sich Daniel nicht sicher, ob Timo überhaupt einen Musikgeschmack hatte. Er ließ einfach nebenher das Radio laufen. Die besten

Songs der Achtziger, Neunziger und von heute. Mit Radio-Gedudel kam Maik nur schwer zurecht. Menschen, die *Scooter* oder die *Böhsen Onkelz* als ihre Lieblingsband bezeichneten, standen in Maiks Weltbild in etwa auf der Stufe von Kinderschändern. Wenigstens hatte Timo keine Lieblingsband. »Vielleicht können wir zu dritt eine Taktik entwickeln, wie wir den Typen schnappen, der hinter mir her ist.«

Maik sah Daniel verständnislos an.

»Das hier ist Deutschland, nicht der Hindukusch «, sagte Maik vorsichtig.

»Ihr könntet mich abwechselnd beobachten. Mit genug Abstand. Wenn ihr euch abwechselt, würde es auch nicht sofort auffallen, dass wir ein Team sind. Früher oder später würde euch der Kerl, der mich verfolgt, auf jeden Fall auffallen.«

»Könnte ja auch eine Frau sein.«

»Eine Frau würde nie so was mit einem Hasen machen.«

»Ich weiß nicht. Eine, die dich stark genug hasst ...«

»Du konntest Melanie nie besonders gut leiden.«

»Ich hab keine Namen genannt.«

»Ihr müsstet erst mal heimlich Fotos machen. Timo und du. Besser ein Video. Wir schnappen uns das Schwein.«

»Hört sich nach James Bond an. Bloß, dass ich nicht James Bond bin.«

»Ich auch nicht, aber es gibt zurzeit in meinem Leben zu viele Zufälle, als dass sie sich noch mit dem Chaosprinzip erklären ließen. Vielleicht steckt ja wirklich ein Geheimdienst dahinter. Oder die Taliban.«

»Hast du über diese Theorie schon mit deinem Therapeuten geredet?«

»Du hältst mich für verrückt.«

»Menschen, die Angst haben, verhalten sich nicht rational.«

Daniel und Maik hörten den Smiths ein paar Minuten zu, ohne ein Wort zu wechseln. Die Musik war gnädig. Erstaunlich unperfekt produziert.

»Es war ein Fehler, Bonaparte zu vergraben und nicht sofort die Polizei zu rufen. Vielleicht hätte die das von meiner Unschuld überzeugt«, sagte Daniel.

»Glaubst du etwa, dass der Mörder des Hasen auch die drei Frauen auf dem Gewissen hat?«

»Ja. Glaube ich.«

»Scheiße.«

Maik ging wieder zum Fenster, schob einen Finger unter eine Lamelle der Jalousie und hob sie hoch. Ein Spalt Sonnenlicht fiel auf sein Gesicht. Aufmerksam suchte er die Straße ab. Er atmete aus. Der Atem machte ein hydraulisches Geräusch. Maik drehte sich wieder zu Daniel um.

»Könnte genauso gut ein ganz normaler Stalker sein. Immerhin bist du ein Star im Internet.«

Maik ging zu seinem Schreibtisch und holte sein Notebook. Er stellte es vor Daniel hin. Ein paar schnelle Bewegungen auf dem Touchpad und Maik war bei YouTube. Ein Video startete. Vergleichsweise gute Bildqualität. Daniel erkannte sich an der Umgebung und seinen Klamotten, nicht an seinem Hinterkopf oder seinen Bewegungen. Man sieht sich nicht so oft von hinten. Er rennt durch einen Brennnessel-Urwald. Die Terrasse ist unaufgeräumt. Daniel schlägt mit einem Blumenkübel die Terrassentür ein. Er greift durch die zerborstene Scheibe zum Türgriff. Dabei schlitzt er sich die Jacke auf. Schnell schließt er die Tür. Er schaut nach draußen. Sein Gesicht sieht zu blass aus.

»Fast neuntausend Aufrufe in gerade einem Tag«, sagte Maik, »das ist ziemlich gut.«

»Scheißinternet. Heute kannst du nicht mal deine eigene Terrassentür zertrümmern, ohne an den Pranger gestellt zu werden.«

»Früher hatten sie so ein Holzding auf dem Marktplatz ...«

»Das Holzding heißt Pranger.«

»Das waren halt die Medien, auf die mittelalterliche Nutzer zurückgreifen konnten. Und wenn du erst mal in den Medien bist, hat früher oder später einer Lust, dir was an die Birne zu werfen. Ein faules Ei. Einen handlichen Stein.«

»Ein totes Haustier.«

»Der könnte erst draufgekommen sein, nachdem er das Video gesehen hatte.«

»Also, sollte es deine Motivation sein, mich zu beruhigen, dann geht der Versuch gerade voll nach hinten los.«

»Sorry. Ich muss mich erst mal erfrischen.«

Obwohl er schon lange mit Maik befreundet war, glaubte Daniel tatsächlich zunächst, dass sein pazifistischer Freund im Bad verschwinden wollte. Stattdessen holte der aber aus einer bauchigen weißen Vase mit Trockenblumen einen Gefrierbeutel mit Gras. Auf so ein mieses Versteck konnte nur Maik kommen. Die Vase und die Trockenblumen passten kein bisschen zum Rest der Einrichtung. Wahrscheinlich war er tatsächlich für jede Form von verdeckter Ermittlung ungeeignet. Die Smiths-LP war mittlerweile bei *Heaven Knows I'm Miserable Now* angekommen. Maik baute aus dem Gras und mehreren extralangen Zigarettenpapierchen einen dicken Joint. Das Ding war verdammt schwer anzuzünden. Umso mehr zelebrierte Maik den ersten Zug. Gleich darauf entspannte sich seine Körperhaltung, als hätte das THC auf dem Weg von der Lunge zum Hirn einen Zwischensprint eingelegt. Einladend hielt Maik seinem Freund den Joint entgegen.

»Bewusstseinserweiternd.« Maik lächelte.

Daniel schüttelte den Kopf.

»Eigener Anbau«, sagte Maik. »Rauch ich nur, wenn ich wirklich gut denken muss. Im Allgemeinen wird Denken ja überbewertet.«

»Ich vertrage das Zeug nicht.«

Maik nahm noch ein paar kräftige Züge. Jedes Mal legte er dabei den Kopf zurück, als würde die Bewusstseinserweiterung von oben bis unten durch ihn hindurchströmen. Dann setzte er mit dem Rauchen aus. Der Joint qualmte im Aschenbecher vor sich hin. Maik starrte abwechselnd Daniel und das glimmende Zigarettenpapier an.

»Sag mal, wenn's wirklich so ist. Nur mal angedacht. Wenn der Karnickelmörder auch der Frauenmörder ist und er eigentlich hinter dir her ist, dann stünden die ganzen Morde ja alle in einem Zusammenhang mit dir.«

»Kann schon sein, aber ich weiß nicht so recht, was ich glauben soll. Ich fühle mich sowieso die ganze Zeit verfolgt. Hast du im Internet was über die Mordopfer rausgekriegt?«

»Nichts, was uns wirklich weiterbringt. Ganz unterschiedliche Berufe. Aber alle waren schon längere Zeit mit ihren aktuellen Lebensgefährten zusammen. Mindestens zwei Jahre. Aber ich werde mich noch mal hinsetzen. Vielleicht haben die ja alle irgendwas mit dir zu tun.«

»Das sollte ich eigentlich wissen.«

»Es gab mal so einen Versuch in der *Zeit*, mit dem bewiesen werden sollte, dass sich alle um sieben Ecken herum kennen. Das hat funktioniert. Man hat mit einem Zivildienstleistenden in Norddeutschland und einem Rentner in einem bayerischen Altenheim angefangen. Es sollten sich alle melden, die den einen oder den anderen kannten. Am Ende gelang es tatsächlich, eine Kette zu knüpfen. Ein Netzwerk.«

»Und was hat das mit den Morden zu tun?«

»Keine Ahnung.«

Das Telefon klingelte. Maik ging ran.

»Für dich«, sagte er und hielt Daniel den Hörer entgegen.

Erstaunt griff Daniel danach.

»Hier ist Rainer. Wir sollten uns dringend treffen.«

Rainer schlug als Treffpunkt eine Industriebrache vor. Die alte Hülsenfabrik.

»Warum treffen wir uns dort?«, fragte Daniel.

»Falls es laut wird.«

Aha, dachte Daniel, daher weht also der Wind.

»Sie kennen das Gelände, Daniel. Es liegt direkt an einem Ihrer Trainingsparcours.«

»Ja, ich kenne es.«

Ohne sich zu verabschieden, legte Rainer auf. Woher kannte Rainer seine Trainingsstrecken? Wahrscheinlich hatte ihm Melanie davon erzählt. Oder Lea. Einen Moment war er über die Indiskretion wütend. Was hatten sie diesem dahergelaufenen Kerl, diesem Aggressor, noch preisgegeben? Daniel kochte vor Wut wegen der Vertrautheit, die mittlerweile zwischen einem anderen Mann und Melanie herrschte. Wegen der ständigen Nähe, die Rainer zu seiner Tochter hatte. Er war derjenige, der Lea zur Beratungsstelle brachte. Zu diesem hellen, lebensbejahenden Ort, an dem die Begegnungen mit seiner Tochter beobachtet wurden. Es war schwer, die Liebe zu seinem Kind in geordnete Bahnen zu lenken. Und sich die Liebe zu Melanie abzugewöhnen.

Ein neuer Song. Die Gitarre unglaublich schnell. Morrisseys Stimme klang versöhnlich. Trotz Wut. Trotz Schmerz.

I'll never make that mistake again.

»Wie heißt der Song?«, fragte Daniel.

»*Girl Afraid*«, antwortete Maik.

• • •

Bösartig glotzten die zerbrochenen Scheiben der Fabrik Daniel entgegen. Leer stehende Gebäude zogen Steinewerfer magisch an. An einer Lagerhalle hatten sich große Brocken aus dem Mauerwerk gelöst und waren auf den Boden gefallen. Irgendjemand hatte schlampig eine Absperrung aus wackligen Metallgittern um den gefährdeten Asphaltbereich aufgestellt. Das verlassene Fabrikgelände erinnerte Daniel an die Umgebung von Tschernobyl, die er aus einem Computerspiel kannte, in dem man sich in der Sperrzone um das Kernkraftwerk Mutanten vom Leib halten musste.

Mit der Auswahl des Treffpunkts bewies Rainer mehr Stilempfinden, als Daniel ihm zugetraut hatte. Die Trostlosigkeit der Industriebrache bot eine mehr als passende Kulisse. Von einer Begegnung mit dem neuen Liebhaber seiner Ex-Frau konnte man alles Mögliche erwarteten, nur keinen Trost.

Rainer war noch nicht da. Zumindest nicht seine protzige, gut gepflegte Limousine. Daniel hatte Schwierigkeiten, sich Rainer ohne Auto vorzustellen. So wie man sich manche Leute nicht ohne ihren hässlichen Hund denken kann.

Daniel kettete das Mountainbike an einem der wackligen Absperrgitter an und wartete. Einer der Momente, in denen man sich als ehemaliger Raucher wünschte, ohne schlechtes Gewissen mit seiner Sucht wieder anfangen zu können.

An einem der Fabrikgebäude zogen sich Graffiti in gut acht Metern Höhe über die ganze Breite einer Wand. Ein Sprayer ohne Höhenangst musste sich vom Dach herabgelassen haben, um es anzubringen. Vor der Insolvenz waren hier Papierhülsen für die Textilindustrie hergestellt worden. Daniel dachte darüber nach, wie viele Fabriken in seiner Heimatstadt noch in Betrieb waren. Das Verhältnis lag etwa bei fünf zu eins. Für die Ruinen. Die Stadt sah immer mehr aus wie die Scheiß-Dritte-Welt.

Früher hatten die Textilbetriebe in der Stadt und die Porzellanfabriken im Umland Tausenden Menschen ein Einkommen ermöglicht. Nachdem der Ostblock zusammengebrochen war und der Kapitalismus endgültig die Oberhand gewonnen hatte, war die Produktion immer weiter nach Osten gewandert. Zuerst nach Polen und Tschechien. Dann nach Weißrussland. China. Nirgendwo in seiner Heimatgemeinde wurde noch etwas hergestellt. Nur noch konsumiert. In einer leer stehenden Spinnerei hatte während der Sommermonate ein internationaler Bildhauer-Workshop stattgefunden, der von der Europäischen Union gefördert worden war. Im nachfolgenden Winter war das Dach unter den Schneemassen eingebrochen. Woher hatte ein Land mit so vielen Ruinen genügend Geld, um Krieg in weit entfernten Weltregionen zu führen?

Daniel hatte keine Antwort darauf, aber er war ja auch kein Politiker. Allerdings hatte sich sein Vertrauen in die politischen Mandatsträger abgenutzt, seit er einige Bundestagsabgeordnete in Afghanistan auf Besichtigungstour hatte begleiten müssen. Die Abgeordneten trugen neu gekaufte, beigefarbene Designer-Boots und atmungsaktive Outdoor-Hosen mit tausend Taschen, in denen nichts Sinnvolles verstaut war. Verlegenes Lachen, während die kugelsicheren Westen übergezogen wurden.

Meistens entwickelten die Politiker nach ein paar Stunden kameradschaftliche Gefühle. Mit Hand auf die Schulter legen und so. Auf solche Vertrautheiten konnte man verzichten, wenn man in einem Land bleiben musste, in dem ein nicht unerheblicher Prozentsatz der Einwohner bei jeder sich bietenden Gelegenheit ausgebrannte Bundeswehrfahrzeuge bejubelte, während der Bundestagsabgeordnete streng nach Zeitplan zurück in die Hauptstadt flog. Ins schön regnerische Berlin. Abends ein Theaterbesuch. Dann Sushi essen und die Sekretärin flachgelegt. Am nächsten Morgen im Deutschlandfunk ein Telefoninterview zur Lage in Afghanistan und danach wird vielleicht ein Naturlehrpfad eingeweiht. Noch einmal Gelegenheit, die Designer-Boots zu tragen.

Der Wagen bog schnittig in die Einfahrt ein und blieb etwa fünf Meter von Daniel entfernt stehen. Als Rainer ausstieg, fiel Daniel auf, wie gut der neue Lebensgefährte seiner Frau im Training war. Fitnessstudio oder Schwimmen oder beides? Bei Gelegenheit würde er Melanie fragen. Dann verwarf Daniel den Gedanken wieder. Fragen nach dem Körper des neuen Liebhabers der eigenen Frau verbaten sich von selbst. Melanie würde nur genervt reagieren.

»Hallo«, sagte Rainer.

Immerhin streckte er die Hand aus, als er ihm entgegenkam.

»Hallo«, antwortete Daniel und ergriff die Hand. Kein Schütteln. Nur eine kurze aber feste Berührung. Kein Lächeln.

»Schöner Ort, den Sie für unser Treffen ausgewählt haben«, sagte Daniel. »Etwas unpersönlich, aber wahrscheinlich genau deshalb angemessen.«

»Mir wäre ein Milchkaffee im Coffeemaker auch lieber«, entgegnete Rainer humorlos, »aber mir schien ein Ort geeigneter, an dem uns nicht jeder zuhören kann. Außerdem wollte ich Fernsehteams vermeiden, die unverhofft auftauchen, wenn Sie in der Nähe sind. Sie sind mittlerweile ein Promi.«

»Unfreiwillig. Ich hab nicht vor, ins Dschungel-Camp zu gehen.«

»Wie auch immer. Hier sind wir ungestört.«

»Und worum geht's?«

»Ich mache mir Sorgen um Melanie und Lea.«

»Glauben Sie, ich nicht?«

»Doch, Sie sind ja der Vater«, antwortete Rainer mit einem Lächeln, das ein wenig zu breit ausfiel, um noch als freundlich durchzugehen.

Daniel merkte, dass seine Angriffsbereitschaft wuchs. Er kämpfte gegen seinen Körper an, der für unkontrolliertes Vorgehen plädierte.

»Bis zum Scheidungstermin bin ich auch noch der Ehemann.«

»Das sollten wir lassen, finden Sie nicht? Wir sind doch keine Teenager mehr.«

Magensäure und Wut stiegen in Daniel hoch und brannten in der Speiseröhre. Sein Nebenbuhler war so ruhig und abgeklärt, wie er selbst gerne gewesen wäre.

»Okay«, sagte Daniel. Sein Rachen war ausgetrocknet. Er hätte eine Wasserflasche mitnehmen sollen. Er war unvorbereitet.

»Reden wir wie Erwachsene«, schlug Rainer so entspannt vor, als hätte er ein Patent auf die Vernunft erworben.

»Gut«, antwortete Daniel.

»Wir sollten Schaden von Melanie und Lea abwenden, so gut es geht.«

»Ich würde alles für sie tun.«

»Das glaube ich Ihnen, aber manchmal gibt es Kollateralschäden.«

»Kollateralschäden?«

»Sie wissen doch, was ein Kollateralschaden ist?«

»Allerdings. Ich war im Krieg. Da ist das die Tagesordnung.«

»Dann verstehen wir uns ja.«

»Nein, leider überhaupt nicht.«

Rainer bewegte seinen Kopf kreisend hin und her, als bräuchte er eine kurze Entspannungsübung. Dann senkte er den Kopf. Daniel sah unweigerlich auch nach unten. Ihre Füße standen sich gegenüber. Langsam hob Rainer den Kopf wieder und irgendwas war anders an seinem Blick.

»Sie sollten sich eine Zeit lang von ihnen fernhalten.«

»Wie *fernhalten*?«

»Von Lea und Melanie.«

»Mein Verstand ist durch den Wind, aber meine Gefühle sind okay.«

Rainer lächelte. Diesmal nicht breit. Es war eher ein kurzes Zucken quer durch die Mimik.

»Dafür bin jetzt ich da.«

Daniel schüttelte den Kopf.

»Bei Melanie vielleicht. Lea bleibt meine Tochter.«

»Klar.«

Rainer kam einen Schritt nach vorne. Er war jetzt so nah, dass sich ihre Nasenspitzen fast berührten.

»Es geht ja nur um eine kurze Auszeit.«

»Die Besuchszeiten sind ja eh schon betreut.«

»Im Fernsehen laufen Berichte darüber, wie Sie Frauenleichen finden und anschließend die Scheibe Ihrer Terrassentür einschlagen. Sie sind ein Star bei YouTube. Lea wird von ihren Klassenkameraden gehänselt, weil sie die Tochter eines Freaks ist.«

»Ich bin ein Freak?«

»Ja. Finden Sie sich damit ab.«

Rainer steckte seine Hände in die Gesäßtaschen seiner Jeans und streckte seinen Oberkörper. Eine Einladung. *Schlag mich doch*, sollte das heißen.

»Ich muss mir das von Ihnen nicht gefallen lassen!«, schrie Daniel.

»Willst du's drauf ankommen lassen?«, entgegnete Rainer mit provozierender Gelassenheit.

Wir sind beim *Du*, dachte Daniel. Gut. Ich bin kampfbereit. Aber man muss sich der Folge seiner Handlungen bewusst sein. Gewaltanwendung führt zu nichts. Rainer wartet nur darauf. Er provoziert mich. So als hätte er noch eine Rechnung mit mir offen. Eigentlich sollte ich noch eine Rechnung mit ihm offen haben. Er hat mir meine Frau ausgespannt. Vielleicht will er nur sein Terrain abstecken. Vielleicht gibt es irgendwo eine versteckte Kamera, die nur darauf wartet, etwas aufzunehmen, das sich auf einem Bildschirm gut macht. Oder bei einem Rechtsanwalt.

Rainer schaltete auf herablassendes Grinsen um. Das Herablassende gelang ihm sehr gut. Er spannte provozierend langsam seine Muskeln an. Seine breiten Schultern und der durchtrainierte Brustkorb zeichneten sich deutlich unter seinem Shirt ab.

»Also nicht. War ja zu erwarten, dass deine Drohungen nur heiße Luft sind.«

»Ich hab noch gar nicht gedroht.«

»Du schlägst ja nur Frauen. Bei einem Mann hast du nicht die Eier.«

»Hat Melanie gesagt, dass ich sie geschlagen habe?«

»Sie hat genug Würde, es zu verheimlichen. Ab jetzt stehe ich zwischen ihr und dir.«

Die Wut loderte so sehr in Daniels Magengrube, dass es zu schmerzen anfing.

»Du bist nur ein Ersatzspieler«, zischte Daniel.

»Halt dich von Melanie und Lea fern«, antwortete Rainer mit einer provozierenden Unterart der Entspanntheit.

Er wandte sich ab und ging zum Auto. Einen Moment überlegte Daniel. Moralisch war es nicht okay, von hinten zu attackieren, aber taktisch wäre es ein guter Zeitpunkt für einen Angriff.

Rainer drehte sich noch einmal um.

»Das mit dem Hasen ging wirklich zu weit«, sagte er. »Was sind das für Schweine, die ein Tier zu Tode quälen, häuten und anderen Leuten vor die Tür legen? Vor eine Tür, hinter der Menschen leben, die sie kennen.«

»Das war ich nicht.«

»Wolltest du was damit erreichen oder hat es einfach nur Spaß gemacht?«

»Ich war es nicht!«

»Na klar, du Geisteskranker.«

Rainer drehte sich um und ging weiter zum Wagen. Daniel rannte los. Neben der Autotür blieb Rainer reglos stehen. Daniels Hand versuchte, den T-Shirt-Stoff über Rainers Schulter zu fassen. Bruchteile einer Sekunde später steckte sein Handgelenk in einem Klammergriff. Gleichzeitig spürte er den Druck gegen seine Hüfte. Plötzlich kein Bodenkontakt mehr. Die Füße wurden hochgerissen. Sie schienen ihn zu überholen, während der ganze Körper durch die Luft flog. Der Himmel war schön blau. Wolkenlos. Daniels Rücken donnerte mit einem hässlichen Geräusch auf die Motorhaube. Sofort antwortete das Auto mit einem noch lauteren Knall aus dem Inneren. Sämtliche Nervenenden in Daniels Rücken sandten Schadensmeldungen an die Brücke. Wie Scotty, wenn er seinen Status-Bericht an Kirk abgab, nachdem die Enterprise in den Hinterhalt eines getarnten Klingonenschiffs geraten war. Die Schutzschilde sind ausgefallen, dachte Daniel, während er an der Autokarosserie nach unten rutschte. Er hätte nie damit gerechnet, dass Rainer sein Auto in die Kampfhandlungen einbinden würde. Der Aufprall auf dem Boden war im Vergleich weniger spektakulär.

Rainer stellte ihm seine Schuhsohle auf den Kehlkopf und zog einen Arm nach oben. Die Hand verdrehte er so, dass er das

Handgelenk jederzeit brechen konnte. Sollte Daniel Widerstand leisten, hätte Rainer sich aussuchen können, ob er ihm nur schlimm wehtun oder gleich die Luft abstellen wollte.

»Du willst es wohl doch auf die Harte?«, fragte Rainer.

»Leck mich.«

Rainer drückte mit seinem Fuß auf den Kehlkopf und verdrehte die Hand noch ein wenig weiter.

»Okay, ich hab's gecheckt«, röchelte Daniel.

»Da bin ich mir nicht so sicher. Ich hab schon ein paar Typen wie dich getroffen. Arschgeigen, die nicht in der Lage waren, eine Situation realistisch einzuschätzen. Die einen haben's doch noch begriffen. Die anderen sind tot oder drogenabhängig.«

»Nimm den Fuß runter.«

Rainer lockerte ein wenig den Druck seines Fußes auf dem Kehlkopf. Er schaute ins Auto.

»Scheiße, du hast den Airbag ausgelöst.«

Die Schuhsole ließ von Daniels Kehle ab. Sauerstoff strömte in ihn. Rainer trat Daniel noch einmal kräftig in die Rippen, bevor er auch seine verdrehte Hand losließ. Der Arm fiel kraftlos nach unten, aber Daniel konnte ihn vor dem Boden abbremsen. Ich bin ja kein toter Mensch, dachte er. Leiche kann man auch sagen, aber das hört sich noch hässlicher an.

Rainer ging vor Daniel in die Hocke.

»Hör zu. Du kannst mich doch hören? Nick mit dem Kopf, wenn du mich hören kannst, Arschloch.«

Daniel nickte nicht, sondern keuchte stattdessen:

»Natürlich kann ich dich hören.«

»Ich muss geschäftlich für ein paar Tage weg. Nachdem wir hier fertig sind, fahre ich auf die Autobahn. Es gibt nämlich Menschen, die selbst für ihren Broterwerb sorgen und sich nicht vom Staat finanzieren lassen. Wenn du, während ich weg bin, Melanie oder Lea zu nahe kommst, breche ich dir alle Knochen. Ich komm nämlich wieder zurück. Hast du das verstanden?«

»Ich hab's verstanden.«

»Also, wirst du dich daran halten?«

»Ich werde darüber nachdenken.«

Rainer lächelte.

»Ja, denk darüber nach.«

Rainer stand auf und trat Daniel zum Abschied noch einmal kräftig in die Rippen. Wieder an der gleichen Stelle.

Aus Daniels Position sah es scheiße aus, wie Rainer die Fahrertür öffnete und mit einem großen Schritt über ihn hinweg ins Auto stieg. Daniel rollte sicherheitshalber ein paar Meter zur Seite, um nicht als Verkehrsopfer in einer Statistik zu enden. Der Motor der Limousine startete mit einem satten Grollen. Die Beschleunigung war sehr gut. Rollsplitt prasselte auf Daniel nieder. Natürlich hatten sich alle Vorurteile bestätigt, die man gegenüber Fahrern von Bonzenschlitten haben konnte.

Langsam brachte sich Daniel Wirbel für Wirbel, Gelenk für Gelenk wieder in eine vertikale Grundhaltung. Er konnte jeden Nerv in seiner Lendengegend spüren. Wenigstens nirgendwo ein offener Bruch an den Gliedmaßen. Und der Schädel war ganz. Das Gesicht. Das Becken fühlte sich irgendwie breiig an, aber alle Wirbel schienen noch in der richtigen Reihenfolge zu sein. Der Schmerz wickelte sich wie Stacheldraht um die Bandscheiben. Solange man seine Beine spüren und aufrecht stehen konnte, war man in der Lage, seinen Arsch vom Kriegsschauplatz zu entfernen. Der Schmerz wird dir helfen, dich zu erinnern, sagte sich Daniel. Damit du das nächste Mal schneller denkst. Damit du vorbereitet bist. Diesmal war nur Rainer vorbereitet gewesen. Verdammt, wo hatte der Scheißkerl das gelernt? Was war das eigentlich? Karate? Kung Fu? Jiu Jitsu? Eine selbst gebastelte Mischung aus allem? Für Judo war es jedenfalls zu gewalttätig. Das nächste Mal würde Daniel vorbereitet sein. Er dachte an die *Rocky*-Filme, die er gesehen hatte. *Es ist erst vorbei, wenn es vorbei ist.*

Als Daniel aufs Rad stieg, spürte er den Schmerz durch sämtliche Nervenleitungen schießen. Er hielt die Luft an. Und atmete dann vorsichtig durch. »Aua« sagte man nur, wenn jemand dabei war.

• • •

Der orangefarbene Anstrich der Musikschule leuchtete in der Nachmittagssonne supernovamäßig auf. So als würde sich das ganze Gebäude erst zusammenziehen und dann ausweiten/ausbreiten/expandieren, vom Boden abheben und schließlich als Feuerball über der Stadt explodieren. Angetrieben von dem Soundtrack, der aus dem Inneren des Hauses zu hören war. Unterschiedlich gut gespielte Instrumente. Anfänger-Percussion. Saxofon fortgeschritten. Gitarren akustisch und elektrisch. Gesang war auch dabei. Besonders schlecht. Daniel wartete neben seinem angelehnten Mountainbike auf dem Parkplatz eines nahe gelegenen Supermarkts. Normalerweise wäre er einfach auf dem Fahrradsattel sitzen geblieben, abwechselnd ein Bein auf dem Boden, aber sein Steißbein sandte seit der Auseinandersetzung mit Rainer andauernd Warnsignale aus. Es war sauer. An das Steißbein dachte man nur, wenn es in Mitleidenschaft gezogen war.

Daniel hatte sich im Supermarkt eine Packung gesalzene Erdnüsse gekauft. Angeblich beruhigten Erdnüsse die Nerven, aber Daniel konnte die Wirkung nicht so recht wahrnehmen. Die Schmerzen waren da und die Blutergüsse wuchsen. Immerhin kauten sich die Nüsse gut. Zur vollen Stunde verstummten die Instrumente. Die nervige Frauenstimme. Die ganze Geräuschkulisse. Die Unterrichtsstunden waren zu Ende. In den letzten Minuten hatten bereits die nachfolgenden Schüler die Musikschule betreten und warteten nun ihrerseits mit unterschiedlicher Vorfreude darauf, ihre Instrumente zu stimmen oder sich nach einer streng geheimen japanischen Methode einzusingen. Irgendwo klimperte noch ein einzelnes Klavier. *What A Difference A Day Makes.* Super Song. Eine Melodie, die selbst ein unmusikalischer Charts-Hörer sofort erkannte. Kam manchmal im Oldie-Radio. Außerdem hatte Maik massiv Entwicklungshilfe hinsichtlich der Ausrichtung Daniels musikalischer Geschmacksnerven geleistet.

Früher – als Lea zu klein zum Radfahren war und es noch ein Familienleben gab und nicht den ganzen Trennungsscheiß – hatte Daniel seine Tochter jede Woche mit dem Auto zur Musikschule gefahren. In der Stunde, die er warten musste, ging er meistens in eine nahe gelegene Frittenbude und trank einen Milchkaffee. Der Kaffee war scheiße. Statt Milch und Kaffee schmeckte man ranziges Fett heraus. Aus den aufgehängten Fernsehapparaten quetschten sich Musikvideos und Kinotrailer. Ketchup fürs Hirn. Manche der Trailer ersparten auch den Film, weil man sofort wusste, wie er ausgehen würde. Hin und wieder ging er nicht in den Hackfleischpalast sondern in den Elektronikmarkt, aber eher selten. Diese Besuche fielen zu kostspielig aus. Die Musikschule veranstaltete einmal im Jahr ein Konzert in einem Autohaus, das als Sponsor auftrat. Dabei traten alle Schüler auf. Daniel war zwei Jahre in Folge mächtig stolz auf seine Tochter gewesen.

Im dritten Jahr konnte er nicht dabei sein. Afghanistan kam dazwischen. Vor dem Auslandseinsatz knallten sich Melanie und Daniel Optimismus um die Ohren. Beim Abschied gaben sich beide Mühe, den Tränendrüsen nicht nachzugeben. Nur Lea weinte. Zu Hause hinterlässt man eine Lücke. Schnell entwickelt man Rituale. Das Telefongespräch zweimal die Woche. Die E-Mail jeden Abend, wenn das Internet nicht aus Sicherheitsgründen abgestellt war. In den Mails achtete Daniel darauf, nichts von den Gefahren zu schreiben, denen er tagsüber ausgesetzt war. Mal wieder eine Rakete, die auf das Camp abgefeuert wurde. Die Verluste in der holländischen Einheit. Davon schrieb Daniel nichts, außer wenn bei Spiegel Online darüber berichtet wurde. Die erlaubten zwei Dosen Bier am Abend genügten Daniel meistens nicht, die bereits abgeschickte Mail in einem positiven Licht zu sehen. Eigentlich war sie nie perfekt. Hinterher gab es immer einen missverständlichen Satz. Am Telefon verplapperte man sich noch schneller. Die Kommunikationspannen ließen sich in nahezu fünftausend Kilometern Entfernung Luftlinie nicht so schnell ausbügeln. Daheim genügte oft eine kleine Berührung. Oder einfach Sex. Nach drei Wochen hatte ihm Melanie Nacktbilder von sich geschickt. Keine von der harmlosen Art, sondern solche, die keine Wünsche offen ließen. Nachdem es zwischen ihm und Melanie nicht mehr funktionierte – obwohl sie sich alle Mühe gegeben hatten, mit Eheberatung und nächtlichen Gesprächsmarathons und allem – hatte Daniel die Fotos gelöscht. Er fand, dass er keinen Anspruch mehr darauf hatte. Dafür, sie aus Rache ins Internet zu stellen, war er einfach nicht der richtige Typ. Außerdem konnte er verstehen, dass es seine Frau nicht mehr mit einem Ehemann aushielt, dessen Psyche komplett zerschossen war. Zugegeben: Danach hatte er noch mehr als einmal probiert, die Nacktfotos wiederherzustellen, weil er Melanie immer noch liebte oder wenigstens ihren Körper begehrte, *geil auf sie war* konnte man auch sagen, aber die Dateien waren einfach im digitalen Nichts verschwunden. Bei ihrem Auszug hatte Melanie das Notebook mitgenommen. Seither konnte er nicht mal mehr die liebevollen Mails lesen, die sie ihm nach Afghanistan geschickt hatte. Okay, er hätte sie bei Maik abrufen können – und einmal hatte er es sogar versucht –, aber die Mails schienen aus einem anderen Leben zu kommen. Aus einem anderen, lebensbedrohlicheren, einfacheren, intensiven, oberflächlichen Leben. Auf diese glückliche Zeit hatte er keinen Anspruch mehr.

Während Daniel sich eine neue Erdnuss in den Mund steckte, sah er Lea aus der Musikschule kommen. Die Gitarre auf den Rücken geschnallt. Sie sah verdammt punkig aus für ihr Alter. Die Löcher hatte sie sich absichtlich in ihre gestreiften Strumpfhosen geschnitten. Zielstrebig ging sie zu ihrem Fahrrad und kettete es los. Daniel steckte die Erdnuss-Packung in die Hosentasche und trat in die Pedale. Das Fahrrad glitt widerstandslos den kleinen Hügel nach unten. Die Kette geölt, die Reifen aufgepumpt. Seine Ausrüstungsgegenstände in Schuss zu halten konnte einem das Leben retten. Effektivität war das Zauberwort. Der Fahrtwind spielte mit Daniels Haaren. Ein schönes Gefühl. Er freute sich auf seine Tochter.

Sportlich bremste er neben ihr.

»Hi.«

Sie starrte ihn entsetzt an.

»Was machst du denn hier?«

»Ich bin zufällig hier vorbeigekommen.«

Lea schaute ihn skeptisch an.

»Okay, nicht ganz so zufällig«, stotterte Daniel. »Ich hab das mit Bonaparte gehört, dass er vor eurer Tür lag und so.«

»Ja, und zwar in zwei Teilen. Ich hab ihn gefunden, als ich in die Schule gehen wollte. Links das Fell. Und rechts das, was aussah wie der Baby-Dämon in dem Horror-Film, den wir uns von Johannas großem Bruder ausgeliehen hatten.«

»Bestimmt bist du wahnsinnig erschrocken.«

»Na, aber hallo. Wenn plötzlich der Horror-Film vor dir liegt.«

»Du solltest dir so einen ... Du solltest dir keine Filme anschauen, die für dein Alter nicht geeignet sind.«

»Und du solltest auf Bonaparte aufpassen.«

»Tut mir wirklich leid.«

»Schon gut. Ich konnte ihn sowieso nicht mehr leiden, seit er mir in die Hand gebissen hatte und mir tagelang die Finger angeschwollen waren. Rainer sagt, du hättest Bonaparte geschlachtet.«

»Und: Glaubst du das?«

Lea sah ihn einen Moment lang mit zusammengekniffenen Lidern an.

»Nein, natürlich nicht.«

Daniel holte die Packung Erdnüsse aus seiner Hosentasche.

»Magst du ein paar Erdnüsse?«

Lea schüttelte den Kopf.

»Erdnüsse hängen sich immer in die Zähne. Das schaut scheiße aus, wenn man lächelt. Außerdem wird man fett davon.«

Daniel knüllte die Packung wieder zusammen und steckte sie in seine Hose. Lea war in einem Alter, in dem man sich um sein Lächeln und seine Figur sorgte – und er war nicht bei ihr, um das mitzuerleben. Eine tiefe Trauer erfüllte ihn. Von oben bis unten. Er wusste, in diesem Moment wäre der Kampf mit Rainer anders ausgegangen.

»Läuft es gut mit dem Gitarrenunterricht?«, fragte Daniel.

»Geht so. Zum Geburtstag will ich eine E-Gitarre.«

»Versteh ich. Ich würde auch lieber E-Gitarre spielen.«

»Kommst du zu meinem Geburtstag?«

»Klar, wenn du mich einlädst.«

»Ich hab ziemlich genau in zwei Monaten Geburtstag.«

»Ich weiß, wann du Geburtstag hast.«

»Bloß, falls du dich nicht erinnerst.«

»Ich vergesse doch nicht den Geburtstag meines Töchterleins«, sagte Daniel eine Nuance zu feierlich, während er seine rechte Hand auf ihre Schulter legte.

Lea zuckte nicht zurück, sondern blieb stocksteif stehen. Das war fast schlimmer.

»Letztes Jahr hast du ihn vergessen.«

Daniel nahm die Hand von Leas Schulter. Die Bewegung tat irgendwie weh, aber die Hand gehörte einfach nicht da hin.

»Da war ich im Bundeswehr-Krankenhaus. Da verpassen sie dir Medikamente, die lassen dich sogar deinen eigenen Geburtstag vergessen. Und deinen Namen und deinen Lieblings-Fußballverein.«

»Du musst dich nicht entschuldigen.«

»Das war keine Entschuldigung. Es ist extrem scheiße, dass ich dir Tage zu spät zum Geburtstag gratuliert habe. Vom Krankenhaus aus konnte ich dir nicht mal ein gutes Geschenk besorgen.«

»Ich hab mich sehr über den Baby-Pinguin gefreut.«

»Man schenkt einem Mädchen, das elf Jahre wird, kein Stofftier.«

»Eigentlich nicht, aber ich mag den Pinguin. Er ist kein gewöhnliches Stofftier.«

»Tatsächlich?«

»Er guckt immer so unglücklich. Deshalb habe ich ihn umbenannt. Justin ist ja auch ein blöder Name.«

»Wie heißt er jetzt?«

»Scott.«

»Scott? Wie kommst du denn darauf?«

»Nach Sir Robert Scott. Dem Entdeckungsreisenden. Als er feststellen musste, dass Amundsen vor ihm am Südpol war, hat er genau so unglücklich geguckt wie der Pinguin.«

»Scott und alle seine Begleiter sind auf dem Rückweg vom Südpol ums Leben gekommen. Weil sie mit Ponys statt Schlittenhunden unterwegs waren. Unter anderem. Es gab noch ein paar weitere Gründe. Keine fröhliche Geschichte.«

»Ich sag ja: Der Pinguin guckt unglücklich. Scott, der Pinguin, ist die Reinkarnation von Scott, dem Antarktisforscher.«

»Für dein Alter kennst du ziemlich komplizierte Worte.«

»Für mein Alter bin ich weit entwickelt.«

Daniel und Lea schauten sich in die Augen. Der abgeklärte väterliche Blick funktionierte in solchen Momenten nicht richtig.

»Eine Fender soll gut sein«, sagte Daniel. »Das ist nicht nur eine E-Gitarre, sondern eine Legende.«

»Hab ich auch schon gehört.«

»Ich hatte in Afghanistan einen Kameraden, einen Bundeswehrarzt, der schwor auf die Fender. Der wollte keine andere E-Gitarre spielen. Er war ein richtig guter Gitarrist.«

»Spielt er in einer Band?«, fragte Lea lächelnd.

Daniel schüttelte den Kopf.

»Nicht mehr. Er ist tot.«

»Wie Kurt Cobain.«

»Ja. Darauf läuft es hinaus. Sag mal, ist bei euch zu Hause alles okay?«

Lea nickte misstrauisch.

»Klar. Warum fragst du?«

»So allgemein.«

»Die Internet-Verbindung in der neuen Wohnung ist scheiße.«

»Und wie verstehst du dich mit Rainer?«

»Mama versteht sich mit ihm.«

»Und du?«

»Geht so. Er gibt sich Mühe.«

»Gut.«

Daniel und Lea sahen sich lange an. Jeder hielt ein Fahrrad am Lenker.

»Ich muss jetzt wirklich gehen«, sagte Lea, »sonst macht sich Mama Sorgen.«

»Klar.«

Lea drückte Daniel. Nur eine flüchtige Umarmung, aber Daniel spürte sie überall am Körper.

»Wenn du Probleme hast, kannst du jederzeit zu mir kommen«, sagte Daniel. Gleich danach merkte er, dass sein Tonfall ein wenig zu feierlich klang, mehr als das: Pathetisch.

»Was denn für Probleme?«

»Egal. Alle Probleme.«

»Okay.«

»Du weißt ja, wo du mich findest.«

Als Lea in die Pedale trat, rief Daniel ihr hinterher: »Ich denke auf jeden Fall an deinen Geburtstag!«

Leas bunt gestreifte Strümpfe leuchteten in der Sonne. Daniel sah ihr hinterher, bis sie mit dem Fahrrad ums Eck bog. Er kramte die Erdnuss-Packung aus der Hosentasche und schüttete

Nüsse in die hohle Hand. Ein paar sprangen über die Handfläche. Die meisten von ihnen verschwanden in einem Gully, aber ein paar wagemutige Nüsse sprangen über den Asphalt. Sie blieben ein paar Meter entfernt liegen. Daniel führte die Hand zum Mund. Er öffnete ihn so weit er konnte. Die Nüsse passten kaum in ihn hinein. Sie füllten den ganzen Mund aus. Das Kauen bereitete ihm Mühe, aber es gefiel ihm, seine Kiefer zu spüren. Er stieg in die Pedale und überfuhr jede einzelne Nuss auf dem Asphalt. Er musste sogar einmal umkehren, weil er eine Nuss verfehlt hatte, aber dann gab er ihr den Rest.

Danach fuhr er zu Doktor Hamann. Die Straßen der Stadt waren schöner, als er sie in Erinnerung hatte. Lag vielleicht an der Sonne. Dem Schatten der Häuser. Am Licht, das zwischen den Mauern hindurchglitt wie ein Kuchenmesser durch zwei Tortenstücke. Wie ein beleuchtetes Kuchenmesser.

Daniel kettete das Bike an den gusseisernen Zaun vor Doktor Hamanns Praxis und ging mit schnellen Schritten über die großen Granitplatten, die zu der lindgrünen Gründerzeit-Villa führten. Er war ein paar Minuten zu spät. Früher war er zu allen Verabredungen pünktlich erschienen, ohne sich anstrengen zu müssen. Einfach gutes Timing. Seit Afghanistan war das Timing genauso zerschossen wie alle seine anderen Vorzüge, die sich nicht mit körperlicher Ertüchtigung aufrechterhalten ließen. Daniel wusste, dass Doktor Hamann Verständnis für die Verspätung haben würde. Immerhin hatte er seinem Therapeuten Zugang zu ein paar Minenfeldern im Hirn gewährt, die er am Anfang der Sitzungen noch sorgsam zu tarnen versuchte. Und er würde von seiner Begegnung mit Lea erzählen. Wie lebendig sie vor der orangefarbigen Musikschule ausgesehen hatte. Es gab keinen besseren Pfadfinder durch die Kraterlandschaft seiner Psyche als Hamann. Außer Timo vielleicht. Natürlich wusste der Psychologe, dass er ein Problem mit Verabredungen hatte. *Date-Panik* war noch der tröstlichste Begriff, der Daniel zu seinem derzeitigen Zustand einfiel. Außer den allwöchentlich wiederkehrenden

Treffen mit Lea und Doktor Hamann vermied Daniel alle anderen Termine. Verabredungen waren böse. Er kam einen Tag zu früh oder einen Tag zu spät oder überhaupt nicht, weil sein Gedächtnis löchriger war als die Jeans, die er mit fünfzehn am liebsten getragen hatte – und an die er sich aus unerfindlichen Gründen noch verdammt gut erinnern konnte. »Das menschliche Gehirn hat eine beschissene Aufnahmequalität«, hatte Maik einmal zu ihm gesagt und wahrscheinlich hatte er recht. Unabhängig von seiner Vergesslichkeit misstraute Daniel Verabredungen auch aus Sicherheitsgründen. Vor ein paar Wochen hatte Miriam, eine Klassenkameradin aus seiner Grundschulzeit, bei ihm angerufen. Ihr Kontakt in den letzten Lebensjahrzehnten beschränkte sich auf flüchtige Begegnungen im Freibad, zuerst ohne, dann mit Kindern. Entsprechend überrascht war Daniel, als sie sich am Telefon meldete. Am Ende des Gesprächs waren sie für den folgenden Tag in einem Drive-In am Stadtrand verabredet. Es gab eine einfache Erklärung für Miriams Anruf: Sie hatte gehört, dass sich Daniel und Melanie getrennt hatten und nun wollte sie, selbst frisch geschieden, die Gunst der Stunde nutzen. Wahrscheinlich datete sie alle geschiedenen, verwitweten und getrennt lebenden Männer, die nicht bei drei auf den Bäumen waren. Allerdings gab es auch eine Erklärung, die noch bedrohlicher war: Daniel sollte von Miriam in einen Hinterhalt gelockt werden. Er hatte nur aus Notwehr geschossen, aber die Taliban interessiert es nicht, ob ein Christ nur aus Notwehr schießt. Was, wenn Miriam der willenlose Lockvogel einer al-Qaida-Zelle war? Nachdem Daniel lang genug darüber nachgedacht hatte, war er sich sicher, dass er entführt werden sollte. Auf Videos im Internet konnte man sich ansehen, was die Islamisten mit ihren Gefangenen machten: Sie schlachteten sie ab. Tieren will man so was lieber ersparen.

Obwohl er erst um drei Uhr nachmittags mit Miriam verabredet gewesen war, hatte Daniel bereits ab dem späten Vormittag den Drive-In vom Parkplatz einer angrenzenden Autovermietung aus beobachtet. Im Lauf der Zeit waren einige verdächtige Autos gekommen. In der letzten Stunde immer mehr. Die meisten Fahrer hatten nur Burger, Cola und Pommes gekauft, aber das hatte nichts zu sagen. Sicher kundschafteten die Entführer den Laden ebenfalls aus. Nichts zu kaufen wäre auffällig gewesen. Und warum sollten die Taliban keine Burger essen? Ihre Religion schrieb ihnen ja nicht vor, vegetarisch zu leben. Miriam und er hätten sich in der Sommergaststätte des am Stadtrand liegenden Sees bei Bratwürsten und Bier verabreden sollen. Schwein und Alkohol. Das wäre in jedem Fall klüger gewesen.

Nachdem Miriam ihr Auto auf dem Parkplatz des Drive-In abgestellt hatte, lehnte sie sich an die Tür und zündete sich eine Zigarette an. Daniel wartete noch zwei Minuten. Aufmerksam suchte er das ganze Areal ab. Aus dem Glas-und-Stahl-Bürogebäude der Autovermietung schaute eine Handvoll Angestellter seit längerer Zeit kopfschüttelnd zu ihm herüber. Langsam fuhr er mit dem Fahrrad zum Parkplatz. Miriam hatte das dringende Bedürfnis, ihn zu umarmen. Sie war fett.

Als sie sich auf den mit rotem Kunstleder gepolsterten Bänken gegenübersaßen, konnte sich Daniel immer noch nicht richtig auf Miriam konzentrieren. Bei jedem Schluck Milchkaffee wanderten seine Augen unruhig hin und her. Checkten die Situation. Deshalb nahm er hintereinander sehr schnell sehr viele sehr kleine Schlucke. Miriam erzählte von *Desperate Housewives* und *Grey's Anatomy*. Menschen, die plötzlich blind werden. Operationen, die ohne Betäubung durchgeführt werden. Daniel dachte sich den Plot einer Fernsehserie aus, die es überhaupt nicht gab, weil er nicht zugeben wollte, dass sein Fernsehapparat im Garten kollabiert war. Und ständig wanderten die Augen. Manchmal drehte er sich auch ruckartig um. Seit dem Date hatte er keinen Kontakt mehr zu Miriam. Sie hatte sich nicht mehr gemeldet. Und die Taliban waren nicht aufgetaucht.

Genau wegen solcher Wahnvorstellungen bin ich arbeitsunfähig, getrennt lebend und in Therapie, dachte Daniel.

Die Haustür zur Villa und die Tür zu Doktor Hamanns Praxis waren wie immer unverschlossen. Das Wartezimmer war leer. Der Korbstuhl drückte seine Lehne aufdringlich gegen die Rückenwirbel. Das war kein Pro-Bandscheiben-Tag. Wenn der Schmerz erst einmal da ist, schaut er immer wieder vorbei. Wie uneingeladene Verwandte. Daniel stand auf, um an der Tür zu Hamanns Arbeitsräumen zu klopfen, aber dann hielt er mitten in der Bewegung inne. Vielleicht war gerade irgendein kaputter Mensch dabei, sich zu öffnen und vor dem Therapeuten sein ganzes gestörtes Dasein auszubreiten. Bisher hatte Daniel bei seinen Besuchen das kleine New-York-Foto angesehen, nie den viel größeren Marc-Chagall-Kunstdruck. Er stellte sich direkt vor die bunten Farben. Fast ein bisschen zu nahe, um einen Überblick über das gesamte Bild zu haben. Es wurde dominiert von einem Wesen mit dem Kopf eines Hahns, den Rundungen eines gleichzeitig männlichen wie weiblichen menschlichen Körpers und Flügeln, die genauso gut zu einem Engel wie zu einem Insekt gehören konnten. Zusammenhanglos tauchten auch ein Geiger, eine Artistin auf einem Zirkuspferd und eine Braut auf einer Schaukel auf. Daniel mochte keine Gemälde ohne klare Aussage. Die vielfältigen Interpretationsmöglichkeiten des Chagalls nervten ihn. So was hängen sich Therapeuten in ihr Wartezimmer, weil man alles hineindeuten kann. Ich lass mich doch nicht von einem Scheißbild manipulieren, dachte Daniel und setzte sich wieder in den unbequemen Korbstuhl. Nach ein paar Minuten stand er auf, nahm den Chagall ab, drehte ihn um und lehnte ihn an die Wand. Den Kunstdruck Richtung Raufasertapete. Daniel holte sich wahllos eine der auf dem Couchtisch ausgelegten Zeitschriften und setzte sich wieder. Er sah auf das Titelbild. Ein überdimensionales Seepferdchen leuchtete ihm gelb entgegen. Die Januar-Ausgabe der Zeitschrift *Tauchen* versprach einen Unterwasser-Geheimtipp in Sachsen-Anhalt. Er sah sich das Seepferdchen an, ohne die Zeitschrift aufzuschlagen. Nach ein paar Minuten legte er sie auf den Nachbarstuhl und stand auf.

Er klopfte an der Tür zu Doktor Hamanns Arbeitszimmer und wartete. Keine Antwort. Vielleicht war Hamann im Gesprächsraum. Daniel klopfte ein weiteres Mal. Diesmal lauter. Wieder keine Antwort. Er zögerte einen Moment, aber dann drückte er doch die Klinke nach unten und öffnete die Tür langsam einen Spalt. Der Gummibaum stand stoisch neben dem Schreibtisch. Blaues Licht strahlte aus dem Computermonitor auf einige Blätter. Sie sahen weihnachtlich aus.

»Doktor Hamann?«, fragte Daniel bewusst leise, so leise, dass seine Stimme keinen Widerhall in der Schädelhöhle verursachte. Er wollte keinen therapeutischen Schlüsselmoment unterbrechen, der dunkle Kindheitserinnerungen oder ein Geburtstrauma aufdeckte. Keine Antwort. Vorsichtig betrat Daniel das Zimmer. In diesem Moment schossen ihm Bilder aus Afghanistan durch den Kopf. Warum denn jetzt?, dachte Daniel. Scheiße, ich habe kein Back-up, keine Kameraden, die mir den Arsch absichern. Ehrlich gesagt mache ich mir um meinen Arsch die wenigsten Sorgen. Mehr um meinen Kopf. Warum denn jetzt? Scheißparanoia. Da muss ich mit Hamann drüber reden.

Jeder Schritt auf dem Parkettboden knarzte so laut, als wolle das Fischgrätmuster einen Alarm auslösen. Die Tür zum Gesprächsraum war einen Spalt geöffnet.

»Doktor Hamann?«, fragte Daniel vorsichtig. Wieder ohne Antwort. Vorsichtig zog er die Tür auf. Sofort wusste er, dass er den Eingang zur Hölle geöffnet hatte. Seine nächsten Bewegungen führte er instinktiv aus. Daniel war sich nicht sicher, wie er zuerst wahrgenommen hatte: olfaktorisch oder visuell. Blutgeruch oder Blutlache. Sofort brachte er sich in Deckung. Mit dem Rücken presste er sich gegen die Wand neben der Tür. Alle seine Sinne waren hochgefahren. Er versuchte zu hören, ob irgendwelche Geräusche aus dem Nachbarraum kamen, aber seine Atemgeräusche überdeckten alles. Ruhig werden, dachte Daniel, ruhig werden. Es dauerte eine Weile, bis er seine Atmung unter Kontrolle hatte. In der ganzen Praxis war kein Geräusch zu hören. Ein schneller Schritt nach vorn, eine Drehung. Daniel stürzte ins Zimmer und sprang über die Lache am Boden. Bloß nicht im Blut ausrutschen und wie ein hilfloser Käfer mit dem Rücken auf dem Parkett liegen. Schnell drehte er sich um die eigene Achse. Außer den Pflanzen war nichts Lebendiges mehr in dem idyllischen Wintergarten.

Doktor Hamann saß in seinem lederbezogenen Stuhl. Den Kopf in einer befremdlichen Seitenlage. Der Brustkorb war komplett zerfetzt, aber die Wunden hatten bereits aufgehört zu bluten. Daniel überlegte, ob er am Hals seines Therapeuten nach dem Puls, einem noch so schwachen Puls, suchen sollte. Er ließ es bleiben. Jahrelange Erfahrung mit tödlichen Wunden. Doktor Hamann war ganz tot, so freundlich auch das Licht der untergehenden Sonne durch die Scheiben des Wintergartens auf das fiel, was von ihm übrig war.

Daniel sah sich im Raum um. Auf dem kleinen Tisch vor Hamanns Leichnam lag ein Messer. Dick klebte Blut an der Klinge. Daniel ging in die Hocke und betrachtete das Messer. Er erkannte die kleinen am Knauf eingeritzten Initialen. Eindeutig seine eigene verschwundene Waffe. Gegen so eine Scheiße half keine Therapie. Vor allem dann nicht, wenn der Therapeut tot war.

Daniel ging zu Doktor Hamanns Schreibtisch. Er holte ein Papiertaschentuch aus seiner Hosentasche und umwickelte damit den Telefonhörer. Mit einem weiteren Taschentuch griff er sich einen Kugelschreiber und wählte damit Timos Nummer. Bestimmt ein Fehler. Ganz bestimmt. Aber Timo war sein Kamerad. Er hatte ihn nie hängen lassen.

»Du musst das Messer loswerden«, sagte Timo.

»Ich kann die Situation nicht einschätzen. Den Feind. Waren das die Taliban oder irgendein verrückter Serienkiller?«

»Egal, du musst dich erst mal selber absichern! Jeder wird glauben, dass du den Doc umgebracht hast.«

»Warum denn ich?«

»Weil du ein gestörter Psychopath bist.«

»Ich war's nicht.«

»Natürlich warst du's nicht. Jemand will dir das in die Schuhe schieben.«

»Das ist zu heftig. Meine Gedanken lassen sich nicht mehr organisieren. Sie sind auf freiem Fuß. Mein Therapeut wurde ermordet.«

»Mach jetzt bloß nicht schlapp!«

»Als hätte man den Feldarzt und die Sanitäter erwischt.«

»Du musst das Messer loswerden.«

»Ja.«

»Was ja? Du musst das Messer loswerden! Wiederhole den Befehl.«

»Ich muss das Messer loswerden.«

Daniel legte den Hörer auf, ohne sich bei Timo zu bedanken. Danksagungen hätten sie beide als Zeitverschwendung betrachtet. Ihre gemeinsame Vergangenheit schützte sie vor zu vielen Worten. Daniel sah sich um. Es musste schnell gehen. Verhalten bei Hinterhalt: Durchbrechen oder in die Eisen steigen und Rückwärtsgang. Versprengt werden konnte ein Einzelner nicht. Oder vielleicht doch. Zum Sammelpunkt durchschlagen. Daniel fühlte sich versprengt. Er ging zurück in den Wintergarten und schaute sich noch mal die Sauerei an.

»Wie wär's, wenn nichts davon real ist?«, fragte Daniel seinen Psychotherapeuten. »Wenn das alles nur in meinem Kopf stattfindet?«

Doktor Hamann gab keine Antwort.

Daniel packte das Messer in eine Klarsichthülle, die er auf dem Schreibtisch fand.

»Bloß nicht versuchen, die Fingerabdrücke zu entfernen«, hatte Timo gesagt. Oder war es ihm selbst eingefallen? Bei seinen früheren Besuchen in der Praxis hatte Daniel bereits unzählige Fingerabdrücke hinterlassen. Außerdem würde er auch Spuren verwischen, die auf den tatsächlichen Mörder hinwiesen. Es gab da draußen jemanden, der auf seine Fehler wartete. Einen Feind. Möglichst schnell raus aus dem Hinterhalt. In Bewegung bleiben. Er packte die Klarsichthülle mit dem Messer in seinen Fahrrad-Rucksack. Das Entriegeln seines Fahrradschlosses machte ihm ungewohnte Schwierigkeiten. Die Hände zitterten, als würden sie keinem Befehl mehr folgen. Einmal fiel ihm sogar der Schlüssel herunter. Du musst an deine Atmung denken, dachte Daniel und versuchte, tief in den Bauch zu atmen. Dabei wurde ihm schlecht, aber er schaffte es, das Fahrradschloss aufzusperren, bevor er sich übergeben musste. Mit kräftigen Tritten fuhr er los. In die Eisen steigen, einen klaren Kopf bekommen, dachte Daniel.

An der nächsten Kreuzung wäre er fast von einem silberfarbenen SUV erfasst worden. Lenker herumreißen. Sich mit einem Fuß auf der Fahrbahn abfangen. Eine Hupe, die darauf ausgelegt war, das Jüngste Gericht anzukündigen. Kreischende Bremsen. Zentimeter vor Daniel kam das Auto zum Stehen. Die Motorhaube mit dem großen Stern sah aus, als würde sie sich in ihn verbeißen wollen. Luxuriöse GL-Klasse. Der Fahrer schimpfte lauthals und klopfte sich mit der Handfläche gegen die Stirn. Dabei hatte Daniel Vorfahrt. Rechts vor links, verdammt. Verwirrt zog Daniel sein Fahrrad zur Seite. Der Motor knurrte gefräßig und das Auto fuhr weiter.

Daniel wusste: Wäre er ein paar Sekunden zuvor überfahren worden, mit dem blutigen Messer im Rucksack, mit Täterwissen, mit den ganzen Beweisen, die gegen ihn sprachen – er hätte hundertprozentig wie der Mörder ausgesehen. Wenigstens eröffnet einem Radfahrer der Zusammenprall mit einer Geländelimousine die erstklassige Chance, von der ganzen nachfolgenden Scheiße nichts mehr mitzukriegen. Statistisch gesehen. Frontschutzbügel sind Killer. Außerdem gleitet man als Zweiradfahrer nicht über das Dach des beschissenen Neureichen-Vehikels. Man klatscht auf die Motorhaube. Knochen geben leicht nach. Oder man dringt durch die Frontscheibe in das Fahrzeuginnere ein. Gewebe gibt auch leicht nach. Wenn man keinen Helm trägt, wird man von der Frontscheibe skalpiert. Vielleicht musste Daniel seine Helmallergie ablegen, wenn er den Straßenverkehr überleben wollte.

Daniel verfolgte den silberfarbenen SUV. Er konnte Geländelimousinen nicht akzeptieren. Wie sie immer aerodynamischer, protziger und gleicher aussahen. Konsequent fuhr Daniel im höchsten Gang. Er kam immer näher. Im Stadtverkehr war ein Fahrrad kaum zu toppen. Eine Zeit lang sah es aus, als könnte er den Fahrer des Pseudo-Geländewagens an einer Ampel stellen, aber dann gelang dem Wichser während einer unerwarteten Grünphase doch die Flucht.

Daniel schwitzte. Der Schweiß tat ihm gut, sogar als er ihm in die Augen lief. Er malte sich aus, wie er den Typen aus dem Auto gezogen hätte. Wahrscheinlich trug er einen Anzug, aber das war nur eine Vermutung. Durch die getönte Frontscheibe hatte er keinen Anzug gesehen. Er hätte ihn am Revers gepackt. Oder besser an der Krawatte. Nur, um zu reden. Nur, um deutlich zu machen, dass er die Gefährdung von schwächeren Verkehrsteilnehmern nicht durchgehen lassen konnte. Vielleicht hätte er ihm versehentlich einen Kopfstoß verpasst. So ein Nasenbein gibt schnell nach.

Die Innenstadt ging in immer gleiche Wohngebiete und danach in noch gleichere Gewerbegebiete über. Autohäuser. Einkaufsmärkte. Bowling-Center. Die Justizvollzugsanstalt. Beim Naherholungsgebiet angekommen, fuhr er auf die Staumauer des Sees. An dieser Stelle war der See am tiefsten. Etwa fünfzehn Meter. Ein Taucher, dessen Sohn mit Lea in den Kindergarten gegangen war, hatte ihm vor einigen Jahren erzählt, dass man dort unten die eigene Hand nicht vor Augen sehen kann. Und zwar egal, wie dicht man sie vor sein Gesicht hält. Die Wasserfläche des Sees kräuselte sich nicht einmal. Glatt wie auf einer Ansichtskarte. Daniel stand am Geländer. Blick nach links. Blick nach rechts. Irgendwann würden die Sekunden kommen, in denen er alleine war mit der Staumauer und dem See. In denen alle potenziellen Zeugen verschwunden waren. Die Nordic Walker, die umschlungenen Liebespaare und vor allem die Hundeschule, die mit zwanzig an Hunde geleinten Menschen unterwegs war. Daniel wusste, dass die ausschließliche Ausbildung auf Hundeplätzen nicht so erfolgreich war wie in der freien Natur. Oder zwischen Radfahrern, kreischenden Teenagergirlies und Pommes verschlingenden Kleinkindern im Naherholungsgebiet. Hunde lernen kontext-, also umweltbezogen. Sie verbinden den Ort damit, bestimmte Kommandos auszuführen. Da Hunde schlecht generalisieren können, haben sie Schwierigkeiten, das auf dem Hundeplatz Gelernte auf Alltagssituationen zu übertragen. Genau wie Menschen im Allgemeinen – und Bürger in Uniform im Besonderen. Afghanistan war ein Riesen-Aha-Erlebnis. Die Einheimischen sahen anders aus als die verkleideten Kameraden, die auf dem Truppenübungsplatz die Afghanen spielten. Die echten waren unberechenbarer. Neunzig Prozent waren freundlich oder neutral eingestellt. Die restlichen zehn Prozent konnte man von ihnen nicht unterscheiden. Sie spielten freundlich und neutral. Bis es so weit war. Irgendwann war es so weit. Selbst die afghanische Landschaft zeigte sich schnell von einer feindlicheren Seite als der Truppenübungsplatz in Sachsen-Anhalt. Scharfe Geschosse wirkten sich anders aus als Übungsmunition. Schwimmbewegungen auf dem Trockenen waren nicht wie im Wasser. Hätte man sich vorher denken können, dachte man aber nicht.

Daniel wartete, bis die ganzen Beine, die ganzen Augen und die liebevoll umschlungenen Körper verschwunden waren. Und die Hundenasen. Die waren besonders gefährlich. Ein paar Hunde hatten ihre Herrchen unvermittelt in die Richtung von Daniels Rucksack gezerrt. Immer waren das gleiche bellende Kommando und der gleiche heftige Ruck an der Leine das Resultat. Die Hunde röchelten enttäuscht. Nur einer jaulte kurz auf. Das blutige Messer hätten sie alle gerne abgeleckt.

Dann war der Staudamm ganz leer. Fast. Ein Rentner mit seinem Enkel an einem Ende. Beide sehr langsam. Der eine lernte das Laufen erst, während der andere es langsam wieder aufgab. Das Öffnen des Reißverschlusses hörte sich so laut an, als würde es die Soundanlage eines Open-Air-Festivals quer über den See von einem Ufer zum anderen übertragen. Daniel griff vorsichtig in den Rucksack. Bloß nicht sich selber schneiden. Noch einmal sah er sich kurz um. Dann holte er das Messer aus der Plastikhülle und warf es in den See. Er fuhr zu einem Papierkorb in der Nähe der Sommergaststätte. Dort wurde der Müll öfter abgeholt. Er stopfte die Klarsichthülle tief in den Abfall. Senf und Ketchup blieben an seiner Hand und seinem Unterarm kleben. Wären die Hunde in der Nähe, würde ihn der Geruch sofort verraten. Hundezungen, die ihn abschleckten. Selbst Menschen würden die gelb-roten Schlieren eigentümlich finden. Speisereste. Sie würden sich an ihn erinnern. Daniel fuhr zu einem nahe gelegenen Badestrand und lehnte das Fahrrad an einen Baum. Mit den Knien im Kies wusch er sich die Hände.

Sehr gründlich. Jedes einzelne Nagelbett. Zwanghaft konnte man auch sagen. Die ersten Spaziergänger glotzten schon. Daniel hörte auf, seine Hände zu waschen, obwohl er das Bedürfnis hatte, es weiter zu tun. Mit hohlen Händen fasste er Wasser aus dem See. Wassertropfen klatschten gegen sein Gesicht. Die Hände fuhren über die Wangen. Rieben über die geschlossenen Lider. Der Fahrtwind trocknete die Feuchtigkeit. Die Haut spannte auf den Wangenknochen, als wäre sie daran festgetackert. Er trat stärker in die Pedale. Bloß nicht stehen bleiben, immer in Bewegung sein, dachte Daniel. Kein leichtes Ziel abgeben.

• • •

Daniel stoppte das Rad ein paar Meter vor dem Altglas-Container. Der Boden um den zigarrenförmigen Metallkörper war übersät mit Glasscherben. Glasscherben waren der natürliche Feind des Radfahrers.

Daniel sprang vom Rad und ließ es gegen eine rechteckig geschnittene Hecke kippen. Er rannte in Richtung des Containers. Sieht aus wie ein Teil der internationalen Raumstation, dachte er. Im Weltall würden die Glassplitter schwerelos um den Container schweben. Blöde Gedanken hat man, kurz bevor man kotzen muss. Eingerahmt von der Hecke und dem Glascontainer übergab sich Daniel. Auf dem Boden Speisereste, an die er sich überhaupt nicht erinnern konnte. Mit einem Papiertaschentuch wischte sich Daniel den Mund ab. Dann warf er es in die kreisförmige Öffnung für Grünglas. Und kletterte wieder aufs Rad. Der erste Tritt in die Pedale fiel mehlig aus. Knie aus Gelee. Und die ganzen Beine ohne Muskeln. Die Hämatome, die er im einseitig verlaufenen Kampfgeschehen mit Rainer davongetragen hatte, suchten sich Wege tiefer unter die Haut. Die geprellten Rippen ruinierten jeden Versuch, tief durchzuatmen. Zum Glück war Maiks Wohnung nur noch zwei Straßen entfernt.

Vor Daniels Augen begannen kleine bunte Punkte zu tanzen. Vielleicht auch dahinter. Gelb. Rot. Grün. Violett. Wahrscheinlich irgendwelche desertierte Atome aus dem Hirn. Jetzt bloß nicht vom Fahrrad fallen, dachte Daniel. Im Blindflug hielt er neben seiner Stammlaterne und kettete das Fahrrad an. Er drückte den Klingelknopf, ohne die Beschriftung zu lesen. Der dritte von oben. Als der Türöffner summte, fiel Daniel mit der Tür nach innen. Die Treppe nach oben. Rennen. Rennen geht immer, wenn man die erste Angriffswelle überlebt hat. Aber immer noch jeder Schritt schwammig und die Atmung flach.

Maik stand in der offenen Wohnungstür. Auf den letzten Stufen hörte Daniel seinen eigenen Atem, als käme er nicht aus seinem Körper, sondern von außerhalb. Nicht normal. Als würde ein Amok laufender Lungenflügel auf einem Stethoskop herumspringen.

»Was ist denn mit dir los?«, fragte Maik.

»Keine Ahnung. Wie schaut's denn aus?«

»Scheiße. Du schaust scheiße aus.«

»Hast du was zu trinken? Ich brauch dringend was zu trinken.«

»Komm rein.«

»Danke.«

»Kipp bloß nicht um.«

Durch die Poster im Flur.

Neil-Young-Konzert.

Blues-Brothers-Filmplakat. *They're on a mission from God.*

Control. Grandioses europäisches Kino.

Giant-Sand-Plakat mit großem Fisch.

In der Küche hielt Maik ein Glas unter den Wasserhahn. Er drehte den Hahn zu weit auf und das Wasser spritzte auf seine Hand, sein T-Shirt, seine Hose.

»Mist.«

Maik reichte Daniel das Glas.

»Hier, bitte. Und dann erzähl mal, was los ist.«

Daniel trank das Glas in einem Zug leer. Die bunten Punkte, die in seinen Augen tanzten, beruhigten sich. Er ging zum Wasserhahn und schenkte sich noch mal nach. Er atmete durch. Sein Atem fand den Weg zurück in die Lungen. Das zweite Glas leerte er in kleinen Schlucken. Die Magensäure, die noch am Kehlkopf und in der Speiseröhre klebte, wurde dorthin gespült, wo sie hingehörte.

Maik beobachtete Daniel besorgt aus den Augenwinkeln. Weil er verhindern wollte, dass dies auffiel, las er höchst interessiert das Statement der Magnetbuchstaben auf seinem Kühlschrank: *aLLeS fUnkTHionyRt / AUssER DU.*

Ich sollte was sagen, dachte Daniel.

»Sag mal, der Film *Control* ist doch über diese Band, die du schon in den Achtzigern mochtest?«

»Joy Division. Du lenkst ab.«

»Der Sänger hat sich umgebracht, oder?«

»Er hat sich aufgehängt.«

»Aufgehängt? Scheiße. Kurt Cobain hat sich wenigstens erschossen.«

»Was soll daran besser sein?«

»Es schaut cooler aus.«

»Du redest Müll.«

»Warum gibt es eigentlich noch keinen Film über die letzten Tage von Kurt Cobain?«

»Den gibt's. *Last Days* von Gus Van Sant. Du lenkst immer noch ab.«

»Über alles gibt es schon einen Film.«

»Ist auch okay, wenn du nicht drüber reden willst.«

Maik öffnete die Kühlschranktür und holte zwei Bierflaschen heraus. Er entkorkte sie und reichte Daniel eine. Sie stießen miteinander an. Bierflasche an Bierflasche. Wie es Freunde machen.

»Du hast aber nicht vor, dich umzubringen?«, fragte Maik.

»Weiß nicht. Es ist immer eine Option.«

»Danach ist alles vorbei.«

»Eben. Manchmal sind die einfachsten Lösungen die besten.«

»Verschwendung.«

»Was?«

»Es ist Verschwendung. Kurt Cobain. Ian Curtis. Elliot Smith. Vic Chesnutt. Mark Linkous. Hätten alle noch grandiose Musik machen können. Ihre Songs sind besonders intensiv. Leidenschaftlich. Vielleicht ist man besonders gefährdet, wenn man leidenschaftlich ist. Oder kreativ.«

»Man ist überhaupt immer gefährdet.«

Maik nahm einen kräftigen Schluck Bier.

»Weißt du, was dein Problem ist? Du willst dir nicht wirklich helfen lassen. Du glaubst, du musst durch die ganze Scheiße alleine durch.«

»Von welcher Scheiße sprichst du?«

»Posttraumatische Belastungsstörung. Ich hab mir ein Buch drüber besorgt. Da steht drin, du musst dich mit den Ereignissen in einer unterstützenden Atmosphäre auseinandersetzen.«

»Und die unterstützende Atmosphäre bist du?«

»Ja, verdammt. Du hast gerade ein Bier von mir gekriegt. Das ist unterstützend, aber du redest belanglose Sachen über Filme, um abzulenken. Du glaubst, dass die Schmerzen vorbeigehen, wenn du nur lange genug mit einem Rucksack voller Granitsteine durch die bekackte Landschaft läufst.«

»Okay, und wie soll ich jetzt konkret die unterstützende Atmosphäre nutzen?«

»Du könntest mir erzählen, was heute schiefgelaufen ist.«

Einen Moment lang spielte Daniel mit dem Gedanken, Maik alles in Kurzform zu erzählen, aber mit besonderem Schwerpunkt auf dem Umstand, dass er seinen Therapeuten ermordet aufgefunden hatte und er die Tatwaffe verschwinden ließ, weil sie zufälligerweise ihm gehörte. Dann entschied er sich dagegen. Ein Traumatisierter reichte. Es war nicht hilfreich, auch noch einen Freund in einen psychisch labilen Zustand zu versetzen.

»Alles okay. Passt schon.«

»Deshalb siehst du so extrem mies aus. Und laberst suizidale Grütze. Weil's passt.«

Daniel nippte kurz an seinem Bier.

»Mit angegriffener Psyche steckst du einen Leichenfund einfach nicht mehr so gut weg. Hast du im Internet etwas über die Mordopfer rausbekommen?«

»Sie hatten alle einen Freund. Adrian. Benjamin. Niklas.«

»Nichts Ungewöhnliches. Die Frauen waren hübsch. Wenn man sich nicht mit Gewalt dagegen wehrt, ergibt sich das in dem Alter. Beziehung und so.«

»Ja, aber die drei Typen haben alle etwas gemeinsam.«

Maik nahm einen kräftigen Schluck aus der Bierflasche. Dann zögerte er.

»Geht's noch weiter?«, fragte Daniel.

»Hat vielleicht nichts zu bedeuten.«

Wieder ein Schluck aus der Bierflasche.

Übersprunghandlung, dachte Daniel.

»Warum sagst du nicht, was los ist? Ich bin der Psycho. Brauchst du auch unterstützende Atmosphäre?«

Maik musste lachen. Keine gute Idee, in diesem Moment Bier zu trinken. Maik verschluckte sich und hustete. Sein Kopf verfärbte sich rot. Daniel klopfte auf den Rücken seines Freundes, bis der wieder hörbar einatmete. Etwas Bier suchte in der Nase nach einem Ausgang. Maik schniefte es hoch. Sein Lachen hatte nicht echt geklungen.

»Ich kann dich ja nicht anlügen. Du kennst mich zu gut. Ich bin auch nicht der Typ, der einem Freund was vormacht.«

»Okay«, sagte Daniel, »dann mach mir nichts vor«.

Maik konzentrierte sich auf die Bierflasche in seiner Hand. Kurz sah er Daniel an, aber sofort senkte er wieder den Blick. Er holte Atem, bevor er sagte: »Ehrlich gesagt fürchtete ich schon einen Moment, dass du was damit zu tun haben könntest.«

»Wie zu tun?«

»Dass du der Mörder ...«

Maik schüttelte den Kopf und setzte die Bierflasche erneut an, aber sie war leer. Er stellte die Flasche auf die Küchenarbeitsfläche. Sie kippte um. Schnell richtete er sie wieder auf. Seine Hände zitterten.

Daniel war mit einem Mal doch ziemlich erleichtert, dass er Maik nichts von der Verbindung zwischen Doktor Hamann und seinem Kampfmesser erzählt hatte.

»Tut mir leid«, sagte Maik, »so was sollte ich nicht denken.«

»Schon gut«, antwortete Daniel, »Freunde müssen ehrlich sein, auch wenn die Wahrheit keinen Spaß macht.«

Maik holte eine neue Bierflasche aus dem Kühlschrank. Er öffnete sie hektisch. Ein sehr kräftiger Schluck. Sieht nach Mut antrinken aus, dachte Daniel.

»Adrian, Benjamin und Niklas.«

Maik wartete auf eine Reaktion. Daniel schüttelte den Kopf.

»Kenne ich alle nicht.«

»Die Lebensgefährten der ermordeten Frauen. Natürlich oppositionell. Wie man es in dem Alter erwarten kann, wenn einer nicht gerade BWL-Student ist. Sie haben daraus auch kein Geheimnis gemacht. Facebook. Eigener Internet-Auftritt. Das volle Programm. Attac. Greenpeace.«

»Ja, und? Ich hab's noch nicht begriffen.«

»Die sind voll engagiert.«

»So weit hab ich es gecheckt.«

»Alle drei sind in Initiativen gegen den Afghanistan-Krieg.«
Maik schaute bedeutungsvoll. Daniel nahm einen Schluck. Sein Freund schaute immer noch.

»Hör auf zu glotzen, sondern sprich es endlich aus«, sagte Daniel.

»Du bist Afghanistan.«

»Ich bin auf keinen Fall Afghanistan.«

»Es ist das Bindeglied. Einen Moment lang hatte ich dich in Verdacht.«

»Weil ich in Afghanistan war?«

»Ja.«

»Weil ich kriegstraumatisiert bin?«

»Ja.«

»Scheiße. Weil ich ein gestörter Psycho bin.«

»Tut mir leid. War nur ein Moment. So was könntest du natürlich niemandem antun. Auch wenn du dafür ausgebildet bist.«

»Wofür?«

»Töten.«

»Hatte ich fast vergessen. Kannst du mir die drei Lebensgefährten mal zeigen?«

»Klar. Ich bin doch Sammler. Musik. Lebenserfahrung. Informationen aus dem Internet. Ich hole eben mein Notebook.«

Daniel ging ans Fenster. Draußen war es dunkel. Sein Spiegelbild leuchtete transparent im Glas wie ein Geist. Ein Bier trinkender Geist. Als er noch näher ans Glas ging, hinterließ sein Atem eine Spur darauf. Sein Mountainbike. Draußen. Er hatte es extra an der Laterne festgekettet. Der Lichtkegel schreckte potenzielle Fahrraddiebe ab. Das Bike sah einsam aus. Daniel lehnte seine Stirn ans Glas, um noch ein paar Zentimeter weiter in die Dunkelheit sehen zu können. Das Glas war angenehm kühl. Irgendwo da draußen wartete der Feind. Ein Nachtsichtgerät wäre nicht schlecht. Mit technischen Hilfsmitteln rausgehen und den Feind stellen. Wie in einem Computerspiel. Wäre nicht schlecht. Natürlich zeigte sich der Feind nicht. Traditionelle Kampfformen regulärer Streitkräfte bleiben im Guerillakrieg weitgehend unwirksam. Als Daniel einen Schritt zurück machte, sah er wieder nur sich selbst. Und Maik, der gerade mit seinem Notebook in die Küche kam. Ein pinkfarbenes Notebook. Früher hatte sich Daniel gefragt, ob nur Frauen pinkfarbene Notebooks kauften. Maik stellte das Notebook auf den Küchentisch und startete die Präsentation.

»Hier, der erste Aktivist.«

Adrian. Blonde Rastalocken. Attac. Fotos von einem Castor-Transport. Die meisten Bilder schauen nach Party aus. Bei Facebook »*gefällt ihm*« ein Video des System-Of-A-Down-Songs *Chop Suey*. Live bei »Rock im Park«.

»Die benutzen den Like-Button, als würden sie von einem Sender zum nächsten zappen«, seufzte Maik und schüttelte den Kopf. »Facebook kann auf diesem Weg Nutzerstatistiken externer Websites und personenbezogene Nutzerprofile erstellen. Wenn das die Polizei machen würde, fände er es ganz bestimmt scheiße, aber wenn Facebook drüber steht, verrät er bereitwillig seine Freunde und seine Privatsphäre. Natürlich hat das die Polizei nicht drauf. Mark Zuckerberg schon.«

Niklas. Die Haare bewusst so gegelt, dass man keine Struktur der Frisur erkennen konnte. Sonnenbrille. Durchtrainierter Oberkörper. Rasiert. Statt der Brustbehaarung kleine rote Pusteln. Auf dem Greenpeace-Schiff in der Antarktis trägt er aber einen dicken Anorak. Wahrscheinlich kann er sich den Ausflug leisten, weil er reiche Eltern hat, denkt Daniel. Mit so was kann man Mädels beeindrucken. Dieser Niklas hatte aber nicht wirklich Ahnung von Frauen. Noch besser als Wale zu schützen käme auf jeden Fall die Rettung eines Robbenbabys. Da muss man sich Bartträgern mit Holzkeulen entgegenstellen. Archaisch. Mann gegen Mann. Anorak gegen Anorak.

Benjamin. Hat mit seinen Freunden im neu gegründeten Kunstkaufhaus ein Che-Guevara-Musical aufgeführt, zu dem es das passende Essen gab. Viel Chili natürlich. Und einen Zaubertrank, von dem die Kongolesen, während Ches afrikanischem Abenteuer, geglaubt hatten, dass er unverwundbar macht. Deshalb immer aus der Stellung raus und von einer MG-Salve zersieben lassen. Oder ein Headshot. Ein einzelner platzierter Schuss reicht auch. An Zaubertränke wird Che nicht geglaubt haben. Deshalb ist er erst später in Bolivien erschossen worden. Eigentlich ist Guerillakrieg traditioneller Kriegsführung überlegen, aber wie immer, wenn man zu viele Gefühle investiert … Als Musik gab es bei dem Che-Guevara-Musical von einer Fusion-Combo aus jungen Rockern und gealterten Jazzern eine Mischung aus Rock und Reggae, HipHop und afrikanischer Musik. Also alles. Der Zaubertrank wurde von einer ortsansässigen Brauerei hergestellt.

»Willst du wissen, welcher Mann zu welcher Frau gehört?«, fragte Maik.

»Ich kann's mir schon denken. Ich hab ja die Freunde-Liste bei Facebook gesehen. Wusste gar nicht, dass es bei uns ein Kunstkaufhaus gibt.«

»Du musst mal wieder ankommen. Zurück aus dem Krieg. Zu Hause sein.«

»Mach ich. Wenn das alles vorbei ist.«

»Du solltest mit der Polizei reden. Wegen Afghanistan. Wegen der drei Typen.«

»Wenn du das im Internet rausfinden kannst, dann schafft das die Polizei auch.«

»Vielleicht wäre es gut, den Bullen einen Tipp zu geben, bevor sie selbst draufkommen.«

»Vertraust du mir?«

»Ja.«

»Sicher?«

»Was hast du jetzt vor?«

»Keine Ahnung. Natürlich erwartet man von einem wie mir immer einen Plan. Von einem, der das Töten gelernt hat.«

»Sei nicht sauer, weil ich das gesagt habe. Ich bin dein Freund.«

»Eine Zeit lang sind die meisten Soldaten durch Unfälle und Friendly Fire umgekommen. Bevor die Taliban wieder losgelegt haben. Hast du noch ein Bier?«

Beim Öffnen machte der Kühlschrank ein Geräusch, als hätte er zu lange die Luft angehalten.

»Nicht entkorken!«, rief Daniel. »Ich trink es zu Hause.«

Die Bierflasche verströmte ihre feuchte Kälte in Daniels Handfläche. Er hatte spontan Lust, sie sich an die Stirn zu halten. Ein Kühlsystem wäre nicht schlecht fürs Hirn. Er packte die Bierflasche in seinen Rucksack.

»Sag mir, dass du es nicht warst.«

Alle Leichtigkeit war aus Maiks Stimme verschwunden.

»Ich war es nicht. Willst du deine Schlüssel zurückhaben?«

Daniel holte den Schlüsselbund aus seiner Hosentasche. Maik starrte auf das *Highway To Hell*-Cover, das auf den Schlüsselanhänger gedruckt war.

»Nein, behalt sie ruhig. Ich glaube, du bringst mich nicht um.«

»Hoffentlich hast du recht«, sagte Daniel und steckte die Schlüssel wieder ein.

»Wer war es dann?«, fragte Maik. »Hast du einen Verdacht?«

»Keine Ahnung. Vielleicht die Scheißtaliban. Sie greifen uns zu Hause an. Dort, wo wir verletzbar sind.«

»Warum sollten die Taliban ausgerechnet die Freundinnen von drei Gegnern des Afghanistan-Kriegs umbringen?«

Daniel zuckte mit den Schultern.

»Hast recht. Wahrscheinlich waren sie es nicht. Oder ein besonders perfider Plan von al-Qaida, der einen traumatisierten Bundeswehrsoldaten als Serienkiller denunzieren soll.«

»Du meinst, das Ganze könnte so was wie Psychologische Kriegsführung sein?«

»Klar. Betreiben alle Seiten im Krieg. Weißt du, wie das die Nazis nannten, wenn es gegen sie selbst gerichtet war?«

»Ich bin in Geschichte nicht so gut wie du.«

»Wehrkraftzersetzung. Ich finde, das ist ein tolles Wort, wenn man es ausspricht. Der Mund ist unglaublich in Bewegung. Wehrkraftzersetzung.«

Daniel schulterte den Rucksack. Die Musik aus dem Wohnzimmer hatte sich so verlangsamt, als wollte sie ihr baldiges Verschwinden ankündigen. Gehaucht die Textzeilen

I pray my soul to keep
If I die before I wake.

»Was wirst du jetzt machen?«

»Schlafen. Zumindest werde ich es versuchen.«

»Wenn du mich brauchst, kannst du mich jederzeit anrufen.«

»Okay.«

Daniel konnte Maiks Augen auf seinem Rücken spüren. Er nahm gleich mehrere Stufen auf einmal. Nachdem er die Haustür geöffnet hatte, schaute er links und rechts. Wie ein Erstklässler auf dem Weg zur Schule. Nirgendwo ein Feind. Nicht links. Nicht rechts. Die Straße nur ausgeleuchtete Leere. Kein Mensch. Kein Serienmörder. Kein Taliban. Um die Leere herum dickes Dunkel. In Bewegung bleiben. Daniel rannte über die Straße. An seinem Rad vorbei. Hinein in die Grünfläche vor einem Mietshaus, das einem Monopoly-Spiel entsprungen zu sein schien. Daniel stand vor einem Busch und wusste nicht, was er machen sollte. Da war kein Feind im Schatten.

»Ich krieg dich«, flüsterte Daniel.

Er drehte sich um und ging zurück zum Rad. Maik stand oben am Fenster. Musste komisch ausgesehen haben, was er eben gemacht hatte. Wahrscheinlich wünschte sich Maik seinen Wohnungsschlüssel zurück. Daniel hob den Arm und winkte nach oben. Maik winkte zurück. Das Fahrrad abgekettet und losgefahren. Der Fahrtwind floss wie Flüssigeis durch seine Nervenbahnen. Nur nicht gleich heim. Das Haus, der Garten, das Sofa. Es gab keinen Rückzugsort mehr. Kein verdammtes Machu Picchu. Ziellos durch die Straßen fahren. Sich nicht in die Opferrolle fügen. In Bewegung bleiben. Kein leichtes Ziel abgeben. Außerdem ließ es sich auf dem Fahrrad leichter denken. Daniel wusste, dass er dringend einen Einfall brauchte. Musste nicht mal ein besonders guter Einfall sein. Planlos durch die Gegend fahren bekam eine ganz neue Bedeutung. Daniels Blick war starr auf den dünnen Lichtkegel der Fahrradlampe gerichtet. Die Umgebung nach verdächtigen Bewegungen abzusuchen machte keinen Sinn. Für einen Profi wäre er ein leichtes Ziel. Auch in Bewegung. Wer sagt denn, dass der Mörder ein Profi ist?, dachte Daniel. Mit einem Messer konnte jeder Teenager große klaffende Wunden herbeiführen. Ein irrer Serienkiller, der wahllos eine Kassiererin, eine Studentin, eine Schauspielerin und einen Psychotherapeuten umgebracht hatte. Menschen, die nicht vorbereitet gewesen waren.

»Afghanistan«, murmelte Daniel. Er erschrak über das Wort. So leise und nuschelnd es auch über seine Lippen gehuscht sein mochte. Geflüstert, während er im Stehen einen kleinen Berg hochfuhr. In einem hohen Gang, um seine Beine zu spüren. Und die Anstrengung. Daniels Gedanken kehrten zu den Taliban zurück. Sie schlachteten ihre Geiseln wie Opfertiere beim Zuckerfest. Das Messer würde zu ihnen passen. Ein perfider Plan, um den Krieg in die Heimat ihrer Besatzer zu tragen, auch. Bullshit. Daniel fuhr schneller, um sein altes Feindbild auszuschwitzen. Es hinderte nur am Denken.

Ein Irrer. Ein Psychopath. Ein kranker Mensch.

Ein Schatten huschte auf die Straße, als würde die Dunkelheit in den Lichtkegel der Lampe eindringen. Eine Katze blieb direkt vor ihm auf der Straße stehen. Phosphoraugen. Größer werdend. Daniel bremste mit voller Kraft und verriss den Lenker zu einem Ausweichmanöver.

Einen Moment war er ganz frei. Er hatte die Bindung zu seinem Fahrrad, zu allem verloren. Ein erschrecktes Einatmen lang war die Fliehkraft stärker. Dann gewann die Schwerkraft wieder Oberhand. Obwohl Daniel sich noch mit einer Handfläche abzufangen versuchte, kamen die Lendenwirbel zuerst auf dem Asphalt auf. Sofort platzten die Schmerzen ins Hirn. Die schnellen A-Delta-Nervenfasern leiten Schmerzinformationen mit einer Geschwindigkeit von bis zu dreißig Metern in der Sekunde. Scheiße. Wieder auf die gleiche Stelle.

Wenigstens hat es den Kopf nicht erwischt, dachte Daniel. Ein Fahrradhelm wäre gut. Sein Schwur, keine Helme mehr zu tragen, musste dringend überdacht werden.

Daniel hob den Kopf. Die Katze hatte einen Satz zur Seite gemacht, als er über den Lenker katapultiert worden war. Von der anderen Straßenseite aus musterte sie ihn neugierig. Das Tier und er waren auf Augenhöhe. Die grünen Katzenaugen funkelten ihn an. Bösartig vielleicht. Oder nur neugierig. Oder weil es ihre Raubtiernatur war. Katzen haben im hinteren Teil des Auges eine Schicht, die so ähnlich wie ein Spiegel wirkt. Sie bündelt das Licht und wirft es zurück. Das hat den Zweck, dass die Sehzellen das wenige Licht doppelt nutzen können. Gleichzeitig lässt das zurückgeworfene Licht die Augen aufleuchten. Wissen aus einer Doku im Discovery Channel.

Die Schmerzen meldeten sich lautstark zurück, weil sie nicht genügend gewürdigt wurden. Nicht schlecht nach so einem Sturz, dachte Daniel. Besser Schmerzen als gar kein Gefühl. Er konnte sich den Bluterguss zentimetergenau vorstellen. Die Beine ließen sich widerstandslos bewegen, sogar ohne ausdrücklichen Befehl. Nur der Rücken war nass. Scheiße, die Bierflasche von Maik. Daniel befreite sich vom Rucksack, bevor die Scherben der Flasche ein Tattoo in seiner Haut hinterlassen konnten.

Die Katze trottete gelangweilt weiter, weil ihr die Aktivitäten des Menschen zu langweilig wurden, obwohl man selten einen Menschen in einer solchen Lage sieht.

Die Spiegelschicht im Katzenauge heißt *Tapetum lucidum*. Leuchttapete. Auch andere Tiere haben eine solche Leuchttapete. Hunde. Rehe. Haie. Krokodile. Igel. Menschen dagegen nicht. Deshalb brauchen sie etwa sechsmal so viel Licht wie eine Katze, um in der Dämmerung Bewegungen oder Umrisse zu erkennen.

Mir fehlt einfach die Erleuchtung, dachte Daniel. Ich blick nicht durch. Ein Nachtsichtgerät wäre nicht schlecht. Eines der neuen Generation, mit dem eine fünfzigtausendfache Restlichtverstärkung erreicht wird. Um den Feind sehen zu können.

Daniel gefiel der Gedanke überhaupt nicht, dass der Mörder ihn bei seinem Fahrradsturz beobachtet haben könnte. Er hielt die Luft an, um besser hören zu können. Wenigstens kein Lachen, dachte er.

Nirgendwo.

Eigentlich Zeit, wieder aufzustehen.

Trotzdem liegen bleiben.

Mein Bewegungsapparat ist funktionstüchtig, aber mein Hirn weigert sich. Es will nicht mehr nach draußen zum Spielen. Wo die ungesunden Gedanken der restlichen Menschheit herumschwirren. Ich bin traumatisiert. Ein Irrer. Ein Psychopath. Ein kranker Mensch.

Was, wenn ich diese Menschen umgebracht habe? Ich bin ein Profi. Ein Veteran. Das Töten gelernt und geübt. Einmal damit angefangen, kann man es nicht mehr lassen. Wie die amerikanischen Soldaten, die, aus dem Irak heimgekehrt, die Verbrechensrate in Colorado Springs um über sechzig Prozent ansteigen ließen. Mord und Vergewaltigung. Bin ich so? Mordlüstern. Vergewaltigt habe ich noch keine Frau. Könnte ich überhaupt nicht. Natürlich habe ich sexuelle Fantasien. Zumindest kann ich mich an eine Vergewaltigung nicht erinnern. Selbst in der Ehe nicht. Ob die ermordeten Frauen vergewaltigt worden sind? Kann sich etwas von der Persönlichkeit so abspalten, dass es komplett eigenständig wird? Dass es die Spuren im eigenen Gedächtnis verwischt? Das sind doch meine Erinnerungen, dachte Daniel. Mein Hirn. Traust du dir das zu? Einen Moment lang traute er sich alles zu. Oder wenigstens dem bösen, Amok laufenden Teil seines Ichs. Es gab diesen Film mit Robert De Niro, in dem dessen abgespaltene Persönlichkeit seine Freundin umbringt und beinahe die eigene Tochter. Wenigstens Lea könnte er nie etwas antun, da war sich Daniel sicher. Es gibt noch ein paar andere Filme, in denen der Mörder nicht weiß, dass er selbst gemordet hat, weil die Psyche eine Straßensperre aufgebaut hat. *Identität. Psycho.* Daniel hatte ein gutes Verhältnis zu seiner Mutter. Er müsste seine Eltern nur mal wieder besuchen. In *Angel Heart* weiß selbst der Detektiv nicht mehr, wer er ist. Immerhin erhält in *A Beautiful Mind e*in Schizophrener den Nobelpreis, nachdem er gelernt hat, seine Krankheit anzunehmen. Das ist eine wahre Geschichte, dachte Daniel. Das ist eine wahre Geschichte. Ich war es nicht. Aber du kannst es gewesen sein. Hollywood sagt Wahrheiten, in denen man sich sofort wiedererkennt. Hollywood lügt.

Daniel sieht sich am Fischteich. Die tote Frau im Wasser. Sie ist schön. Die Wunde am Hals schreit. Das Wasser schluckt den Schrei. In ihrem Laden hatte er mehrmals die Woche eingekauft. Kirsten Fritsch saß an der Kasse. Er konnte sich nicht mehr an ihre Gesichtszüge erinnern oder daran, wie sie sich bewegt hatte. Wie ihre Finger die Ware über den Scanner der Kasse gezogen hatten.

Voll zerbombt, mein Gedächtnis, dachte Daniel und wusste sofort, dass es nicht stimmte. Der Schleier der Zerstörung hatte sich nicht komplett über seinen Verstand gelegt. Die Wege im Supermarkt hätte er blind mit dem Einkaufswagen zurücklegen können. Ganz links am Eingang gleich der Kaffee. Ihr Namenschild, die Leergut-Bons, das hatte er nicht vergessen.

Und die großen Augen unter Wasser. Die klaffende Wunde an Kirstens Hals zog durch seinen Verstand wie eine hässliche Narbe.

Ich habe sie nicht ermordet, sagte er zu sich selbst. Das war ich nicht.

Sein Hirn gab keinen Ist-Zustandsbericht. Funkte keinen Status. Daniel war sich nicht sicher, ob es noch ganz auf seiner Seite war.

Ich bin doch keine gespaltene Persönlichkeit, deren phlegmatischer Teil sich auf einer Couch im Garten vom lieben Gott bepissen lässt, während der aktivere Part loszieht und Frauen abschlachtet. Doktor Jekyll und Mister Hyde. So was sieht man im Fernsehen. Oder erwacht rechtzeitig aus einem Albtraum, bevor Schlimmes passiert. In einer Welt, die ganz schwarz-weiß ist, gibt es so was. Mit schwarz-weißen Menschen. Mit Blut, das nicht rot ist. Und plötzlich keine Regie mehr über das eigene Leben. Manches ließe sich gespalten leichter ertragen. Ich wäre mit jemandem zusammen. Nicht nur mit mir. Dem Trauma. Meiner Geschichte.

Stress. Ich muss meine Atmung unter Kontrolle kriegen. Das ist ja nur meine Atmung. Nicht ferngesteuert. Wenigstens meinen Körperfunktionen muss ich vertrauen können. Ich kann sie kontrollieren. Sie wollen mir nichts Böses.

Mein Messer in meinem Psychotherapeuten. Doktor Hamann ganz tot. Das war mein Messer. Ich habe es im See versenkt.

Daniel konzentrierte sich auf seine Atmung. Sie wurde ruhig.

Oh Mann, dachte er, vielleicht bist du gar nicht verrückt – sondern schon längst tot. Irgend so ein Scheißtaliban hat dir den Schädel weggepustet. Du bist in dem verdammten Hinterhalt gestorben und das Ganze ist so eine Art Nahtoderfahrung.

Letzte chemische Prozesse eines Hirns, das großflächig auf einer Wand verteilt ist. Das ist deine letzte Reise und jetzt geht es ab in den Tunnel. Oder es ist schon das Jenseits. Ohne Jungfrauen. Für private Jungfrauen im Paradies hast du den falschen Glauben. Jedenfalls liegst du neben dem *Eagle* und dein Hirn klebt an der Wand. Aus dem Scheißafghanistan kommst du nicht mehr raus.

Freitag

Etwas zupfte an ihm. An seinem Ärmel. Daniel öffnete mühsam die Augen.

Keine Nacht mehr. Die Morgendämmerung schob sich in den nächsten Tag. Die Straße unter ihm war kalt. Die Haut auch. Sein Rücken war schon aufgewacht. Die Lendenwirbel schossen einen unnachgiebigen Schmerz durchs Rückenmark, der an seinem Kopf zerrte.

Ein Hund leckte ihm über das Gesicht. Die Zunge war warm und feucht. Der Hund stank aus dem Maul. Mit einem Ruck wurde er zurückgezogen.

Das Gesicht eines alten Mannes erschien über ihm.

»Geht es Ihnen gut?«

»Ja«, antwortete Daniel.

»Bleiben Sie ganz ruhig«, sagte der alte Mann.

»Ich bin ruhig.«

»Ich habe den Notarzt gerufen. Er wird gleich hier sein.«

Daniel setzte sich ruckartig auf. Die Bauchmuskeln spielten mit, aber der Rücken verbreitete den Schmerz an alle Nerven bis in die Zehen.

»Kein Notarzt.«

»Er wird gleich hier sein. Mein Sohn hat mir ein Seniorenhandy geschenkt. Große Tasten, wenig Funktionen. Damit wählt sich die Notrufnummer ganz einfach.«

Daniel stand mühsam auf. Die Beine waren eingerostet. Die Gelenke knacksten. Ein Kaltstart mit kaputter Maschine. Der Hund bellte, als würde sich ein Zombie auf ihn zu bewegen. So fühlte sich Daniel auch. Wie ein Untoter hob er den Rucksack auf. Alles an ihm war verlangsamt.

»Das sollten Sie wirklich nicht machen«, sagt der Alte. »Sie könnten eine Rückenverletzung haben. Die transportieren Sie mit Luftpolstern ab. Ich hab das im Fernsehen gesehen.«

Als Daniel sich bückte, um das Fahrrad aufzuheben, brüllten ihn die Rückenschmerzen genau so an, wie er es erwartet hatte. Wenigstens leistete das Bike keinen Widerstand.

»Sie wollen doch nicht einfach verschwinden?«, fragte der alte Mann entsetzt.

»Ich muss dringend weiter.«

»Aber ich habe den Notarzt gerufen. Wie schaut denn das aus?«

»Sagen Sie denen, ich sei verrückt.«

Nachdem Daniel schwer atmend ein paar Meter mit dem Rad zurückgelegt hatte, stellte er erstaunt fest, dass die Schmerzen nachließen. Vielleicht war nun auch sein eigener Rücken zum Feind übergelaufen. Immer in Bewegung bleiben. Vielleicht konnte er den Schmerzen entkommen, wenn er schneller fuhr. Die Eigensicherung hatte oberste Priorität.

Ein Krankenwagen mit Sirene und Blaulicht kam ihm entgegen. Daniel trat kräftiger in die Pedale. Er öffnete die Lider weiter, um den kalten Fahrtwind nicht gewinnen zu lassen. Die frische Morgenluft legte sich wie ein Wellnessprogramm über seine aufgequollenen Augen. Die Scherben der kaputten Bierflasche in seinem Rucksack klirrten.

Daniel bog in ein paar Nebenstraßen ab. Er hatte zwar noch nie davon gehört, dass ein Rettungswagen einen Verletzten verfolgte, aber bei einem Notruf wurde auch die Polizei verständigt. Die Häuser in den Seitenstraßen sahen so unbelebt aus, als wären sie evakuiert worden. An einer Bushaltestelle standen ein paar frierende Gestalten, die sich in ihr Bett zurückwünschten. Das Morgengrauen klebte an ihnen wie die Plakatwerbung für eine Geisterstadt.

Als Daniel in seine Straße abbog, sah er das schwarze Zivilfahrzeug, das Feller und Weber bereits bei ihren früheren Besuchen gefahren hatten, vor seinem Haus stehen. Einen Moment lang spielte er mit dem Gedanken, in die entgegengesetzte Richtung zu flüchten. Zurück in ein paar andere Seitenstraßen, in die man nicht freiwillig fuhr. Und dann ab ins Gelände. Mit dem

Rad kommt man an Stellen durch, da scheitert sogar ein Geländewagen. Immer nur fliehen ist keine Taktik. Und erst recht keine Strategie. Daniel fuhr an dem schwarzen Wagen vorbei bis zu seinem Gartentor. Als er vom Rad stieg, hörte er zunächst, wie sich die Türen des Autos öffneten und fast zeitgleich die Stimme von Kommissar Weber.

»Guten Morgen, Herr Schramm.«

Daniel drehte sich um.

Weber und Feller kamen auf ihn zu. Die Polizeihauptkommissarin blieb ein paar Meter hinter ihrem Kollegen stehen. Wahrscheinlich lernte man das in der Polizeischule.

»Sie sind aber früh unterwegs«, sagte Feller lächelnd.

»Sie aber auch.«

»Wenn man diesen Beruf wählt, lebt man mit ungewöhnlichen Arbeitszeiten. Und was treibt Sie so früh raus?«

»Sport. Ich bin in einem Alter, in dem ich auf meinen Körper achten muss. Von selbst macht er es nicht mehr.«

Daniel stellte das Rad neben dem Haus ab und kettete es an den Gartenzaun.

»Wir haben noch ein paar Fragen«, sagte Weber. »Würden Sie uns bitte zum Revier begleiten?«

»Natürlich. Wenn es der Wahrheitsfindung dient.«

Daniel lächelte. Weber verzog die Mundwinkel zu etwas Süßsaurem, das nur ansatzweise einem Lächeln glich. Feller war professioneller. Sie lächelte nicht.

»Ich muss nur noch mal rein«, sagte Daniel. »Dringend. Auf die Toilette.«

»Stört es Sie, wenn ich Sie begleite?«, fragte Weber.

»Klar stört mich das. Ich gehe gerne alleine aufs Klo. Sie nicht? Nach einem Auslandseinsatz weiß man seine Privatsphäre zu schätzen. Oder haben Sie was Schriftliches dabei?«

»Meinen Sie einen Durchsuchungsbeschluss oder einen Haftbefehl? Ich glaube, wir können beides bekommen«, polterte Weber nach vorne. Feller zog missbilligend eine Augenbraue nach oben. Nur einen kurzen Moment. Dann ging ihre Mimik wieder ins Neutrale über.

»Ich dachte eher an die Toilettenordnung«, antwortete Daniel.

Man konnte Weber genau ansehen, dass er total geladen war. Wahrscheinlich hatte er jahrelang daran arbeiten müssen, seinen Jähzorn einigermaßen in den Griff zu kriegen. Mit solchen Typen war Daniel nie gerne auf Patrouille gegangen. Sie waren ein Sicherheitsrisiko. In Uniform. Und mit einer scharfen Waffe im Anschlag.

»Wir haben nur ein paar Fragen, die wir nicht im Garten vor den Nachbarn stellen wollen«, sagte Feller.

»Soll das heißen, ich kann jetzt erst mal Pipi gehen?«

»Wir hatten nie vor, Sie daran zu hindern, in Ordnung?«

»An Ihrer Stelle würde ich Weber an der Terrassentür postieren. Wegen der Fluchtgefahr.«

»Überlassen Sie das mir.«

Erst nachdem die Haustür mit einem satten Schmatzer ins Schloss gefallen war, merkte Daniel, dass seine Blase tatsächlich einen Hallo-leer-mich-Ruf ausstieß. Auf dem Weg zur Toilette kam er an der Basisstation des Telefons vorbei. Das rote Lämpchen blinkte. Daniel drückte die Taste des Anrufbeantworters und eine Roboterstimme sagte:

»Anruf um zwei Uhr dreiundfünfzig.«

Scheiße, dachte Daniel. Wer ruft mich mitten in der Nacht an, während ich gerade bewusstlos auf der Straße liege?

»Sag der Polizei, dass du bei mir warst.«

Nur der eine Satz. Dann gleich wieder aufgelegt.

Melanies Stimme.

Daniel drückte *Repeat*.

Wieder Melanies Stimme.

»Sag der Polizei, dass du bei mir warst.«

Daniel rannte aufs Klo. Es war wirklich sehr dringend. Während das Bier und die Kälte der vergangenen Nacht aus ihm herausliefen, nahm er eine Computerspiele-Zeitschrift, die neben der Toilette lag und schlug sie wahllos auf. Ein angeblich superauthentischer Militärshooter, der Afghanistankrieg spielte, hatte höchste Bewertungen erhalten. Und eine Auszeichnung wegen »besonderer Atmosphäre«. Daniel musste lachen. Zurück am Telefon, drückte er erneut die Taste des Anrufbeantworters.

»Sag der Polizei, dass du bei mir warst.«

Nach der Wiedergabe löschte er die Nachricht.

Könnte Liebe sein. Oder etwas anderes. Eine Falle vielleicht. Konnte er Melanie trauen? Und warum wusste sie Bescheid? Oder ... was wusste sie eigentlich?

Daniel nahm den Telefonhörer, um Melanie anzurufen. Warum sollte sie ihn schützen wollen? Oder vielleicht doch lieber mit Timo telefonieren? Der kannte ihn wie kein anderer. Und zu Melanies seltsamem Verhalten hatte er bestimmt auch eine Meinung. Instinktiv. Timos Instinkte waren gut. Oder beide nacheinander anrufen. Timo und Melanie. Nur kurz. Die da draußen hatten keinen Haftbefehl. Er konnte so lange telefonieren wie er wollte. Dann kroch der Zweifel neben den Schmerzen das Rückgrat entlang und Daniel stellte den Hörer zurück auf die Station. Wenn das Telefon abgehört wird, würde ich mich nur verraten, dachte Daniel. Wie kommst darauf, dass du dich verraten könntest! Du bist kein Mörder, du warst nur zur falschen Zeit am falschen Ort. Und du hast versucht, etwas zu vertuschen. Du hast Beweismittel vernichtet. Du hast so gehandelt, wie es ein Mörder tun würde. Instinktiv. Vor Gericht würde man es vielleicht »kaltblütig« nennen. Bei dem Gedanken fiel ihm ein, wie kaltblütig er wirklich war. Eine Nacht auf kaltem Asphalt steckte ihm in den Knochen. Er zog sich seine schwarze Outdoor-Jacke über. Regendicht mit verschweißten Nähten. Windabweisend und extrem atmungsaktiv. Mit so einer Jacke kam man durch jedes Wetter. Und durch jeden Tag. Hätte ich die Jacke vergangene Nacht getragen, als ich auf der Straße lag, würden meine Schultergelenke vielleicht nicht ununterbrochen knacken, dachte Daniel.

Er ging zur Tür. Die beiden Polizisten standen nebeneinander da, ohne sich zu unterhalten.

»Sie haben ja Herrn Weber nicht an der Hintertür postiert.«

»Danke für den Rat«, antwortete Polizeihauptkommissarin Feller, »aber ich vertraue Ihnen. Sollte ich das nicht?«

»Doch, ist schon okay, denke ich.«

»Sind Sie dann so weit?«

»Ja. Kann ich mit dem Rad fahren?«

Blut schoss in Webers Kopf. Vorher unsichtbare Adern schwollen an. Weber machte einen Schritt auf Daniel zu, aber Feller hielt ihn mit einer leichten Berührung am Arm zurück.

»Natürlich«, sagte sie.

• • •

In Fernsehkrimis finden Verhöre meistens in dunklen, überdimensionierten, fensterlosen Räumen statt, die von Kameras überwacht werden. An einer Wand des Raums hängt ein riesiger Spiegel, hinter dem die Polizisten den Zeugen beobachten, um irgendwelche Erkenntnisse daraus zu ziehen, wie sich der Zeuge verhält, während er einsam vor einem viel zu großen Tisch sitzt. Daniel war nie ganz klar gewesen, was das für Erkenntnisse sein sollten.

In echt war es anders. Polizeihauptkommissarin Feller und Kommissar Weber teilten sich ein mickriges Büro. Zwei Bildschirmarbeitsplätze mit Computern, die wahrscheinlich nicht mehr auf dem neuesten Stand waren. Durch zwei Fenster hatte man eine gute Aussicht auf eine breite Ausfallstraße. Die ortskundigen Autofahrer bremsten ab und passten sich der Richtgeschwindigkeit an, sobald sie sich der Polizeiwache näherten. Die anderen Autofahrer überholten angstfrei. Das Büro könnte mal wieder einen frischen Anstrich gebrauchen, dachte Daniel. Und neue Büromöbel. Die Schreibtische stammten aus dem Büromöbel-Paläozoikum. Feller und Weber starrten Daniel erwartungsvoll an. Dabei hatten sie noch gar nichts gefragt. Daniel saß auf einem unbequemen Holzstuhl. Wenigstens das war wie im Film. Auf Fellers Seite hing ein großer Kalender, dessen aktuelles Bild eine von Baumwurzeln überwachsene Buddhastatue in Thailand zeigte. Dagegen konnte der Bayern-München-Kalender mit einem Foto des ballführenden Bastian Schweinsteiger an der Wand hinter Weber natürlich nicht punkten.

»Was haben Sie gestern gegen achtzehn Uhr gemacht?«, fragte Weber.

»Warum wollen Sie das wissen?«

»Sie könnten mir auch einfach antworten. Oder haben Sie ein schlechtes Gewissen?«

Daniel wandte sich an Hauptkommissarin Feller.

»Was meinen Sie, ist es besser, einen Rechtsanwalt hinzuzuziehen?«

»Das bleibt Ihnen überlassen.«

»Mir gefällt das Foto von der Buddhastatue. Christen würden nie zulassen, dass ein Steinkreuz von einem Baum gefressen wird. Höchstenfalls von Moos überwuchert. Und die Taliban sprengen Buddhastatuen, wo sie sie antreffen.«

Weber musste extra einen Kugelschreiber vom Schreibtisch nehmen, um ihn sofort wieder darauf zurückzuwerfen.

»Was soll das?«, brüllte er. »Wollen Sie uns verscheißern?«

»Mit Ihnen rede ich doch gar nicht. Sie sind Bayern-Fan. Von Buddhismus haben Sie keine Ahnung.«

Weber sprang aus seinem Schreibtischstuhl, aber nachdem er aufgesprungen war, wusste er nicht, was er machen sollte.

»Ihr Therapeut Doktor Hamann ist gestern Opfer eines Gewaltverbrechens geworden«, sagte Feller.

Weber stand hilflos neben seinem Schreibtisch.

»Also ist er tot«, sagte Daniel. Plötzlich musste er den Gedanken verdrängen, dass Lügen nicht seine Stärke war. Während seiner Ehe mit Melanie war er ihr einmal untreu gewesen, nur ein One-Night-Stand, aber die volle Katastrophe. Ausreden waren nicht sein Fachgebiet.

»Das habe ich nicht gesagt«, antwortete Feller.

»Aber wir sitzen so feierlich hier. Ich kenn das. Wenn es feierlich wird, ist jemand gestorben.«

»Stimmt. Er ist tot.«

Weber ließ sich in seinen Schreibtischstuhl fallen. Er sah nicht zufrieden aus.

»Sie sehen nicht sehr betroffen aus«, sagte Feller.

»Als Soldat gewöhnt man sich an Verluste. Nein, nicht wirklich. Deshalb war ich bei Doktor Hamann in Therapie. Man hat ein paar Werkzeuge gegen den Tod. Ein paar einstudierte psychologische Tricks. Man behilft sich, aber die Scheiße bleibt trotzdem an einem kleben.«

»Wo waren Sie gestern um achtzehn Uhr?«

»Zuerst eine kleine Radtour. Um achtzehn Uhr war ich bei meiner Frau.«

»Sie meinen Ihre Ex-Frau?«

»Wir sind ja noch nicht geschieden.«

»Was war der Grund Ihres Besuchs?«

»Wir haben eine gemeinsame Tochter. Ab und zu muss man kommunizieren.«

Weber beugte sich nach vorne und starrte Daniel an.

»Ich glaube Ihnen kein Wort«, sagte der Polizist. »In Doktor Hamanns Terminkalender steht Ihr Name. Gestern. Achtzehn Uhr.«

Daniel zuckte mit den Schultern.

»Ich habe den Termin abgesagt.«

»Telefonisch?«

»Nein, persönlich. Ich bin kurz mit dem Rad vorbeigefahren. Schon am Vormittag.«

»Wo waren Sie gestern um achtzehn Uhr?«

»Hab ich doch schon gesagt. Ich war bei Melanie.«

Weber schnaubte. Seine Nasenflügel bebten. Eine Ader an seiner Stirn schwoll an. Das ging schnell bei ihm.

»Bitte überprüfen Sie das«, sagte Feller.

Weber stand auf und ging hinaus.

Daniel wurde bewusst, dass er in der Falle saß. Melanie brauchte nur seine Angaben nicht zu bestätigen und schon würde ihn eine Indizienkette wegbomben. Der Hauptverdächtige war er sowieso schon. Hatte Melanie Gründe, um sich an ihm zu rächen, hatte sie? Daniel begann, unter der Outdoor-Jacke zu schwitzen, so atmungsaktiv sie auch sein mochte.

Feller sah Daniel eindringlich an.

»Sie interessieren sich für Religionen?«, fragte sie schließlich.

Daniel zuckte mit den Schultern.

»Das ist ja auch eine Art Glaubenskrieg, den wir dort unten führen. Da denkt man zwangsläufig über so was nach. Die Taliban wissen genau, wofür sie kämpfen. Bei uns ist es nicht immer so eindeutig.«

Feller nickte, als wäre sie zufrieden mit der Antwort.

»Welches Verhältnis hatten Sie zu Doktor Hamann?«

»Er hat mir geholfen.«

»Von seinem Telefon aus wurde etwa zum Zeitpunkt seines Todes noch einmal telefoniert. Und das ist der Grund, warum wir Sie als Ersten befragen.«

»Tatsächlich?«

»Jemand hat von seinem Anschluss die Telefonnummer angerufen, die Sie uns gestern gegeben haben.«

Feller hob eine Klarsichthülle mit einem kleinen rosa Zettel hoch. Daniel erkannte sofort seine Schrift.

»Können Sie sich das erklären?«

»Timo hat das Gleiche erlebt wie ich. Die einen stellen sich dem Trauma früher, die anderen später. Vielleicht hat Doktor Hamann zurückgerufen.«

»Aber Timo wohnt doch sehr weit weg. Warum hat er sich dann ausgerechnet an Doktor Hamann gewendet?«

»Ich habe ihn empfohlen. Und Timo kann jederzeit bei mir übernachten.«

Feller stand auf.

»Wissen Sie, welches Bild als Nächstes auf dem Kalender kommt? Schon ein komischer Zufall.«

Hauptkommissarin Feller hob die aktuelle Seite hoch. Sie las die Bildunterschrift vor: »Verschleierte Frauen in der Nähe von Sanaa. Jemen. *Jemen* in Klammern.«

Die Frauen waren bis auf die Augen verschleiert. Man konnte unmöglich sagen, ob sie sich vor der Kamera ängstigten oder ob sie mit ihr flirteten.

Feller klappte das aktuelle Kalenderblatt wieder herunter. Buddha war immer noch gelassen. Die Polizistin setzte sich in ihren Schreibtischstuhl.

»Wir haben Ihren Freund Timo überprüft. Natürlich waren wir wegen des Ergebnisses erstaunt, weil Sie uns selbst die Information gegeben hatten.«

»Ich verstehe nicht ganz, worauf Sie hinauswollen.«

»Timo Fuchs ist bei einem Einsatz in Afghanistan gefallen.«

Daniel schüttelte heftig den Kopf.

»Nein, das stimmt nicht. Da haben Sie den falschen Timo überprüft.«

»Sie waren sein Vorgesetzter und haben ebenfalls an dem Einsatz teilgenommen, bei dem Herr Fuchs ums Leben kam. Er ist in Ihren Armen verblutet.«

Daniel biss fest auf seinen Zeigefinger, um sicherzugehen, dass er sich nicht mitten in einem Albtraum befand. Als er den Finger wieder aus dem Mund nahm, begann die Bisswunde zu bluten.

»Das kann nicht stimmen. Ich telefoniere doch regelmäßig mit ihm. Sie haben den Falschen überprüft.«

Sie griff in eine Ablage neben sich, nahm ein Fax von einem Papierstapel und legte es vor Daniel auf den Schreibtisch.

»Das ist die Antwort auf unsere Anfrage bei der Bundeswehr.«

»Ich muss mir das nicht ansehen«, sagte Daniel, »das ist ja nur ein Trick.«

Daniel nahm das Schriftstück und zerriss es. »Ich muss mir das nicht ansehen.«

»Das war nur eine Kopie. Vielleicht sollten Sie doch einen Anwalt hinzuziehen«, sagte Feller ungerührt.

»Timo ist nicht tot!«, schrie Daniel. »Das sind schmutzige Verhörmethoden. Nichts weiter.«

»Der Festnetzanschluss, den Sie jeden Abend anrufen, ist seit Monaten stillgelegt.«

Feller nahm das schnurlose Telefon von der Ladestation.

»Wollen wir es ausprobieren?«

Mit einem kräftigen Ruck wurde eine Tür hinter Daniel geöffnet. Weber kam herein und ließ sich schlecht gelaunt auf seinen Schreibtischstuhl fallen.

»Die Ex-Frau hat die Angaben bestätigt.«

»Ich bin noch mit ihr verheiratet«, sagte Daniel.

»Die Ehefrau hat die Angaben bestätigt«, korrigierte sich Weber.

Feller schürzte die Lippen. Das hätte Buddha nie gemacht.

»Haben Sie noch Fragen an mich? Ich würde gerne gehen.«

Weber beugte sich vor.

»Ja. Macht es Ihnen etwas aus, uns Ihr Messer zu überlassen?«

»Ich habe viele Messer. Eins zum Brotschneiden, weil ich Brotschneidemaschinen nicht vertraue. Und so ein kleines aus dem Schnäppchenmarkt, ist aber super für Tomaten. Und natürlich mein Schweizer Offiziermesser.«

Weber griff in seine Ablage und knallte ein Foto vor Daniel auf den Tisch.

»Sie wissen genau, wovon ich rede. Haben Sie so ein Messer? NATO-Kampfmesser. Flach, leicht, gute Balance. Schwarz beschichtete Klinge aus rostfreiem Stahl. Im hinteren Bereich ein bissiger Wellenschliff.«

Daniel nahm das Foto und schaute es sich an.

»Nein, antworten Sie nicht drauf!«, sagte Weber mit erhobenem Zeigefinger. »Es wäre nicht fair, wenn ich Ihnen nicht noch eine weitere Information geben würde. Wir haben mehrere Personen, die bezeugen können, dass Sie im Besitz eines solchen Messers sind.«

»Super Messer. Ich hab's verloren.«

»Wo?«

»Keine Ahnung. Sonst hätte ich es mir ja wiedergeholt.«

»Man verliert ein über dreißig Zentimeter langes Messer normalerweise nicht einfach so.«

»Normalerweise. Aber ich bin psychisch labil.«

Weber nahm das Foto des Messers wieder und sah es sich kurz an. Dann legte er es zurück auf die Ablage.

»Wir werden das Messer finden.«

Daniel nickte.

»Gut«, sagte er. »Kann ich es dann wiederhaben, wenn Sie mit den Untersuchungen fertig sind?«

• • •

Am Berg gab Daniel nicht nach. Er versuchte, die Geschwindigkeit zu halten. Und ignorierte die Prellungen, die ihn bremsen wollten. Die schmerzenden Lungenbläschen. Die meuternden Lendenwirbel. Er fuhr wie ein Verrückter. Wie ein Verrückter, der gerade eben erfahren hatte, dass die Grundmauern seiner implodierten Psyche noch löchriger waren als sowieso schon befürchtet. Schweißtropfen liefen ihm von der Stirn in die Augen. Bergab kühlte der Fahrtwind den Schweiß, bis er sich wie eine Metallhaut anfühlte. Ironman, dachte Daniel. Er legte sich in die Kurven. Nach den Kurven wieder treten. Vor einem schicken Haus mit einem überdimensionierten Wintergarten bremste er so stark, dass das Hinterrad ausbrach und er sich gerade noch mit einem Bein abfangen konnte. In dem Haus lebte Melanie mit Rainer. Und natürlich mit Lea. Daniel war noch nie zu Besuch gewesen, aber er hatte sich den neuen festen Wohnsitz seiner Frau und seiner Tochter auf Maiks Notebook angesehen. Mehrmals. Google Earth gibt dir das Gefühl dazuzugehören, selbst wenn du nicht mehr dazugehörst. Oder wenigstens eine Ahnung davon, wie die Welt unzerstört sein könnte.

Maik hatte gesagt: »Das bringt nichts, wenn du dir die ganze Zeit das Luftbild anschaust«. Und neue Musik aufgelegt. Wenigstens war das Haus bei Street View verpixelt. Das schob dem bodennahen digitalen Geglotze einen natürlichen Riegel vor.

Daniel lehnte das Rad an den Gartenzaun. Genau genommen ließ er es dagegen fallen. Nicht mal Zeit zum Absperren. Er rannte zur Eingangstür und klingelte. Als Melanie die Tür öffnete, sah er sofort, dass sie geweint hatte. Daniel verspürte den Impuls, sie zu trösten. Oder wenigstens, sie zu beschützen, wenn sie das Trösten nicht zuließ. Fast hätte er sie umarmt. Melanie packte Daniel am Ellbogen und zog ihn in den Hausflur. Schnell schloss sie die Tür. Als würde sie einen Verfolger loswerden wollen.

»Was ist passiert?«, fragte Daniel.

»Lea ist verschwunden.«

»Verschwunden?«

»Sie ist gestern nach dem Gitarrenunterricht nicht nach Hause gekommen.«

»Hast du die Polizei angerufen?«

»Ja, um dich zu entlasten.«

Plötzlich gab sie ihm eine schallende Ohrfeige. Mit voller Wucht. So fest sie konnte.

»Wir müssen sofort die Polizei informieren«, sagte Daniel.

»Dann bringt er sie um!«, fauchte Melanie ihn an.

»Wer?«

»Der Anrufer.«

»Der Anrufer?«

»Der Entführer.«

Daniel spürte, wie der Atem an einem ungewissen Ort in seinem Körper hängen blieb. Er umarmte Melanie, obwohl er es eigentlich nicht wollte, aber es passierte einfach. Ihre Tränen liefen an seinem Hals hinunter. Hinein in sein T-Shirt. Daniel wusste nicht, was er mit seiner Atmung machen sollte. Sie funktionierte einfach nicht mehr.

Irgendwann konnte Daniel wenigstens seine Muskeln wieder kontrollieren, die minutenlang nur gezittert hatten. Er drückte Melanie weg.

»Hat der Kerl irgendwelche Forderungen gestellt?«

Melanie verzog verächtlich die Mundwinkel.

»Das solltest du am besten wissen. Er wollte, dass ich dir ein Alibi verschaffe. Du bist gestern Abend bei mir gewesen, nicht wahr? Das sollte ich zumindest der Polizei erzählen.«

Daniel versuchte zu schlucken. Es ging nicht richtig. Sein Hals war verstopft. Sein Hirn auch. Er verstand überhaupt nichts mehr.

»Du bringst kein Glück«, sagte Melanie.

»Nein, ich bring kein Glück.«

»Was hast du getan, für das wir bezahlen müssen?«

»Ich weiß es nicht.«

»Was hast du getan?«

Melanie prügelte mit den Fäusten wild auf Daniels Brust. Dabei schrie sie. Erst als ihr die Luft ausging und sie atmen musste, ließ sie ihre Fäuste sinken. Auch danach zitterte sie noch. Einen Moment lang war sich Daniel nicht sicher, ob Melanie durchgeschüttelt wurde oder das Haus, die Umgebung, alles. Dann hielt sie wieder die Luft an, stand ganz still, bis es aus ihr herausplatzte. Diese ganzen Tränen, die sie ein paar Momente zuvor noch zurückhalten hatte können. Daniel wusste nicht, was er machen sollte. Einmal fuhr er ihr übers Haar, aber Melanie schüttelte entschieden den Kopf. Daraufhin steckte er seine Hände in die Hosentaschen. Ich würde gerne heulen, dachte er, aber ich muss professionell bleiben. Er hasste seine Ausbildung.

Seine Hände fuhren nervös in den Taschen auf und ab. Melanie wischte mit einem Ärmel über ihr Gesicht.

»Sag mir, dass du damit nichts zu tun hast!«, forderte sie ihn eindringlich und sehr leise auf.

»Womit?«

»Du hast Lea nicht entführt.«

»Nein.«

»Du wirst ihr auf keinen Fall etwas antun.«

»Niemals würde ich ihr etwas antun.«

»Sag noch mal *niemals*.«

»Niemals.«

»Du hast nichts damit zu tun?«

»Ich liebe Lea.«

Melanie holte ein Handy aus ihrer Jackentasche und gab es Daniel.

»Das Handy war heute Morgen im Briefkasten. Er hat gesagt, er würde dich darauf anrufen. Er will mit dir reden. Wenn du damit zur Polizei gehst ...«

»Ich geh nicht zur Polizei.«

»... dann ...«

»Schon gut. Ich bringe unsere Tochter zurück.«

Melanie fuhr sich durchs Haar. Dabei riss sie sich ein paar Strähnen aus, die zwischen ihren Fingern baumelten.

Daniel checkte das Handy. Ein Allerweltstelefon, wie man es in jedem Handyladen kaufen konnte. Seine Finger waren zittrig. Ein paar Mal vertippte er sich. Eine Prepaid-SIM-Karte ohne Gesprächsguthaben. Mit dem Daumen schob er den Deckel von der Rückseite des Mobiltelefons und entfernte den Akku. Eine ausländische SIM-Karte. Irgendein bulgarischer Telefonbetreiber. Die aufgedruckten Nummern waren weggekratzt und zusätzlich mit Filzstift unkenntlich gemacht worden.

»Ich hab versucht, mit dem Handy auf unserem Festnetz anzurufen, um die Nummer zu speichern«, sagte Melanie, »aber ...«

»Der Drecksack ist zu clever, um an so was nicht zu denken. Er ist überhaupt gut vorbereitet.«

»Was willst du tun?«, fragte Melanie.

»Wenn ich die Gelegenheit habe, töte ich ihn«, antwortete Daniel.

»Töten?« Melanie stieß ein kurzes, hysterisches Lachen aus. »Wenn ich die Gelegenheit hätte, würde ich dem Wichser bei lebendigem Leib die Augen auskratzen und die Eier zerfetzen.«

»Ja«, sagte Daniel, »besser wir bleiben cool.«

»Cool bleiben. Wie stellst du dir das denn vor? Unsere Tochter ist entführt worden.«

Daniel verbesserte sich.

»Wir können nur warten.«

Schon während er das Wort WARTEN sagte, fand er es unerträglich. Melanie schluckte.

»Ich hab schon eine ganze Nacht gewartet. Du weißt noch nicht, wie sich Warten wirklich anfühlt.«

Ihr Kiefer, ihr ganzer Körper, alles begann zu zittern und sie weinte wieder. Sie sollte mich weiterschlagen, dachte Daniel. Dann wäre es irgendwie leichter. Ich bin schuld. Ich bin schuld. Ich bin schuld. Daniel streichelte ihr übers Haar. Diesmal wehrte sie sich nicht. Das Streicheln fühlte sich komisch an. Das Sich-nicht-Wehren ebenfalls. Ich bin schuld.

»Ich hab noch eine blöde Frage. Ist Timo wirklich tot?«

»Warum kommst du jetzt damit? Wir durften monatelang nicht darüber reden.«

»Also ist er wirklich tot?«

»Was glaubst du, wo deine posttraumatischen Belastungsstörungen herkommen? Die ganze Scheiße.«

»Ich hatte es vergessen.«

»Vergessen? Wie lange hast du seine Hauptschlagader abgedrückt? Sie haben dich von seiner Leiche wegzerren müssen.«

Daniel nickte.

»Okay. So was wird mir nicht mehr passieren.«

Zunächst schluchzte Melanie, dann presste sich ein lang gezogener Schrei aus ihrem Kehlkopf.

»Ich verliere alles. Mein armes Mädchen.«

Daniel fasste Melanie mit beiden Händen an den Schultern. Er schüttelte sie. Nur ganz leicht. Melanie sah ihn an.

»Ja, ich bin ein gestörter, durchgeknallter Typ. Aber ich krieg das auf die Reihe. Ich bin ihr Vater. Die beste Wahl für diesen Einsatz.«

Daniel war selbst erstaunt, wie ruhig er das gesagt hatte.

»Du kannst nicht richtig denken.«

»Aber ich kann richtig fühlen.«

Als Daniel aufs Rad stieg, fühlte er nur Angst. Er wollte keine Toten mehr sehen. Vor allem keine toten Kinder. Am wenigsten seine Tochter. Kinder sterben nicht vor den Eltern. Nicht in einem hoch entwickelten Land. Nicht im Frieden. So sehr wie in diesem Moment hatte er noch nie gespürt, was Liebe war. Wenn wirklich ein abgespaltenes Teil seiner Persönlichkeit hinter diesem ganzen Leiden stecken sollte, dann würde er es in die Hölle schicken. Dieses scheißverkommene Ich. Er würde keine Gnade kennen. Mit sich. Oder mit einem anderen.

Jeder Tritt in die Pedale machte ihn entschlossener. Okay, seine Seele war zerbombt, aber seine Muskeln waren trainiert. Und sein Gehirn war hellwach, bis auf den einen oder anderen Abschnitt vielleicht. Timo würde er nicht mehr anrufen. Keine Leitungen, keine Synapsen blockieren. Wann klingelte das verdammte Handy endlich?

Der Entführer wollte mit ihm allein sein. Gerne, dachte Daniel. Er hatte noch nie jemanden töten wollen, auch nicht, als er Soldat war. Jetzt war es anders.

Um sich zu beruhigen, flüsterte er die sieben Tugenden des Samurais vor sich hin, während seine Beine das Rad antrieben:

Gi – Die rechte Entscheidung aus der Ruhe des Geistes.

Yu – Mut, Tapferkeit und Heldentum.

Jin – Das Mitleid, die Liebe und das Wohlwollen.

Rei – Die Höflichkeit und das rechte Verhalten.
Makoto – Die vollkommene Aufrichtigkeit.
Meiyo – Ruhm und Ehre.
Chugi – Pflichtbewusstsein, Loyalität und Hingabe.

Für Passanten musste es blöd aussehen, wenn ein Radfahrer Selbstgespräche führte. Es war Daniel egal.

Ein wahrer Samurai sollte frei von jeder Angst sein und keinen Grund haben, krampfhaft am Leben festzuhalten. Für ihn ist es gleich, ob heute oder morgen sein letzter Tag ist. Seine Bereitschaft zu töten sollte ebenso gefestigt sein wie seine Bereitschaft, selbst in den Tod zu gehen.

• • •

Daniel klingelte. Keine Reaktion. Daniel klingelte noch mal. Diesmal ließ er den Finger länger auf dem Klingelknopf. Keine Musik. Wenn Maik zu Hause war, lief immer Musik. Er wartete eine halbe Minute, bevor er Maiks AC/DC-Schlüsselanhänger aus der Hosentasche holte. Daniel ging in die Hocke und versuchte, durch den schmalen Spalt zwischen dem Türrahmen und der Piratenflagge etwas durch das Glas zu erkennen. Nur die Tapete im Flur. Vorsichtig steckte er den Schlüssel ins Schloss. Das Geräusch war zu laut. Es war auf jeden Fall in der gesamten Wohnung zu hören. Daniel sperrte auf und öffnete langsam die Tür.

»Maik?«, fragte er argwöhnisch in den Flur. Der Flur war leblos. Er sah so aus, als müsste er wiederbelebt werden. Zögernd trat Daniel auf den PVC-Boden. Kein Knarren, wie es sich für so einen Moment gehörte. Mittlerweile rechnete er damit, überall Leichen zu finden.

»Maik?«, fragte Daniel noch einmal, nachdem er zwei Schritte in den Flur gemacht hatte. Nichts. Irgendwo ein Surren, nur ganz leise. Das Geräusch machte die Wohnung noch verlassener. Abweisender. Daniel holte sein Schweizer Offiziersmesser aus der Tasche und klappte die große Klinge auf. Langsam ging er durch den Gang. Die Plakate schienen lebendig zu sein. Ian Curtis schaute ihm mitleidig hinterher. So weit wirst du auch noch kommen, flüsterte sein Blick. Die Blues Brothers verfolgten jeden seiner Schritte hinter ihren dunklen Sonnenbrillen und machten Witze hinter seinem Rücken. Der große Fisch aus dem Giant-Sand-Konzertplakat schwamm von links nach rechts durch den Flur. Die verdammte Wohnung war ein Aquarium. Seine Schritte gedämpft wie unter Wasser. Als würden sie gar nicht richtig stattfinden. Als würde sich Wasser gegen jede seiner Bewegungen stemmen.

Der Küchentisch hätte in einer Geisterstadt stehen können, die von einem Moment auf den nächsten verlassen worden war. Vielleicht weil sie überflutet wurde. Unterwasser-Archäologie. Das Frühstück war noch nicht abgeräumt. Eine Kaffeetasse. Eine Müslischüssel. Ein Aschenbecher. Daniel folgte dem leisen Surren ins Wohnzimmer. Das Notebook im Energiesparmodus. Sonnenlicht fiel durchs Fenster. Staubkörner schwebten über dem Wohnzimmertisch. Wie Plankton.

Daniel hatte Angst, ins Schlafzimmer zu gehen. Langsam öffnete er die Tür. Keine Leiche auf dem Bett. Nirgendwo Blutspuren. Auf dem Nachtkästchen lag *Die Hyperion-Gesänge* von Dan Simmons. Maik las sie bereits zum zweiten Mal. Sein Buch für die einsame Insel, hatte er gesagt. Daniel wünschte sich genug Konzentration, um auch so ein dickes Buch lesen zu können. Die Konzentration war bei einem Auslandseinsatz auf der Strecke geblieben. Ein Buch für die einsame Insel hätte jeder gern.

Plötzlich quietschte etwas unglaublich laut. Als würde jemand direkt neben seinem Ohr ein Quietscheentchen zusammendrücken. Daniel fuhr herum. Erst in diesem Moment wurde ihm bewusst, dass er das Messer immer noch in seiner Hand hatte. Es quietschte erneut. Das Handy. Blöder Klingelton. Er holte das Mobiltelefon aus seiner Tasche und drückte auf *Annehmen*.

»Hallo«, sagte Daniel.

»Ich wollte nur sichergehen, dass du das Handy hast.«

Es knisterte laut in Daniels Ohr. Die Stimme war verzerrt. Lustige Stimmenverzerrer konnte man sich überall herunterladen. Den Saw-Stimmenverzerrer. Den Funny-Voice-Stimmenverzerrer. Alles, was der tüchtige Stalker braucht. Oder der Entführer. Daniel hasste das Internet.

»Was soll ich tun?«

»Nichts. Warten.«

Knacken.

»Hallo?«

Der Anrufer hatte aufgelegt.

Daniel steckte das Handy in seine Tasche. Danach klappte er das Schweizer Offiziersmesser zusammen.

Dabei sagte er laut: »Ich mach dich fertig, Arschloch.«

Das erste Mal an diesem Tag schien die Wohnung kein Aquarium zu sein.

Daniel beschloss, nicht auf Maik zu warten, sondern setzte sich an dessen Notebook und begann zu googeln.

Die Presseberichte.

Die toten Frauen.

Ihre Lebensgefährten. Jeder hatte vor den Morden unglaublich viele Facebook-Einträge. Danach nur noch große Leere. Keiner veränderte seinen Status mehr.

Die Suche im Internet war Daniel bereits zur Routine geworden.

Noch mal die toten Frauen. Auf den Fotos sahen sie lebendig aus. Das Internet vergisst nichts. Daniel musste an Lea denken. Sie war noch am Leben. Vielleicht. Hoffentlich. Sie musste noch am Leben sein. Bei diesem Gedanken übergab er sich in den Papierkorb. Er konnte sich nicht erinnern, wann er das letzte Mal etwas gegessen hatte. Der Blick in den Papierkorb gab keinen Aufschluss.

Daniel googelte die Organisationen, in denen die jungen Männer aktiv waren. Alle waren miteinander verlinkt, aber er konnte keinen klaren Gedanken fassen, den Links nicht folgen.

Tiefe Furcht hatte sich in seinem Betriebssystem eingenistet. Er hatte Angst davor, Lea zu beerdigen. Dagegen war die Aussicht selbst zu sterben eher so etwas wie ein Versprechen. Wenn der Scheißkerl wieder anruft, schlägst du ihm einen Geiseltausch vor, dachte Daniel.

Aber der Scheißkerl rief nicht an.

»Du weißt noch nicht, wie sich Warten wirklich anfühlt«, hatte Melanie gesagt. Jetzt wusste er, was sie meinte. Obwohl er schon oft genug gewartet hatte. Auf einen Einsatzbefehl. Auf Verstärkung. Vor einem Feldlazarett. Irgendjemand hatte beschlossen, dass Daniel noch nicht genug gewartet hatte. Bisher war er beim Warten meistens in einer Reihe gestanden. Das war Geduld in ihrer geordneten Form. Nun wurde er von der Langsamkeit der Zeitvergehgeschwindigkeit terrorisiert, aber es half nichts, rumzubrüllen. Ganz wahnsinnig zu werden. Er durfte auf keinen Fall die Geduld verlieren. Jeder falsche Schritt würde Lea gefährden. Alles vermintes Gelände.

Daniel googelte wild weiter. Er wünschte sich, die verdammte Suchmaschine in die Luft heben zu können wie einen Umzugskarton. Umdrehen und schütteln, bis alles herausfällt.

Immer wieder nur die gleichen Fotos, die gleichen Zeitungsberichte. Nur die Geschwindigkeit, mit der sie Daniel aufrief, wurde schneller.

Daniel stand auf und ging in die Küche, um sich ein Bier zu holen. Angeblich förderte das erste Bier die Konzentration. Es beruhigte. Er musste ruhig werden. Denken half vielleicht.

An der Kühlschranktür fiel sein Blick auf die Magnetbilder, die darauf angebracht waren:

Homer Simpson. *Me Hungry.*

Eine grüne Heuschrecke.

Ein ostdeutsches Ampelmännchen. Gehend. Auch grün.

Das mit verschiedenfarbigen Magnetbuchstaben wellenförmig gesetzte Wort *HiStoRy.*

Ein Pin-up-Sticker. Eine Blondine mit hochgesteckten Haaren

und großen Titten seift einen Fünfzigerjahre-Cadillac ein. Viel Chrom. Heckflossen. Und natürlich Titten.

Der ganze Kühlschrank war ein Gesprächsangebot.

Daniel öffnete die Kühlschranktür, holte eine Bierflasche heraus und öffnete sie mit einem Flaschenöffner, der an der Wand neben dem Kühlschrank in einer Halterung steckte. Erst nach dem Öffnen der Flasche schloss Daniel den Kühlschrank. Eigentlich Energieverschwendung.

Sein Blick fiel erneut auf die bunten Magnetbuchstaben. Seit Daniels letztem Besuch waren sie neu angeordnet worden. Vielleicht nur Zufall.

HiStoRy.

Maik wusste, dass er sich für Geschichte interessierte. War das eine Nachricht?

Daniel nahm einen Schluck aus der Bierflasche. Sofort tat es ihm gut.

Wenn es eine Nachricht sein sollte, dann war sie nicht sehr erhellend. So schlau, dass die ganze Scheiße mit Geschichte zu tun haben könnte, womöglich mit seiner eigenen, so schlau war Daniel auch ohne Kühlschrankdepeschen. Afghanistan. Scheißgeschichte. Natürlich ist man erst hinterher schlauer. Wahrscheinlich macht in zweihundert Jahren der History Channel eine zehnteilige Reihe aus dem Afghanistan-Krieg. Mit einer neutralen Sicht auf die tatsächlichen Ereignisse. Daniel war nicht neutral. Selbst, was die tatsächlichen Ereignisse anging.

Das Wort *HiStoRy* klebte wie Scheiße am Kühlschrank.

Was wollte Maik damit sagen? War es eine Art Code?

Daniel trank noch einmal. Allmählich straffte das Bier die Konzentration. Botox-Behandlung fürs Hirn.

Mit zusammengekniffenen Augen musterte Daniel die bunten Magnetbuchstaben. Er rieb sich über das Kinn. Die Bartstoppeln knisterten laut. Wann hatte er sich das letzte Mal rasiert? Bevor oder nachdem er etwas gegessen hatte?

HiStoRy.

Daniel ging zurück zum Notebook und rief im Browser die History auf. Vor ihm erschien die Liste der zuletzt durchgeführten Aktionen. Heute. Gestern. Letzte sieben Tage. Letzte sechs Monate. Älter als sechs Monate. Das Netz vergisst nichts. Vor allem, wenn man sich wie Maik keine Mühe machte, seine eigene Geschichte zu verbergen.

Daniel klickte auf *Heute*. Sofort erschien der digitale Verlauf des Tages. Die seit Mitternacht aufgerufenen Seiten.

Afghanistan.

Afghanistan.

Interessiert beugte sich Daniel nach vorne.

Seine eigenen Einsätze. Die Presseberichte darüber. Ein Video bei YouTube, das während einer Party im Camp mit einer Handykamera aufgenommen worden war. Scheppernder Blechsound. Das Handy kam mit der Lautstärke nicht zurecht. Mit dem Gegröle der Betrunkenen. Den vielen Geräuschen. Nur selten konnte man die Songs erkennen. Kunz. Pöhlmann. Timo. Er selbst. Alle tanzen. Saufen. Dauernd Bierbüchsen in der Hand. Ständig fotografieren oder filmen sich die Soldaten mit dem Handy. Vielleicht, um das Leben zu konservieren. Daniel sieht im Video jünger aus. Sogar jünger, als er sich in Erinnerung hatte.

Daniel dachte nach. Noch ein Schluck Bier zur Unterstützung. Schon während des Trinkens weiterdenken.

Warum hat sich Maik dieses Video angeschaut? Was hat eine Party in einem ISAF-Camp mit drei ermordeten jungen Frauen in Deutschland zu tun? Mit Timo Fuchs, Alexander Pöhlmann und Sven Kunz? Wenn man wusste, dass sie alle ein paar Wochen später tot waren, sah das Video aus wie die verdammte Zombie-Apokalypse. Lebende Tote. Lachende lebende Tote. Sie waren nur einen Schritt voraus. Wie war eigentlich Timo gestorben? Daniel konnte sich nicht erinnern. Als wäre in seinem Hirn eine Netzsperre vor den dazugehörigen Bildern errichtet worden.

Weiter verriet die History, dass sich Maik noch einmal die toten Frauen angesehen hatte. Auf ihrer Facebook-Seite lachte

Kirsten immer noch. Svenja spielte in einer Damen-Fußballmannschaft. Anna sang für alle Zeiten auf YouTube einen Song. *The Ship Song* von Nick Cave.

Come sail your ships around me
And burn your bridges down.
We make a little history baby
Every time you come around.

Schon wieder Geschichte. Im Internet war das ganze Leben dieser toten Menschen abgebildet. Zusammenhanglos ermordet in Deutschland und in Afghanistan. Tausende Kilometer lagen zwischen den Orten ihrer gewaltsamen Tode. Im globalen Dorf lebten sie noch nebeneinander. Wahrscheinlich konnte man Reste ihrer Gefühle noch nach Jahrtausenden im Netz finden. Oder einem seiner Nachfolger.

Im weiteren Verlauf seiner Internet-Recherche hatte sich Maik auf Timo, Kunz und Pöhlmann konzentriert. Alle drei hatten einen Facebook-Account. Wie im richtigen Leben waren sie auch digital nicht miteinander befreundet. Sie hatten nicht einmal gemeinsame Freunde bei Facebook. Normalerweise ließ sich ein Profil ohne gemeinsamen Freund nur schwer finden.

Jemand hatte für Sven Kunz einen virtuellen Grabstein errichtet. Darauf Pixel-Blumen gepflanzt, Kerzen angezündet und einen Engelschor hinzugefügt. Videobotschaften seiner Familie und seiner Freunde. Eine blonde, sehr junge Frau spricht in eine Kamera: »Ich weiß, dass eine so tiefe, innige Liebe nicht mal der Tod trennen kann. Ich weiß, du wartest auf mich, wenn meine Zeit auf Erden abgelaufen ist. Trotzdem fehlst du mir unendlich … Ich liebe dich, mein Herz!«

Eine Mischung aus Kajal und Tränen malte eine Narbe auf ihre Wange. Gerade als die Videobotschaft des Vaters startete, quietschte das Handy sein Gummientensignal in den Raum. Daniel klickte auf den Pause-Button unter dem Video-Fenster. Das Gesicht des Vaters fror auf dem Monitor ein. So streng, als wäre es in den Bildschirm gemeißelt. Daniel starrte es erstaunt an. Er blickte einem Mann in die Augen, der sich zu sehr unter Kontrolle hatte. Etwas stieg in Daniel hoch, etwas Verstecktes, das noch hinter der Angst gelauert hatte.

Ungeduldig meldete sich die Gummiente erneut. Daniel nahm den Anruf an.

»Ich weiß, wer du bist, Arschloch«, sagte er.

»Um so besser«, antwortete die verzerrte Stimme aus dem Telefon. »Du sollst ja wissen, warum Menschen sterben. Sie sterben wegen dir.«

»Du bringst sie um.«

»Na, wenn schon?«

»Lea kann nichts dafür.«

»Willst du deine Tochter wiedersehen?«

»Ja.«

»Dann sag mir, dass du schuld bist.«

»Ich bin schuld. Das hätte ich auch zugegeben, wenn du mich einfach gefragt hättest. Ohne die ganzen Toten.«

»Sie haben es alle verdient. Du folgst meinen Anweisungen besser genau, wenn du deine Tochter noch einmal sehen willst. Aber komm allein. Und komm sofort. Ohne Umwege. Ruf niemanden an. Ich beobachte dich. Komm allein. Du hast ja gesehen, was für üble Verletzungen so ein NATO-Kampfmesser zufügt. Wäre doch schade um Leas hübsches Gesicht. Wenn ich was Verdächtiges sehe oder höre, verlängere ich ihre Mundwinkel bis zu den Ohren.«

»Ich fahre mit dem Rad. Da passt kein SWAT-Team drauf.«

»Und fang nicht an, den Helden zu spielen.«

»Wir müssen verhandeln.«

»Du bist in keiner guten Verhandlungsposition.«

»Lea kann nichts dafür.«

»Ich korrigiere: Du bist in überhaupt keiner Verhandlungsposition.«

»Lass sie frei.«

»Ich lass sie frei, wenn du tot vor mir im Dreck liegst.«

»Versprochen?«

»Versprochen. Soldatenehrenwort.«

»Ich glaub dir nicht.«

»Warum?«

»Du bist ein kranker Psychopath. Du bist kränker als ich.«

»Daniel, bleib ganz ruhig. Du wirst heute sterben. Danach lasse ich deine Tochter frei. Oder nicht. Es wird dir nicht mehr wehtun. Komm. Du hast keine Alternative. Es ist ein Tag zum Sterben.«

»Wenn du das sagst.«

»Fahr mit dem Fahrrad zum Wertstoffhof am Silberberg. Dort bekommst du neue Anweisungen. Ach ja: Du bist gut in Form. Du solltest nicht länger als zwanzig Minuten brauchen.«

Klick. Die Verbindung war unterbrochen.

Daniel schaute sich das Handy an. Danach den Monitor. Immer noch das eingefrorene Gesicht. Mit diesen Augen, die bereit waren.

Daniel ging in den Flur. Maiks Festnetztelefon war zertrümmert. Zum ersten Mal hasste er sich dafür, nicht wie die normalen Menschen ein eigenes Handy bei sich zu tragen, um ständig Kontakt mit der restlichen Welt zu halten. Vom Notebook aus schickte Daniel eine kurze Mail an Melanie, bevor er Maiks Wohnung verließ. Hoffentlich würde sie die lesen. Die Mail hatte wirklich Priorität.

Daniel trat kräftig in die Pedale. Er war wütend. Man konnte jeden Tag sterben. Es gab für keine Stunde eine Garantie. Für keine Minute. Keine Sekunde. Heute war ein Tag zum Kämpfen.

• • •

Daniel hielt mitten auf dem Wertstoffhof. Um ihn herum schleppten Menschen große Styroporformteile, fleckige Sofas und Röhrenfernsehapparate, die gegen einen Flachbildschirm ausgetauscht worden waren. Der Wohlstandsmüll bekam ein liebloses Begräbnis in bunten Containern. Sonst kam sicher selten jemand mit dem Fahrrad und ohne Müll an diesen Ort, aber bevor ihn einer der städtischen Arbeiter ansprechen konnte, quakte das Handy.

»Geh in die Halle«, sagte der Anrufer. »Im Container für die CD-Datenträgerabfälle liegt ein Handy. Leg das Mobiltelefon, das du in der Hand hältst, hinein und nimm das neue. Komm ohne Umschweife heraus.«

Der Entführer hatte sofort wieder aufgelegt. Daniel ging in die Halle für die Technikabfälle. Tatsächlich lag ein Handy zwischen Hunderten von CD-Rohlingen. Ein klobiges Modell aus einem Zeitalter, in dem Mobiltelefone noch ausziehbare Antennen hatten. Bewusst unattraktiv, damit keiner der Arbeiter oder Besucher des Wertstoffhofs auf die Idee kam, das Telefon seinem Eigenbedarf zuzuführen.

Daniel sah sich um. Der Feind konnte ihn in der Halle unmöglich sehen. Er schaltete das Quietscheenten-Handy auf stumm und wählte die Nummer des Notrufs. Dann steckte er das Handy samt seiner bulgarischen SIM-Karte zu der zusammengerollten Kapuze im Kragen seiner Outdoor-Jacke und schloss den Reißverschluss. Anschließend fischte Daniel das unförmige Handy aus dem Container mit den Datenträgerabfällen und ging nach draußen zu seinem Fahrrad. Das neue Mobiltelefon vibrierte zuerst, dann setzte lautstark ein Gitarrenriff ein. Daniel nahm das Gespräch an.

»*Highway To Hell* als Klingelton. Das nenne ich Humor.«

»Dann lach doch. Fahr auf dem Radweg zum Ein-Euro-Markt nach Köditz.«

Daniel fuhr auf dem Radweg ins Tal. Im Slalom wich er den tiefen Löchern aus. Keiner hatte sich die Mühe gemacht, die Frostschäden aus dem letzten Winter auszubessern. Oder aus den Wintern vorher.

Der Ein-Euro-Markt war zusammen mit einem Gartencenter der einzige Anziehungspunkt des Köditzer Gewerbegebiets. Vor dem Gartencenter dröhnten aus einem mit Orchideen bemalten Bus schlecht ausgesteuerte Sommerhits. Daneben stand ein Bratwurstgrill. Auf dem überdimensionierten Parkplatz des Ein-Euro-Markts verloren sich ein Renault Kombi und ein verrosteter Opel zwischen unzähligen freien Parkbuchten.

Sofort nachdem Daniel auf dem Parkplatz angekommen war, vibrierte das unförmige Handy erneut. Daniel holte es hastig aus der Tasche und zog die Antenne aus dem Gerät, aber die ersten Takte von *Highway To Hell* konnte er nicht verhindern.

»Leer deine Taschen aus!«, befahl die verzerrte Stimme des Anrufers.

Während Daniel mit der linken Hand das Handy ans Ohr hielt, zog er mit der rechten die Taschen seiner Hose und seiner Outdoor-Jacke nach draußen. Zuletzt die Tasche mit dem Schweizer Offiziersmesser. Er drückte es mit dem Daumen an die Handfläche, während er mit den restlichen Fingern den Stoff nach außen stülpte.

»Gut so?«, fragte Daniel, während er sich vorsichtig umsah. Langsame Kopfdrehung, dafür die Augen umso schneller in Bewegung. Er konnte nirgendwo jemanden mit einem Fernglas entdecken. Oder ein Auto, das unmotiviert mitten in der Landschaft parkte. Oder einen Zeitungsleser auf einer Bank.

»Ja, gut.«

Daniel ließ das Schweizer Offiziersmesser wieder in die Tasche gleiten.

»Geh in den Laden. In einem der mittleren Gänge steht eine Gitterbox mit dem Maskottchen der Fußball-WM in Südafrika. Dort findest du ein Handy.«

»Ich hab auf den Handy-Scheiß langsam keinen Bock mehr.«

Lachen. Der Stimmenverzerrer machte daraus einen lächerlichen Geisterbahn-Effekt.

»Du musst es nicht machen, wenn du nicht mehr angerufen werden willst. Ich will ja niemandem zur Last fallen.«

»Nein, schon okay. Ich hol das Handy.«

»Mach einfach, was ich dir gesagt habe, wenn du dein Töchterchen wiedersehen willst.«

»Gut.«

»Und vergiss nicht, dieses Handy dort reinzulegen. Du weißt ja mittlerweile wie das läuft.«

»Ja, weiß ich.«

Der Ein-Euro-Markt war angehäuft mit ungeliebten Waren aus Konkursverkäufen. Dazwischen ein älteres Ehepaar und eine junge Frau mit Punk-Frisur. An der Kasse lümmelte eine überblondierte Mittvierzigerin, die in einer Frauenzeitschrift las. Daniel fand die Gitterbox mit den ausrangierten Maskottchen einer vergangenen Fußball-WM sofort. Ein grünhaariger Leopard mit weißem Trikot. Die Stofftiere fühlten sich an, als würde man von ihnen sofort einen Allergieschub bekommen. Daniel wühlte mit beiden Händen zwischen ihnen herum. Er fand das Mobiltelefon auf dem Boden der Gitterbox. Ein Handy aus der Zeit, in der in Deutschland noch Telefone hergestellt wurden. Daniel steckte das Handy ein und versenkte das unförmige Antennen-Mobilteil zwischen den grünhaarigen Leoparden. Eilig verließ er den Ein-Euro-Markt. Die Kassiererin schaute ihm gelangweilt hinterher.

Das Handy klingelte.

»Ja.«

»Fahr zur Radaranlage.«

»Was soll ich denn da?«

»Fahr einfach hin.«

Daniel fuhr auf dem Radweg zurück. Vorbei am Wertstoffhof, durch Neubauviertel, über Feldwege. Immer am Limit. Immer so schnell er konnte. Man konnte die Mittelgebirgslandschaft mögen, weil es viel bergab ging. Oder sie wegen ihrer Steigungen verachten. Daniel strampelte ohne Blick für die Landschaft einfach hindurch. Als er den kleinen Wald durchquert hatte, den alle nur den »Bundeswehr-Wald« nannten, blieb er stehen. Von der kleinen

Anhöhe aus bot sich Daniel ein Panorama menschlicher Zivilisation: ein Autofriedhof, eine Großschlachterei und die Radaranlage. Von rechts nach links. Die Radaranlage sah mit ihren Türmen und Kuppeln aus, wie man sich in den Sechzigerjahren wohl eine Marskolonie vorgestellt hatte. Ein Relikt aus einer Zeit, in der es noch einen Vorteil versprochen hatte, Funkkontakt zwischen Panzern abzuhören. In Ländern, die mittlerweile verschwunden waren. Heute wurden Kriege im Internet entschieden.

Das Telefon klingelte.

»Wie findest du die Aussicht?«

»Beschissen. Was soll ich hier? Ich kann mir kaum vorstellen, dass du in der Radaranlage auf mich wartest.«

»Ich wollte nur mal überprüfen, ob du kooperativ bist.«

»Ich bin scheiße noch mal kooperativ!«

»Hätte ja sein können, dass dir jemand folgt.«

»Mir folgt keiner.«

»Fahr zum stillgelegten Schotterwerk westlich von dir. Es ist direkt am Steinbruch.«

»Okay, kenne ich. Du lässt mich Umwege fahren.«

»Ja. Das hat System. Komm.«

Jedes Mal, wenn Daniel in die Pedale trat, sah er ein neues Bild seiner Tochter vor sich. Das Foto, das die Hebamme nach der Geburt gemacht hatte. Lea schokoladenverschmiert vor ihrem ersten Eisbecher. Juchzend auf dem Karussell. Lea als Raupe beim Kindergarten-Sommerfest. Lea mit Zuckertüte am ersten Schultag. Mit Zahnlücken. Mit Zöpfen.

Das Handy klingelte.

»Was siehst du?«

Daniel sah sich um. Er war im Tal angekommen. Ein gelbes Rapsfeld. Ein Fischteich mit einem gelangweilten Entenpärchen. In einiger Entfernung ein Windrad. Weit genug weg, um es noch nicht zu hören.

»Nichts. Landschaft.«

»Du bist Soldat. Dir fällt auf, was sich bewegt.«

»Zwei Enten auf einem Teich.«

»Gut. Schau genau hin.«

Daniel sah auf den Fischteich. Er konnte den Anrufer atmen hören. Mit einem *plopp* zerplatzte die männliche Ente. Federn schwebten in der Luft. Der Erpel trieb zerfetzt im Teich. Den Kopf unter der Wasseroberfläche, während ein Bein in die Luft ragte. Die Entenfrau war losgeflattert und ein paar Meter weiter wieder gelandet. Sie starrte auf den aus dem Wasser ragenden Entenfuß.

Verdammt, dachte Daniel, ich habe nicht mal einen Schuss gehört.

»Hast du das gesehen?«, fragte der Entführer.

»Ja. Guter Schuss.«

»Stimmt.«

»Das muss ein super Gewehr sein.«

»Ja. Fahr jetzt weiter zum Schotterwerk. Denk dran, was du gesehen hast.«

Aus allen Poren schwitzend kam Daniel am Schotterwerk an. Er hatte die schnellste Radfahrt seines Lebens hinter sich. Fitness. Ausdauer. Endlich war das tägliche Training nicht nur für den Kopf wichtig. Daniel lehnte das Rad an eine Betonwand, die ursprünglich zu einem Haus gehört haben musste, weil die Wand ein Fenster hatte. Das Haus war nicht mehr da. Nur noch Wand und Fenster. Und großflächige Graffitis von Jugendlichen, die ihren Namen nicht nur im Internet hinterlassen wollten.

Neben dem steilen Weg zum eigentlichen Steinbruch erinnerte sich ein verfallenes Bürogebäude wahrscheinlich selbst nicht mehr an die Zeit des Diabas-Bergbaus. Das Haus war so hoffnungslos verfallen, dass man sich dazu keine besseren Tage vorstellen konnte. Die ersten Birken hatten bereits von den Mauern Besitz ergriffen. Beherrscht wurde das Areal von einem grauen Betonkubus. Eine Industrieruine. Ein Mausoleum. Viel Beton mit Löchern. Irgendwann einmal mochten große Metalltüren davor angebracht gewesen sein. Daniel ging auf die Löcher zu. Dahinter wartete sein Feind auf ihn. Daniel konnte den Hass spüren. Mit jedem Schritt wuchs in Daniel ein großes haariges Ding. Eine nervöse Mischung aus Aufregung, Brechreiz, Zittern und Kampfbereitschaft. Der Magen katapultierte Säure nach oben. Der Darm revoltierte. Schweiß strömte aus allen Poren. Die Kleidung klebte ihm am Körper. Sein Angstmanagement war voll im Arsch. Furcht kletterte an jedem einzelnen Körperhärchen nach oben.

Daniel betrat durch eines der kolossalen Tore den Betonbau. Eine große Halle. Ein Luftzug wehte beständig hindurch. Leise. Gleichbleibend. Teilnahmslos. In der Mitte zwei riesige vertikale Mühlräder. Der aktive Staub, den die Mühle bei ihrer Arbeit erzeugt hatte, war untrennbar verbunden mit dem passiven Staub, der sich seit der Schließung des Schotterwerks auf ihr abgesetzt hatte. Weiter hinten eine mächtige Schredderanlage. Ein gelbes Rutschgefahr-Warnschild am Aufgang der Maschine hob sich deutlich vom Rost ab. Daniel erinnerte die Ruine mit ihren verlassenen Maschinen-Giganten an einen Schauplatz aus *Der Wüstenplanet.*

Daniel glaubte, Atmen zu hören. Tief unter dem beständigen Luftzug. Einen Moment lang war er sich nicht sicher, ob ihm nicht seine eigenen während der Radfahrt heftig beanspruchten Lungen einen Streich spielten. In seinem Brustkorb schienen sich die gesamten Lungenbläschen neu zu verteilen. Daniel versuchte, seinen Körper unter Kontrolle zu bekommen. Wischte Schweiß aus den Augen. Hielt den Atem an. Tatsächlich machten die Lungenbläschen Pause. Er hörte. Ja, da war es wieder. Daniel war sich sicher. Das Atmen kam nicht von ihm.

»Ich bin allein«, sagte er.

Erst nichts. Dann Flüstern. Unverständlich. Wieder nichts. Endlich Bewegung.

Ein dünner, vollkommen nackter Mann zog einen großen Leinensack hinter den Mühlrädern hervor. Noch bevor sich der dünne Mann aufrichtete, wusste Daniel, dass er seinen Freund Maik vor sich hatte. Obwohl ihm die langen Haare ins Gesicht hingen und man einen nackten Mann nicht an seiner Kleidung erkennen konnte. Nackt ähnelten sich alle Menschen mit dem gleichen Körperbau. Die nicht zusammengehörenden Bewegungen passten aber nur zu Maik. Als wäre bei einer Trickfilmfigur jedes einzelne Körperteil separat animiert worden.

»Tut mir leid«, sagte Maik.

»Mir auch«, antwortete Daniel.

Sie standen sich eine Weile gegenüber. Daniel konnte nicht abschätzen wie lange. Vielleicht zehn Sekunden. Oder zwanzig. Eine halbe Minute. Es gab Situationen, in denen man der Zeit am liebsten einen guten Psychotherapeuten empfehlen würde, so neurotisch wie sie drauf war.

Maik sah um Jahre gealtert aus. Als hätte jemand seine Vinyl-Plattensammlung mit einem Bulldozer zermalmt. Erbärmlich. Erniedrigt. Nackt. Seine Schultern waren nach unten gedrückt. Wie ein Gefangener auf den Fotos aus einem Foltergefängnis.

»Und jetzt?«, fragte Daniel. »Wie geht's weiter?«

Rainer kam in Tarnuniform mit einer auf Maiks Kopf gerichteten Pistole hinter dem Mühlstein hervor. Daniel erkannte die Waffe sofort. Heckler & Koch P12.

So eine hätte er jetzt auch gerne gehabt, aber die Pistole war den Fernspähkräften der Heeresaufklärungstruppe und dem KSK, dem Kommando Spezialkräfte, vorbehalten. Präzise, robust, geringer Rückstoß. Zwölf Patronen des Kalibers 45.

Als Rainer neben Maik stand, richtete er die Waffe kurz auf Daniel. Er lachte. Sofort zielte er wieder auf Maik.

»Du bist ein Scheißstiefvater«, sagte Daniel.

Der Sack neben Maik zappelte. Unverständliche Laute kamen daraus hervor.

Gut, dachte Daniel, sie ist am Leben.

»Und du bist ein Scheißvater«, antwortete Rainer. »Du kannst deine Tochter nicht beschützen. Dabei hattest du genug

Gelegenheit dazu. Ich hatte keine Gelegenheit, meinen Sohn zu beschützen.«

»Warum hast du mir nicht gesagt, dass du der Vater von Sven bist? Wir hätten reden können.«

»Ach. Reden. Hätte das mein Kind wieder lebendig gemacht? Der Bestattungsunternehmer hatte uns empfohlen, den Leichnam nicht mehr anzuschauen. Meine Ex-Frau hat es nicht gemacht, die Drecksschlampe. Angeblich wollte sie Sven in Erinnerung behalten, wie er lebendig ausgesehen hatte. Ich ließ den Sargdeckel öffnen. Ganz allein stand ich vor ihm. Kein Gesicht mehr da. Das hätte jeder sein können. Es war nur noch Fleisch. Fehlendes Gewebe. Überreste. Reden. Das fällt jemandem wie Hamann ein. Der hat eine Uniform fürs Reden getragen. Andere tragen Uniform fürs Kämpfen. Wie Sven. Du warst sein direkter Vorgesetzter. Du hast ihn sterben lassen.«

»Wir hatten Befehle von oben.«

»Ich weiß, wer die gegeben hat. Die kommen später dran.«

»Du kannst es nicht der ganzen Welt heimzahlen.«

»Ich fang mit dir an. Du warst sein Vorgesetzter. Und was bist du jetzt? Der Überlebende. Wie fühlt man sich, wenn alle Kameraden um einen herum sterben?«

»Man fühlt sich scheiße. Verantwortlich. Ich hab mich auch für Sven verantwortlich gefühlt.«

Rainer lachte.

»Lügner. Aber ich sehe dir das nach. So was fällt einem ein, wenn man Menschen retten will – Menschen, die einem nahestehen – aber hilflos ist.«

»Das ist keine Lüge. Man erholt sich nur schlecht vom Sterben. Vom erfolglos Kämpfen.«

Mit einer schnellen Bewegung steckte Rainer die Pistole ins Holster und zog das NATO-Kampfmesser aus seinem Gürtel.

»Jetzt bist du für die beiden verantwortlich. Für deine Tochter. Für deinen Freund. Du hast sie in die Scheiße geritten. Mal sehen, ob du es diesmal besser machst.«

»Immerhin sichere ich keinen Frieden. Oder Zugang zu den Ölreserven. Oder eine Weltordnung. Ich kann sehen, wofür ich kämpfe. Menschen, die ich mag.«

»Das Kämpfen ist vorbei für dich. Du bist ein Invalide. Ein Psycho.«

»Vielleicht. Heute werden wir den Grad meiner Behinderung feststellen.«

»Da gibt es nichts mehr festzustellen.«

»Sven rannte einfach aus dem Eagle raus.«

»Du warst zu langsam.«

»Vielleicht wollte er jemandem etwas beweisen.«

»Du hättest die Befehle geben müssen.«

»Vielleicht wollte er seinem Vater etwas beweisen.«

Rainer zog an Maiks Haaren. Dessen Hals spannte sich an.

»Mit deinem Psycho-Gequatsche kommst du bei mir nicht durch.«

Die Spitze des Messers bohrte sich in Maiks Unterkiefer.

»Wo hast du das Töten gelernt?«, fragte Daniel.

»KSK. Auslandseinsätze in Bosnien und im Kosovo. *Meine* Kameraden hatten Anstand. Ich habe überlebt. Alle anderen auch.«

»Warum mussten die Frauen sterben? Die waren doch unschuldig. Zivilisten.«

»Das waren Nutten, die sich mit Kriegsgegnern eingelassen hatten, während mein Sohn für sie sterben musste. Damit sie nicht verschleiert durch die Stadt laufen müssen. Oder gesteinigt werden. Das konnte ich nicht akzeptieren. Dass die Demos abhalten, während mein Junge in einem Sarg mit einer Flagge drüber heimkommt. Wo bleibt da die Wertschätzung? Die Scheißpazifisten sollen ruhig mal spüren, wie sich Schmerz anfühlt. Die müssen das lernen. Das verstehst du doch, oder?«

»Ich habe mich irgendwann für die Zivilisation und gegen die Barbarei entschieden.«

»Du bist ein Weichei. Das Schönste ist: Am Ende wird es so aussehen, als hättest du sie umgebracht. Die Frauen mit ihren friedliebenden Liebhabern. Was wollten die eigentlich von diesen eierlosen Gestalten? Sex mit Pazifisten kann ich mir überhaupt nicht vorstellen. Und es gibt gute Gründe, seinen Therapeuten umzubringen, wenn man ein Serienmörder ist. Natürlich steht er unter Schweigepflicht, aber in so einem schwerwiegenden Fall kann man schon mal einen anonymen Hinweis geben, nicht wahr? Schaut nicht gut aus für dich. Jeder wird dich für den Mörder halten, aber dein Ruf ist sowieso schon ruiniert. Unfähig im Krieg. Zivil ein Psycho, der seine Familie an die Wand gefahren hat. Wie findest du das? Ich finde es ziemlich gut. Wenn man ins Feld zieht, braucht man einen Plan. Den hattest du nie. Der General, der eine Schlacht gewinnt, stellt vor dem Kampf viele Berechnungen an. Der General, der verliert, stellt vorher kaum Berechnungen an.«

»Sunzi. Ich kenne das Zitat. Seine Armee hat gegen eine zehnfache Übermacht gesiegt.«

»Wow. Ein geschichtsinteressierter Versager. Du hast deine Kameraden neben dir verrecken lassen. Du warst kein Täter. Kein Opfer. Nur ein Zeuge. Ein Zeuge ist nichts. Verachtenswert. Jetzt musst du irgendwas sein. Bist du dazu bereit?«

»Ja, ich bin bereit.«

»Du versuchst dir immer noch eine Hintertür offenzuhalten.«

»Überhaupt nicht.«

»Überprüfen wir mal, wie bereit du bist.«

Rainer stand mit dem Messer hinter Maik. So breitbeinig, wie die Taliban in ihren Videobotschaften hinter ihren Geiseln stehen. Daniel rechnete mit einer Botschaft in einem monotonen Singsang, aber eine verbale Botschaft blieb aus. Stattdessen eine schnelle Bewegung mit dem Messer. Maik schrie wie ein verwundetes Tier. Er hielt beide Hände an eine Seite seines Kopfs. Rainer schmiss das Ohr in Daniels Richtung. Auf halbem Weg zwischen Maik und ihm blieb es liegen. Blut lief über Maiks nackte Brust. Von dort tropfte es auf den Betonboden.

»Ich bin bereit!«, brüllte Daniel.

»Gut.«

»Was soll ich tun?«

»Heb das Ohr auf«, befahl Rainer.

Daniel ging durch die Halle und hob das Ohr mit Daumen und Zeigefinger auf.

»Schau es dir an.«

Daniel senkte seinen Blick. Ein menschliches Ohr. Maiks Ohr. Er wusste, warum Rainer das gemacht hatte. In großen Lettern stand *Entmenschlichung* an den Betonwänden. Ein Graffito der Grausamkeit. An der Form ihrer Ohren, den jeweiligen Vertiefungen und Erhebungen, kann man Menschen erkennen. Die Ohrmuschel ist ähnlich individuell wie ein Fingerabdruck. Die Formen und Größen der Ohrmuscheln sind auch für den optischen Gesamteindruck des Gesichts auf den Betrachter von oft unterschätzter Bedeutung. Er hatte Maik entstellt. Und ihn dort getroffen, wo es ihm am meisten wehtat: Das Klangerlebnis beim Musikhören. Rainer hatte keinen Zweifel daran gelassen, dass er bereit war, auch Lea etwas Ähnliches anzutun. Etwas, das sie nicht nur physisch verletzen, sondern nebenbei auch noch die Seele rauben würde. Das Ohr zwischen Daniels Fingern fühlte sich seltsam unbestimmt an. Wie eine Packung Gummibären.

»Und jetzt?«, fragte Daniel. »Ich hab's mir lange genug angeschaut.«

Rainer holte die Pistole aus dem Holster und hielt sie Maik an den Kopf.

»Bring es zu mir.«

Daniel ging ein paar Meter nach vorn. Obwohl es ihn anekelte, streckte er Rainer seine Hand entgegen. Er mochte das Ohr, er wollte es retten, aber den ausgestreckten Arm fand er entwürdigend.

»Leg es vor mir auf den Boden.«

Daniel legte das Ohr ab. Dabei ließ er seinen Feind nicht aus den Augen. Er konnte sich nicht daran erinnern, wann er das letzte Mal einen Feind hatte, dessen Gesicht er kannte. Vielleicht in der Grundschule. Rainer spuckte auf das Ohr. Dann setzte er seinen Stiefel darauf und zerquetschte es wie einen Zigarettenstummel. Er trat Maik mit der Profilsohle in den Rücken. Maik blieb wimmernd vor Daniel liegen. Überall Blut. Rainer ging einen Schritt zurück. Er holte ein Paar Handschellen aus einer Tasche seines Kampfanzugs.

»Hier«, sagte Rainer und warf die Handschellen Daniel zu. »Fessle ihn an die Treppe der Schredderanlage.«

Daniel half Maik auf. Einen Moment sah er seine Augen. Maik weinte.

»Danach kommt dein großer Auftritt, Daniel. Ich habe oben an der Plattform der Maschine ein Bergsteigerseil für dich befestigt. Ein gut gebundener Ankerstichknoten. Und eine noch besser geknüpfte Schlinge. Wie aus dem Lehrbuch. Du wirst dich damit erhängen. Ein sauberer Selbstmord. Ich habe es ausgemessen: Du wirst ein paar Zentimeter über dem Boden baumeln.«

Daniel schleppte Maik zur Treppe. Es fühlte sich seltsam an, die nackte Haut seines Freundes an unbekannten Körperstellen zu spüren.

»Der bringt uns alle um«, flüsterte Maik.

Daniel schloss die Handschelle um Maiks Handgelenk so locker es ging. Er würde sich trotzdem auf keinen Fall losmachen können. Als er die andere Fessel der Handschelle am Treppengeländer anbrachte, gab es ein lautes metallenes Geräusch. Es klang endgültig. Maik versuchte, mit der freien Hand seinen Blutfluss zu stoppen. Ohne Erfolg. Das Blut quoll zwischen den Fingerritzen hervor. Daniel war schon in Afghanistan darüber erstaunt gewesen, wie viel Blut in einen Menschen passte. Natürlich war es trotzdem nie genug.

»Gut gemacht«, sagte Rainer freundlich. »Und jetzt kommen wir zur Hauptattraktion. Du gehst die Treppe hoch, bindest dir die Schlinge um den Hals und springst nach unten. Das war's dann für dich. Ein sauberer Abgang.«

Daniel drehte sich um und sah Rainer fest in die Augen.

»Danach lässt du Lea und Maik frei.«

Der Sack bewegte sich heftig. Unartikulierte Laute. Lea hatte sich nicht abgefunden.

»Natürlich lasse ich die beiden frei«, sagte Rainer grinsend. »Das sind ja quasi Kriegsgefangene. Ich verfahre streng nach der Genfer Konvention.«

»Ich habe noch einen letzten Wunsch.«

»Das ist ja wie in Hollywood. Du wirst auf keinen Fall eine Henkersmahlzeit kriegen.«

»Ich will meine Tochter ein letztes Mal sehen.«

Rainer lachte.

»Sorry. Wie konnte ich das bloß vergessen? Ich hol sie gleich heraus. Sie soll dir dabei zusehen. Das ist ja ihr Vater. Sie hat ein Recht darauf. Zu sehen, wie du dir das Genick brichst. Wäre gut, wenn dir das gelänge. Ansonsten baumelst du durch die Luft und deine angeschwollene Zunge hängt so blöd aus deinem Mund raus. Nicht schön, wenn das Kind so was mit ansehen müsste. Vermutlich würde es sie traumatisieren.«

Rainer war nicht so dumm, die Pistole wegzustecken. Ein Profi. Er hielt die Waffe weiter in Daniels Richtung. Es musste schnell gehen. Während Rainer sein Kampfmesser aus dem Gürtel zog, holte Daniel sein Schweizer Offiziersmesser aus der Hosentasche und klappte die Klinge aus. Rainer bückte sich und schnitt die Kordel des Sacks auf. Sofort waren Haare zu sehen. Daniel sprintete los. Rainers Blick über die Schulter. Er feuerte einen Schuss ab. Die Kugel traf die Metalltreppe. Rainer richtete sich auf. Daniel sprang. Die Klinge des Taschenmessers bohrte sich in Rainers Rücken. Er schrie nicht auf, sondern gab nur ein Geräusch von sich, als würde alle Luft aus ihm entweichen. Ein weiterer Schuss löste sich. Betonbröckchen prasselten von der Decke. Eng umschlungen krachten Daniel und Rainer auf den Boden. Sofort versuchte Daniel, ein weiteres Mal zuzustechen, aber der Feind umklammerte sein Handgelenk. Er hat die Pistole fallen lassen, dachte Daniel, aber bevor er diese Erkenntnis in Aktion umwandeln konnte, bohrte sich bereits Rainers Kampfmesser in seinen Oberschenkel.

»Scheiße!«, brüllte Daniel.

»Du hast es nicht drauf!«, zischte Rainer und katapultierte ihn mit einem kräftigen Fußtritt von sich. Daniel knallte mit dem Rücken auf den Boden. Jetzt nicht nach der Verletzung sehen. Wenn man nicht hinschaut, kommt der Schock später. Konzentration. Aufstehen. Zur Pistole rennen. Sie lag direkt vor ihm, aber Rainer war schneller. Er riss die Pistole hoch und presste sie Daniel gegen die Brust. Der Lauf der Pistole unmittelbar über dem Herzen fror alle Bewegungen ein. Leben im Schockzustand.

Eine Zehntelsekunde lang standen sie sich so gegenüber:

Rainer mit der Pistole.

Daniel mit einem Taschenmesser.

Dann flog seine geknebelte und gefesselte Tochter in Daniels Blickfeld. Lea traf Rainer mit der Schulter in den Rippen. Der verlor das Gleichgewicht. Und ließ die Waffe los. Mit einem lauten Klickergeräusch schlitterte sie über den Boden. Wie wenn man Billardkugeln aus dem Pool-Tisch lässt. Sofort stand Rainer wieder auf und trat Lea in den Bauch. Dann rannte er zur Pistole. Der Messerstich im Rücken schien ihm überhaupt nichts auszumachen. Daniel humpelte los, aber das verletzte Bein spielte nicht mit. Rainer war früher bei der Pistole, hob sie auf und richtete sie gegen Daniel, der direkt vor ihm stand. War knapp gewesen. Fast wäre Daniel als Erster bei der Pistole gewesen. Schon jetzt konnte Daniel die Schussverletzung spüren. Die Brust ist am leichtesten zu treffen. An einem Bauchschuss stirbt man am qualvollsten. Der Kopf geht schnell. Zack. Aus.

Wahrscheinlich würde sich Rainer für einen Bauchschuss entscheiden.

»Jetzt hab ich aber genug«, keuchte Rainer noch außer Atem.

Ich werde die Augen nicht zumachen, dachte Daniel. Ich werde die Augen auf keinen Fall zumachen.

Der Schuss hörte sich weiter entfernt an als erwartet.

Rainer kippte seitlich aus seinem Gesichtsfeld. Lag am Boden. Zuerst sah Daniel das Blut, das sich langsam um Rainers Kopf sammelte. Dann das Loch im Schädel. Und bevor er etwas begreifen konnte, kippte er selbst um und presste beide Hände auf den Einstich in seinem Oberschenkel.

Er sah den Einschuss in der Betondecke. Das Gesicht seiner Tochter erschien über ihm. Die Augen ganz groß. Der Mund noch immer geknebelt. Ein Wesen in dunkler Uniform, Helm und Schutzbrille riss sie nach hinten. Darth Vader, dachte Daniel. Und: Vielleicht stirbst du jetzt.

Dann glotzte ihn plötzlich Polizeikommissar Weber an. Er sah immer noch so aus, als könne er ihn nicht leiden. Was er sagte, passte aber nicht dazu: »Bleiben Sie ruhig. Der Notarzt kommt sofort, sobald das Gelände gesichert ist.«

Weber machte irgendwas mit seinem Bein. Daniel sah nach unten. Weber bedeckte die Stichwunde mit beiden Händen.

»Danke«, sagte Daniel.

»Sie würden das Gleiche für mich tun«, antwortete Weber.

Daniel nickte.

»Ja, würde ich. Hat er die Hauptschlagader erwischt?«

»Keine Ahnung. Es blutet. Ich halte besser die Hand drauf.«

Das Gesicht von Polizeihauptkommissarin Feller erschien über ihm. Sie schminkte ihre Augen tatsächlich mit Kajal. Das war ihm vorher nicht aufgefallen. Sie war hübsch.

»Ihre Tochter ist in Sicherheit«, sagte sie.

»Und Maik?«

»Auch.«

»Gut. Haben Sie das Ohr?«

Weber drehte sich um.

»Kann mal einer das Ohr aufheben?«

Hauptkommissarin Feller berührte Daniels Schulter. Vermutlich, um ihn zu beruhigen. Tatsächlich beruhigte es ihn.

»Die Mail an Ihre Frau war eine gute Idee. Wir haben den Notruf erwartet«, sagte Feller. »Es war leicht, das Mobiltelefon zu orten.«

»Daran, dass man von einem Pre-Paid-Handy einen Notruf auch ohne Guthaben absetzen kann, hat das Dreckschwein nicht gedacht«, keuchte Daniel.

»Es war sogar noch Zeit, das Sondereinsatzkommando anzufordern.«

»Ein guter Schuss.«

»Der Kollege bekommt psychologische Unterstützung. Niemand tötet gerne jemanden.«

»Fast keiner.«

Über Daniel erschienen noch zwei Darth Vaders in ihren Anzügen. Dann wurde es dunkel um ihn neben ihm vor ihm in ihm und er glitt in ein Reich, dessen Tor vor ihm aufflackerte wie Schmetterlingsflügel, bevor das Licht ganz ausgeknipst wurde.

Epilog

Schöne Umgebung. Selbst für einen Toten. Pappeln an der Friedhofsmauer. Der Himmel sah trotz der Mauer weit aus. Daniel starrte den Grabstein minutenlang an. Ein schöner heller Naturstein. Jetzt hatte er Gewissheit, auch wenn er sich immer noch nicht vorstellen konnte, dass Timos Überreste unter einem frisch gepflanzten Stiefmütterchen-Patchworkteppich liegen sollten. Statt Timos Namen hätte auch sein eigener auf dem Grabstein stehen können. Und sein Geburtsdatum. Seinen Sterbetag kannte er nicht, da hatte ihm Timo was voraus. Einen Moment lang fürchtete Daniel, den Halt zu verlieren. Auf die Knie zu sinken. Aber Lea und Melanie hatten sich bei ihm eingehakt und stützten ihn. Sein verletztes Bein war noch nicht voll belastbar. Seine Seele auch nicht. Die Tochter hielt ihn. Und die Frau. Die Noch-Frau. Noch waren sie nicht geschieden.

»Okay, lasst uns gehen«, sagte Daniel.

»Bist du so weit?«, fragte Melanie.

»Ja. Timo ist tot. Da kann man nichts mehr machen. Manche brauchen eben länger, bis schlechte Nachrichten zu ihnen durchgedrungen sind.«

An der Friedhofspforte drehte sich Daniel kurz um. Nur um sicherzugehen, dass ihnen niemand folgte.

Im Corsa fuhren sie zu einem nahen Vergnügungspark. Dort wollten sie den restlichen Tag verbringen. Zuckerwatte. Riesenrad. Achterbahn. Wasserrutschbahn. Clowns. Was man mit traumatisierten Menschen so macht. Daniel war nicht mehr allein traumatisiert. Er beugte sich vom Beifahrersitz nach hinten und nahm Leas Hand. Während sie ihn anlächelte, zog sie behutsam ihre Hand aus seiner.

Morgen würden sie Maik besuchen, dessen abgetrennte Ohrmuschel an der Plastisch- und Handchirurgischen Klinik der Universität Erlangen rekonstruiert wurde.

Daniel hatte sich bereits ein paar coole Sätze für die Mach-Maik-Mut-Offensive zurechtgelegt:

»Wenn du dein neues Ohr hast, hören wir bei dir zu Hause *Pearl Jam* und trinken Bier. Wir setzen uns vor deinen Kühlschrank und spielen Scrabble mit den bunten Magnetbuchstaben.«

Irgendwas in der Richtung würde Daniel sagen. Vermutlich würde Maik einen Verband über dem Ohr tragen. Mit einem richtigen Ohr hatte es derzeit noch nicht besonders viel Ähnlichkeit. Ein unvollständiges Knochen- und Gewebepuzzle, das erst noch ein Ohr werden wollte. Zwei weitere Operationen waren notwendig. Vielleicht drei. Bei der Rekonstruktion wurde ein Ohrgerüst aus körpereigenem Gewebe geformt. Dazu entnahmen die Ärzte Knochen und Knorpel aus Maiks Rippe. Über das Gerüst wurde Haut gelegt. Auch die Haut war körpereigen – sie stammte aus Maiks Lendengegend.

»In der Regel werden nicht mehr als acht Quadratzentimeter Haut benötigt«, hatte Maik am Telefon gesagt. Den Telefonhörer an seinem gesunden Ohr. Daniel hoffte wirklich sehr, dass während des Besuchs in der Uni-Klinik ein Verband die ersten Früchte chirurgischen Geschicks verbergen würde. Diese Baustelle über zerstörtem Gewebe. Ein Ohr im Rohbau.

Daniel beobachtete aus den Augenwinkeln Melanie. Sie war schön, wenn sie Auto fuhr. Alle Bewegungen gleichmäßig. Das Gesicht konzentriert, vielleicht sogar streng. Daniel hatte das Bedürfnis, Melanie zu berühren, obwohl sie mit dem Feind im Bett gewesen war. Er dachte an Körperstellen, die er in den vergangenen Monaten vergessen wollte. Rainers Zeitfenster war groß genug gewesen, um genau diese unvergesslichen Naturmonumente ebenfalls ausführlich zu bereisen. Einen Moment lang zitterte seine Hand, aber Daniel schickte einen eindringlichen Befehl bis in die Fingerspitzen. Danach blieb die Hand schwer auf seinem Oberschenkel liegen. Er wusste nicht, wie Melanie auf eine Berührung reagieren würde. Vielleicht fährt sie das Auto vor Schreck in die Leitplanke, dachte Daniel. Wir sind nur miteinander unterwegs, weil wir Eltern sind. Dauerhaft. Verantwortung kannst du nicht rückgängig machen. Lea muss gerettet werden. Sie darf kein Kriegsopfer werden. *Family is important shit.*

Auf der Autobahn schaute Daniel vom Beifahrersitz nach draußen. Es fing heftig an zu regnen. Aquaplaning auf der Fahrbahn. Links und rechts ein Lärmschutzwall neben der Straße. Der Wald schaute nicht gut aus. Zuviel Salz im Winter. Eine Autobahnkirche. Ein Fastfood-Drive-Inn. Ein Naturschutzgebiet. Ein Ort, an dem Goethe gewesen war. Der war überall gewesen. Im Auto auf der Autobahn fuhr man einfach daran vorbei. Verkehrsdurchsagen im Radio. Und die besten Songs der Achtziger, der Neunziger und von heute.

Dieses Land hatte er verteidigt.

Michael Tietz

Apfeldiebe

464 Seiten
gebunden
Bookspot Verlag
ISBN 978-3-937357-52-2
16,95 €

Fünf Jungen, wie sie unterschiedlicher nicht sein könnten. Ferien. Und eine Entdeckung, die das Leben der Kinder radikal verändern wird. Was als Spiel beginnt, als Abenteuer für einen Tag, führt zum spurlosen Verschwinden der fünf und zu einem Kampf auf Leben und Tod. Völlig von der Außenwelt abgeschnitten, verwandelt sich Hoffnung in Panik, wird Freundschaft zu Wahnsinn.

Und der einzige Mensch, der ahnt, wo die Jungen sein könnten, ist ein alter Mann. Ein alter Mann, der nur noch auf seinen Tod wartet …

»Tietz beleuchtet in seinem Roman die Charaktere seiner Protagonisten sehr genau und nimmt den Leser dabei mit auf eine Reise an die Grenzen der menschlichen Psyche.« Badische Zeitung

»Ein packendes, psychologisch gut geschriebenes Buch, das den Leser abwechselnd bedrückt und aufrüttelt. Atmosphärisch dicht und sehr gut beobachtet - ein spannender, düsterer Thriller, der von der ersten Seite an fesselt!« www.media-mania.de

Bitte beachten Sie die Leseprobe auf den folgenden Seiten!

Prolog

Er löschte seine Taschenlampe, einfach so. Nur eine winzige Bewegung seines Daumens und alles veränderte sich. Er und sein Gegenüber verschwanden – zwei Kinder, die es plötzlich nicht mehr gab, ebenso wenig wie Felswände, Staub und jede Erinnerung an die Welt da draußen. Da oben, in der wirklichen Welt, da tickten die Uhren weiter, hier aber blieben sie stehen, und er selbst hatte sie angehalten. Er wagte kaum noch zu atmen, seine Finger zitterten, als er nach dem tastete, was nun ihm gehören sollte. Konnte man dieses Glück fassen? Ja, wusste er, ja. Glück existierte, wenn manchmal auch an Orten, an denen ein normales Kind nie und nimmer danach gesucht hätte. Aber gerade da schien sich sein Glück wohlzufühlen, hier, tief unter alten Mauern vergraben, zwischen Steinen versteckt und scheu. Und neben sich das Unglück des Anderen. Oder gab es gar kein Glück und kein Unglück? Handelte es sich vielleicht um denselben Zustand und es kam einzig darauf an, aus welcher Richtung man sich ihm näherte? Dies hielt er für möglich, allerdings nicht für wichtig genug, diesen Gedanken bis zu einem Ende zu verfolgen.

Er beugte sich nach vorn und konnte die Angst, das Unglück des Anderen riechen. Roch er selbst ebenso, wenn …? Ein Kopfschütteln, die Erinnerung zerkrümelte und verlor sich im Dunkeln. Er hasste jeden Gedanken daran. Jeden.

»Wir sind ganz allein, nur du und ich«, flüsterte er. »Spürst du mich?« Der Kopf unter seinen Händen nickte. »Kannst du mich riechen?« Es dauerte einen Augenblick, aber dann nickte der Gefragte erneut. »Hast du Angst?« Es war unnötig, auf die Antwort zu warten. Natürlich hatte er Angst. Der Gefangene wollte etwas sagen, aber das dem Kind über den Kopf gestülpte und teilweise in den Mund gestopfte T-Shirt verhinderte dies, zum Glück. Nein, sie mussten sich ganz still verhalten, da oben durfte niemand etwas hören, kein einziges

Wort. Sollten die anderen doch trinken und essen, er selbst verspürte keinen Durst, jedenfalls keinen Durst, welchen Flüssigkeit zu löschen vermochte.

Seine Finger berührten eine Stirn und der Gefangene presste die Augen so fest zusammen, wie er nur konnte. Die Hand wanderte über die Augenhöhlen hinweg, über Nase und Mund hin zum Hals. Mit den Augen konnte er nichts sehen, seine Finger sahen für ihn. Er spürte angespannte Sehnen und einen winzigen Kehlkopf unter dünner Haut. Niemand sah sie jetzt, nicht einmal sie selbst. Niemand!

Macht. Fünf winzige Buchstaben nur, allerdings in der richtigen Reihenfolge angeordnet ein Wort, das ganze Welten verändern konnte. Er registrierte die eigene Erregung, staunte über dieses Gefühl. Sein Atem ging schnell und schien genauso zu zittern wie seine Hände. Fühlte sich so Macht an?

Er wusste genau, was jetzt in diesem Augenblick im Kopf seines Opfers vorgehen musste – Wissen, welches den Wert dieses Momentes ins Unfassbare steigerte. Es tat so gut, einmal auf der anderen Seite stehen zu dürfen, mächtig zu sein.

Seine Finger wanderten über nackte Arme, über Bauch und Brust des Kindes bis zu dessen Hals. Nur er und der Gefangene, sonst nichts. Kein Erwachsener, der ihm die Macht aus den Händen riss, er konnte tun und lassen, was er wollte, ein Herr über Leben und Tod.

Schauer jagten über den Rücken des Jungen, seine Hand legte sich um einen schlanken, von jedem Schutz befreiten Hals. Er wartete, wollte diesen Augenblick genießen, wollte ihn auskosten, so lange und so intensiv dies nur ging. Der Gefangene zitterte, schluckte, wand sich und konnte doch nicht entfliehen. Er gehörte ihm, nur ihm.

Mit dieser Gewissheit im Kopf und dem Gefühl, genau das Richtige zu tun, drückte er zu.

DIE TAGE DAVOR

1 Die Entdeckung

Alex liebte diese beiden *Finger* aus Stein. Er liebte sie wirklich und er liebte es, den einen dieser Finger zu erklimmen und dabei Dunkelheit und Enge hinter sich zu lassen. Alles, was im normalen Leben wie Klötze am Bein des Jungen hing, blieb beim Bezwingen des Fingers zwischen Mauerresten und Tannen hängen und zurück – am Ziel wartete so etwas wie Freiheit, zumindest für Alex' Augen. Auf der Spitze des Turmes existierte weder Zeit noch gab es Grenzen.

Alex' Augen wanderten über das gewundene Band des zu Füßen der Burg ausgelegten Flusses, über Feuchtwiesen und kleine Baumgruppen. Wie in zu einer Schale geformten Händen öffnete sich das Land und außerhalb dieser Schale existierte nur das, was die Träume des Jungen Wirklichkeit werden ließen. Dicht an dicht stehende Baumwipfel verbargen die Welt, die er beim Besteigen des Turmes verließ, den Weg aber, der von dem Flüsschen, der Steina, kommend zur Roggenbacher Ruine hinaufführte, den ließen sie frei. Es gab keinen zweiten oder dritten Pfad herauf, nur diesen einen Lindwurm, der sich bis zum Burghof schlängelte, und eben diesen Lindwurm behielt Alex bei seinem Spiel im Blick.

Alex saß ganz oben auf dem kleineren der beiden Turmfinger. Turmfinger, ja, genau so sahen sie aus, wie zwei Finger aus Stein, die ein Riese – aus der Zeit, als es noch Riesen gab – hier vergessen hatte. Vielleicht ein Kampf. Vielleicht ein Unfall. Manchmal hielt Alex am Abend in seinem Bett eine Faust vor die nur sehr selten zum Lesen genutzte Leselampe, streckte Zeige- und kleinen Finger nach oben und schon erschien an der Wand die Silhouette der Burgruine. Er selbst verwandelte sich in einen Ritter, in einen Mann, dem die Welt zu Füßen lag und über dessen Heldentaten man an allen Enden seines Reiches sprach. Sogar Lieder sangen sie auf ihn und ein mächtiges, in Leder gebundenes Buch existierte, in dem es einzig und allein um ihn, Ritter Alex, und seine Heldentaten ging. Manchmal wunderte er sich während dieser Tagträume über sich selbst: hier auf der Ruine oder auch abends im Bett, da konnte er sich alles Mögliche vorstellen und es sich dann auch noch merken. Wenn aber Seidel, Alex' Mathelehrer, seinen Schüler bat, sich eine Zahl mit neun Nullen vorzustellen, dann kam mit einem Schlag *die große Dunkelheit*. Große Dunkelheit, so nannte Alex diese Momente der vollkommenen Leere, Augenblicke, die es allerdings nur im Klassenzimmer gab, mit nach draußen kamen sie nie. Sie gehörten in die Schule, hier auf der Burg hatten sie nichts zu suchen und das wussten sie ganz offensichtlich auch.

In diesen Stunden, in denen Alex sich in einen Ritter verwandelte, existierten weder Eltern noch eine kleine Schwester (wenn doch, dann höchstens von einem Drachen entführt), es gab keine Schule. Gut, Letztere existierte im Augenblick tatsächlich nicht – große Ferien –, trotzdem hing diese Drohung immer irgendwie über ihm und warf einen viel zu breiten Schatten. Alex aber spielte tunlichst um diesen Schatten herum.

Die großen Sommerferien hatten gerade erst begonnen, dennoch dachte er wie er fand viel zu oft an den kommenden September und damit an den Beginn der siebten Klasse, oder besser: den erneuten Beginn dieser siebten Klasse. *Ehrenrunde* hatte Vater nur gesagt und dabei wohl an seine eigene Ehrenrunde gedacht, was ihn aber nicht daran gehindert hatte, seinen Großen zu Nachhilfeunterricht zu verdonnern, den freilich nicht er geben konnte, nein, dafür bezahlte er einen Gymnasiasten. Alex' Vater hatte am Tag, als er selbst sein alles andere als sehenswertes Abschlusszeugnis in die Hand gedrückt bekommen hatte, mit allem abgeschlossen, was irgendwie nach Schule roch und – alles wiederholt sich irgendwie und irgendwann – heute sehnte sein Sohn diesen Tag herbei. Aber dieser Typ aus Bonndorf, ein Zwölftklässler, der sich mit Nachhilfe das Taschengeld aufbesserte, befand sich zurzeit mit Mama und Papa irgendwo auf einem Campingplatz in Spanien. Welcher Zwölftklässler ging in diesem Alter noch mit seinen Eltern zelten?! Für Alex stand fest, dass der Typ somit nicht ganz rundlief, einen Zacken ab hatte, in seinem Schrank ein paar Tassen fehlten. Aber sollte er doch zwischen seiner Mama und seinem Papa im Zelt liegen – jeder Tag, den dieser Kerl in Spanien verbrachte, bedeutete Freiheit. Alex konnte nach dem Frühstück in aller Ruhe verschwinden und mit dem ganzen langen Tag anstellen was er wollte, vor dem Abendessen wartete sowieso keiner auf ihn. Und wenn dann auch noch wie heute die Sonne auf Alex' Rücken schien und Leni, Alex' fünfjährige Schwester, einmal nicht an seinem Hosenbein hing, vergaß er für ein paar Stunden Schule und Ehrenrunde und Nachhilfe, ging von Wittlekofen hinunter zum Wanderparkplatz an der Steina und weiter zu seiner Burg. Mit diesem gut drei Kilometer messenden Sicherheitsabstand zu Dorf, Eltern und Schwester kletterte Alex auf seinen Zeigefingerturm, holte die kleinen Plastikritter aus den Hosentaschen und stellte sie auf den Rand der Mauer. Klar, er wusste, dass ein fast Vierzehnjähriger eigentlich anderes tun sollte als zu spielen, aber es machte eben Spaß. Außerdem wusste es ja keiner, abgesehen von Leni, aber die hielt die Klappe. Ganz sicher.

Die Burg betrat Alex immer allein und während seine Ritter auf mächtigen Streitrössern Turniere kämpften, Drachen erschlugen und die Mauern gegen Angreifer von der Steinegg verteidigten, behielt der Junge den Lindwurmweg zur Ruine im Blick.

Auf Burg Steinegg, einer zweiten Ruine, deren Turmrest Alex auf dem Nachbarhügel durch das Blätterdach ragen sah, lebte in der Welt des Kindes eine Horde Raubritter – Gestalten von der übelsten Sorte, die jede sich bietende Gelegenheit beim Schopfe packten, um zu morden, zu plündern und die wieder und wieder gegen die Herren von Roggenbach anrannten. Alex aber verteidigte sein Reich, er verteidigte es gegen die Steinegger und er verteidigte es auch gegen den Rest der Welt. Keiner musste wissen, dass er hier oben saß und mit Plastikfiguren spielte, keiner musste das von seiner Zunge imitierte Hufgetrappel hören und auch nicht die mit verstellter Stimme gesprochenen Dialoge zwischen den Rittern. Nein, das hier ging keinen was an, nicht Max, Alex' besten Freund, und schon gar nicht solche *Kinder* wie Rufus, Kasimir oder den kleinen Timi. Mit denen konnte man vielleicht Fußball spielen, Kasi gerne auch mal einen Tag gefesselt am Baum stehen lassen, aber hier, auf seiner Burg, da hatte keiner von ihnen etwas zu suchen. Die Roggenbacher Ruine gehörte einzig und allein Alexander, dem Ritter, dem Helden.

Alex nahm sein Handy aus der Tasche. Der Bildschirmschoner imitierte eine alte Bahnhofsuhr mit schwarzen Zeigern. Von dieser Uhr wanderte Alex' Blick zur Sonne. Beide – Sonne und Uhr – übten sich wieder einmal in trauter Einigkeit. Während die Sonne nur noch wenig mehr als eine Handbreit über den Baumwipfeln stand und lange Schatten unten auf dem Weg lagen, rückte der kleine Zeiger seiner Bahnhofsuhr viel zu schnell voran, die Sieben im Blick und durch nichts davon abzubringen, dieses Ziel auch in der nächsten Viertelstunde zu erreichen, am wenigsten durch Alex. Gut, man könnte diese blöden Zeiger einfach ignorieren, aber – Alex schüttelte den Kopf – eine Sache zu ignorieren bedeutete noch lange nicht, dass diese Sache nicht länger existierte. Das ging in der Fantasie vielleicht, aber im richtigen Leben funktionierte das eben nicht, er hatte es mehr als einmal ausprobiert. Man konnte die Zeit ignorieren, dann gab es aber kein Abendessen und der Fernseher blieb auch aus. Alex konnte das

Holzholen ignorieren, das aber führte zu einem kalten Haus, einer schreienden Mutter und einem kopfnussverteilenden Vater. Und Holz musste er danach trotzdem ins Haus schleppen. Man konnte auch die bevorstehenden Tests ignorieren – und die siebte Klasse wiederholen. Alles Scheiße.

Mit einem extrem riskanten Manöver wehrte Alex noch schnell den Angriff der Steinegger Raubritter ab, sammelte anschließend die Plastikfiguren ein und stieg von seinem Turm.

Vor ein paar Jahren hatte ein Verein neben dem Turm eine Wendeltreppe aus Beton errichtet und so den Zugang zu diesem erst ermöglicht. Die Treppe überbrückte den unteren Teil des Turmes, ab der Hälfte konnte man Originalstufen benutzen. Gott allein wusste, warum sie diese Betonspirale errichtet hatten; sollte beim Bau die Aussicht auf künftige Touristenscharen eine Rolle gespielt haben, dürfte die Sache gründlich in die Hose gegangen sein, vermutete Alex, denn außer ihm besuchte kaum ein Mensch diesen vergessenen Ort. Oder gab es diese Treppe einzig und allein wegen ihm, damit er hinaufsteigen konnte, damit für ihn ein Platz existierte, an dem er allein sein und spielen durfte? Damit er bis zum Weckruf der Zeiger Ritter sein konnte?

Alex rannte die Treppe hinunter, sprang wie immer zwei Meter bevor er die sogenannte reale Welt erreicht hatte übers Geländer, landete und rollte sich ab. Denn wenn Alex die Mauerreste verließ kam Svoros, der siebenköpfige Drache, aus seiner Höhle und nahm die Burg für sich in Besitz. Am Tag gehörte sie Alex, nachts Svoros. Svoros jagte dem Ritter im Tiefflug hinterher und spie Feuer aus sieben Köpfen. Hatte Alex aber erst einmal die Magie des Burghofes erreicht, nützten dem Drachen weder Feuer noch Krallen etwas. Der aus Kristallen, Gold und Diamanten bestehende Hof beschützte jeden ehrlichen Ritter und der Drache wiederum beschützte bei Dunkelheit diesen Schatz vor den Steineggern und deren

Gier. Hatte Alex wie jetzt den Hof in letzter Sekunde erreicht, drehte Svoros ab, flatterte über Turmfinger und Baumwipfel davon und verkroch sich, bevor ihn ein menschliches Auge erspähen konnte, in den Tiefen seiner Höhle, unsichtbar als habe es ihn nie gegeben.

Alex klopfte sich den Staub von der Hose und kontrollierte den ordnungsgemäßen Zustand seiner Ritter. Alle hatten diesen finalen Sprung heil überstanden. Ein letzter Blick wanderte aus dem Schatten des Hofes hinauf zum Glühen der Turmspitze – vielleicht doch noch ein paar Minuten? Alex riss sich nach einem weiteren Blick auf sein Handydisplay los: Es half alles nichts, spätestens in einer halben Stunde stand daheim das Abendessen auf dem Tisch. Vielleicht wollte Vater grillen, das Wetter dazu hatten sie schon mal. Also dann: bis morgen.

Wie immer nahm der Junge den kaum zu sehenden Trampelpfad über den ehemaligen Burghof. Hätte es nicht die Mauerreste ringsum gegeben, wäre das hier nur ein Stück Wald, mehr nicht. Jahre und Jahrzehnte hatten das Bauwerk wieder in Natur zurückverwandelt, riesige Tannen wuchsen da, wo einmal Pferde durch ein schmales Tor die Burg betreten haben mochten, Holunder und hüfthohes Gras wucherten dazwischen und alles ringsum atmete Menschenlosigkeit und Stille. Vom zweiten Turm herab beobachtete ein Falkenpaar den Eindringling, wie dieser zwischen Birkenschösslingen verschwand und einen Augenblick später durch eine Bresche in der Außenmauer stieg. Dort blieb das Kind stehen, blickte nach rechts, wo der Pfad zum Fuß der Burg seinen Ausgangspunkt hatte, und nach unten. *Warum nicht,* dachte Alex, stieß sich ab und sprang. *Warum nicht die Abkürzung nehmen?* Beide Hände auf die Taschen mit den Plastikrittern gepresst, wollte er sich den Hang hinuntergleiten lassen. Er spürte, wie die Mauerreste unter seinen Sohlen verschwanden, zurückblieben, bis morgen. Ein kurzer freier Fall, dann Gras und Geröll. Alex wollte wie schon so oft die Füße nach vorn strecken, den Hang hinabrutschen und zusammen mit einer kleinen Lawine aus Kieseln, Staub und Ästen bis zum Fuß der Ruine rutschen. Aber statt den Jungen auf seinem Rücken nach unten zu tragen, öffnete der Berg plötzlich sein Maul. Als Alex aufkam spürte er den Boden unter sich zurückweichen, es fühlte sich an wie eine Landung auf Kieselpudding, hart aber gleichzeitig auch weich, fester Boden, der nachgab, sich öffnete und ihn verschlucken wollte. Alex ließ seine Taschen los, breitete die Arme aus, spürte den Berg an ihm saugen. Ja, das traf es genau: Der Berg saugte den Jungen auf und Alex verschwand zusammen mit einer ordentlichen Portion Schutt in einem bis eben nicht da gewesenen Loch am Fuße der Mauer. Alles ging so schnell, dass Alex noch nicht einmal Zeit zu einem Hilferuf fand. Die Falken sahen die Hände des Jungen im Berg verschwinden, hörten etwas aufschlagen. Steine rollten den Hang hinab, dann endlich kehrte wieder Ruhe ein.